novum pro

AF011306

C. S. Rinke

# Erzählungen eines Vampirs

## Zukunftsvisionen

novum pro

Bibliografische Information
der Deutschen Nationalbibliothek:

Die Deutsche Nationalbibliothek
verzeichnet diese Publikation in
der Deutschen Nationalbibliografie.
Detaillierte bibliografische Daten
sind im Internet über
http://www.d-nb.de abrufbar.

Alle Rechte der Verbreitung,
auch durch Film, Funk und Fernsehen,
fotomechanische Wiedergabe,
Tonträger, elektronische Datenträger
und auszugsweisen Nachdruck,
sind vorbehalten.

© 2015 novum Verlag

ISBN 978-3-99048-133-2
Lektorat: Dr. Annette Debold
Umschlagfotos: Franciscah,
Ammit | Dreamstime.com
Umschlaggestaltung, Layout & Satz:
novum Verlag

Gedruckt in der Europäischen Union
auf umweltfreundlichem, chlor- und
säurefrei gebleichtem Papier.

**www.novumverlag.com**

Dublin, Ende des 19. Jahrhunderts

Gedankenverloren wanderte Emma Monroe durch die Straßen Dublins, begleitet von einem einzigartigen Hochgefühl.
Sie hatte es geschafft!
In einer Zeit, wo Frauen an der Hochschule wie Unkraut bekämpft wurden, in einer Branche, die von Männern dominiert wurde, hatte sie sich durchgesetzt. Doch nicht nur das, sie war mittlerweile tatsächlich die gefragteste Tierärztin auf der ganzen Insel!
Und natürlich wusste Emma nur zu gut, welchem besonderen Umstand sie diesen Erfolg zu verdanken hatte.
Begonnen hatte alles vor etwa zehn Jahren, als sie sich beim alten Doc O'Malley als ‚Haushälterin' hatte anstellen lassen. Der Doc lebte gut zwei Wagenstunden außerhalb von Dublin und war der ansässige Tierarzt. Er war ein herzensguter Mensch und mit Sicherheit auch ein guter Veterinär, zumindest bevor er sich mit dem Whisky verbündete.
Scheinbar im rechten Moment trat Emma in sein Leben.
O'Malley konnte den Tod seiner Frau und seiner beiden Söhne nicht verkraften und hätte sich wohl zu Tode gesoffen, hätte Emma nicht angeboten, ihn zu unterstützen. Da der Doc ja von irgendwas leben musste und offensichtlich Hilfe gebrauchen konnte, stellte er Emma ein. Und es sollte nicht zu seinem Nachteil sein.
Die junge Miss Emma hatte ein angeborenes Talent im Umgang mit Tieren. Eine einzige Berührung von ihr, ein einziges geflüstertes Wort von Emma reichte aus, um die noch so widerspenstige Kreatur zu zähmen. Nun, der alte O'Malley war vielleicht versoffen, doch er war keineswegs dumm. Selbst im Nebel des Alkohols erkannte er das Potenzial seiner Angestellten. Zudem wuchs ihm die Kleine ans Herz, ja, sie wurde zu einer Art Tochterersatz für ihn.

Immer häufiger nahm er Emma mit zu seinen Patienten, wobei er feststellen musste, dass die Kleine auch einen angeborenen Instinkt bezüglich der Behandlung der Tiere hatte. Bald ließ er Emma alleine schalten und walten und begleitete sie nur noch pro forma. Bis sie ihn eines Tages so sturzbetrunken im Pub antraf, dass sie nicht anders konnte, als alleine zu einem Notfall zu eilen. Von da an musste sie gänzlich auf die Anwesenheit des Docs verzichten.

Emma erfand Ausflüchte, Entschuldigungen, Erklärungen, um den Doc, und nicht zuletzt auch sich selbst, zu schützen. Doch die Bauern wurden bald skeptisch. Außerdem kannte jedermann den alten O'Malley, und auch seine intensive Beziehung zum Whisky.

Und Emma war eben nur eine Frau.

Ein paar Mal ließen sich die Bauern auf ihre Hilfe ein, doch sie vertrauten ihr nicht wirklich. Selbstverständlich bemerkten sie, dass die kleine Miss Emma bei ihrem Vieh wahre Wunder wirken konnte. Ja, natürlich dankten sie ihr die Bemühungen auch, aber stets durch zusammengepresste Zähne. Die starrköpfigen Bauern wollten eine Frau als Veterinär einfach nicht tolerieren. Sie konnten es auf Dauer nicht akzeptieren, von einem Weib beratschlagt, ja sogar belehrt zu werden. Lieber noch ließen sie den ewig besoffenen Doc an ihren Einnahmequellen herumpfuschen, als einer Frau eine gerechte Chance zu geben.

Selbst als der Doc sich, in einem seiner klaren Momente, auf Emmas Seite stellte, und versuchte allen anderen ihre offensichtlichen Qualitäten vor Augen zu führen, wollten die Bauern nichts davon hören. Sie rechtfertigten sich damit, dass Emma nun mal keinerlei amtliche Ausbildung und somit auch gar kein Anrecht auf die Ausübung des Berufes habe. Doc O'Malley kostete dieses Argument nur ein verächtliches Lachen. Am nächsten Tag war er von der Bildfläche verschwunden. Mit ihm sein ganzes Hab und Gut. Und Emma. Ein halbes Jahr später war Doc O'Malley trocken und schuftete besessener als je zuvor in seinem Leben.

Zur gleichen Zeit wurde eine Miss Monroe an der Hochschule für Veterinärmedizin angenommen.

Lautes Geschrei riss Emma aus ihren Gedanken. Als sie aufsah, konnte sie gerade noch erkennen, wie ein Pferd vor einem unsichtbaren Hindernis scheute. Sein uniformierter Reiter wurde abgeworfen im gleichen Moment, als der Pitbull vom Metzger auf die Straße stürmte und unter die Hufe des Pferdes kam. Ehe Emma über die Straße eilen konnte, wurde sie von jemandem zur Seite gezerrt. „Miss, Sie sollten lieber aufpassen …"

„Ich bin Tierärztin!", unterbrach Emma den Constable. „Ich weiß schon, was ich tue!" Sie riss sich von dem verdatterten Wachmann los und stürmte auf die beiden Tiere zu. Der Pitbull lag regungslos am Boden, doch er atmete noch. Emma schnappte sich die Zügel des wild um sich tretenden Pferdes, um es unter Kontrolle zu bringen. „Schsch, meine Süße, alles wird gut, ich bin ja hier", flüsterte sie, für menschliche Ohren kaum hörbar. Augenblicklich hörte die Stute auf zu bocken. Behutsam strich Emma dem Tier über den Kopf und konzentrierte sich auf ihre Arbeit.

Da plötzlich spürte sie *seine* Anwesenheit in der neugierigen Versammlung um sie herum.

Natürlich war es nicht das erste Mal, dass sie einem von *ihnen* begegnete. Doch bisher konnte sie selbst unentdeckt bleiben. Keiner hatte ihre Tarnung durchschaut. Noch nie.

Doch *dieser* hier ließ sich nicht täuschen.

Emma spürte seinen bohrenden Blick im Rücken und wusste, dass *er* ihr Geheimnis erkannt hatte. Sie konnte nicht anders, sie musste sich umdrehen und der Gefahr ins Auge sehen. Und da stand er, auf der anderen Seite der Straße, und blickte ihr geradewegs in die Augen. Einen Atemzug lang starrten sie einander an. Und genau in diesem winzigen Augenblick hatte Emma plötzlich das Gefühl, dass er nicht nur ihr Geheimnis durchschaut hatte, sondern auch ihr Dilemma. Er sah sie an, als würde er tatsächlich *verstehen*. Fast unmerklich nickte der Fremde ihr zu und im nächsten Moment war er auch schon in der Menge verschwunden.

Sie wandte sich wieder um und versuchte sich erneut auf die Arbeit zu konzentrieren. *Emma, Emma, du musst besser aufpassen!*, schalt sie sich in Gedanken selbst. *Noch viel, viel besser!*

„*Sorge dich nicht, Emma, so wie du uns hilfst, werden wir auch dir helfen!*", hörte sie die Stimme in ihrem Kopf sprechen. „*Dein Geheimnis ist sicher bei uns!*"

Emma lächelte die Stute kaum merklich an und drückte dankbar ihren Kopf an die Blesse des Tieres.

„*Kümmere dich nur zuerst um den Köter. Ich fürchte, ich hab den armen Tropf am Schädel getroffen!*" Die Stute schnaubte kurz und stupste Emma sanft mit dem Kopf an. „*Ich werde mich auch nicht mehr von der Stelle rühren!*"

„Ich danke dir, meine Süße", flüsterte Emma dem Pferd ins Ohr und widmete ihre Aufmerksamkeit dem Hund.

# Kapitel 1

Auf Schloss Primrose herrschte Ratlosigkeit. Zwei Wochen waren vergangen und noch immer tappten Adrian, Lilly und Gabriel im Dunkeln. Wenn auch das halbe Rätsel im Prinzip schon gelöst war. Denn eines war dem Dreiergespann bereits nach kürzester Zeit schmerzlich bewusst geworden. Nach diesem herzhaften Biss in Adrians Hals blieb nur noch eine logische Schlussfolgerung übrig.

Lilly war ohne jegliche Vorwarnung zum Vampir mutiert!

Ja, das stand mittlerweile außer Frage. Bestätigt wurde diese Theorie durch die Eigenschaften, die sie die letzten beiden Wochen zur Schau gestellt hatte. Diese waren allesamt definitiv *nicht* menschlicher Natur. Tagtäglich hatte Gabriel dieses Gefühl von Déjàvu. Nun, es waren natürlich nicht genau die gleichen Vorfälle. Doch alles in allem hatte er den Eindruck, das alles schon einmal gesehen zu haben. Und zwar bei Betty.

Wenigstens hatten sie, dank Gabriel, diesmal gleich die richtigen Schlüsse gezogen. Wenngleich Gabriel die *Tatsache*, dass Betty ebenso die Symptome einer Umwandlung gezeigt hatte, nicht wirklich über die Lippen brachte. Als Schlaumeier allseits bekannt, konnte er dieses Wissen zum Glück für sich behalten. Denn nicht nur hatte Dario ihn um Diskretion gebeten, er wollte auch vermeiden, dass Lilly sich falschen Hoffnungen hingab. Immerhin war ja noch nicht bestätigt, dass Betty tatsächlich konvertiert wurde. Wie denn auch, wo sie doch weder gebissen wurde, noch gebissen hatte. Aber andererseits, ... nun ja, das eben war auch das Problem, das sie gegenwärtig zu lösen hatten. Denn die wichtigste Frage wollte sich trotz aller Bemühungen nicht klären lassen.

*Warum!*

Warum überhaupt war Lilly zu einem ihrer Rasse mutiert? Wie um alles in der Welt konnte es nur so weit kommen? Diese eine Frage stellten die drei sich unaufhörlich. Doch keinem wollte eine passende Antwort einfallen. Wie sie es auch drehten und wendeten, es ergab einfach keinen Sinn.

Ein Mensch musste *zuerst* von einem Vampir gebissen werden, ehe er die Umwandlung durch einen Biss seinerseits, vorzugsweise bei dem Vampir, der die Kontaminierung vorgenommen hatte, zur Vollendung brachte. So und nicht anders lautete die Überlieferung. Aber eben genau *dieses* Ereignis hatte nie stattgefunden, ergo konnte Lilly eigentlich gar nicht umgewandelt sein, was sie aber ohne Zweifel war!

Ganz egal, in welchem Licht sie die Angelegenheit auch betrachteten, die sprichwörtliche Katze biss sich unaufhörlich in den eigenen Schwanz!

Wie an jedem der letzten vierzehn Tage, so hatten die drei sich auch an diesem Tag getroffen. Sie hatten sich in der Bibliothek eingefunden, um einen weiteren Tag sozusagen zu vergeuden, indem sie das Unmögliche möglich machen wollten: der Ursache allen Übels auf den Grund zu gehen.

Gabriel stand an einem der großen Fenster, mit Blick auf den See und starrte in die beginnende Abenddämmerung. So hatte es zumindest den Anschein. Doch in Wahrheit betrachtete er Lilly und Adrian. Die Reflexion des Fensterglases zeigte ein deutliches Abbild der beiden.

Lilly lag auf der Récamiere vor einem der kleineren Seitenfenster und starrte gedankenverloren an die Decke. Ein wenig weiter zu ihrer Rechten saß Adrian in dem Fauteuil, seinen nachdenklichen Blick fest auf Lilly geheftet. Ein Stückchen hinter ihm loderte ein schwaches Feuer im Kamin, freilich nur um Lillys Sehnsucht nach Vertrautem nachzukommen. Die einzige andere Lichtquelle im Raum war eine uralte Stehlampe, die etwas im Hintergrund zwischen Lilly und Adrian ihr mattes Licht von sich gab. Auch sie war nur eingeschaltet, um Lillys Wohlbefinden zu schmeicheln. Als Vampir war sie nun ja nicht mehr angewiesen auf derartige *Hilfsmittel*.

Weder Adrian noch Lilly machten ihre Gedanken einem anderen im Raum zugänglich. Ganz wie auch Gabriel selbst. Irgendwie schien es angebrachter, die eigenen Gedanken auch für sich zu behalten. Oder vielleicht hatten sie sich auch nur schon einmal zu oft über dieses Dilemma ausgetauscht, und das nicht nur mental – was übrigens seit der Umwandlung auch zwischen Lilly und Gabriel möglich war. Gabriel lächelte im Stillen über das, was ihm das Fensterglas offenbarte, was aber niemand offen zugeben würde: Im Prinzip beobachtete jeder jeden.

Denn die Zimmerdecke, welche Lilly so inbrünstig anstarrte, war mit einer Unzahl von kleinen Spiegelscherben übersät, eine von Lillys neuesten *Errungenschaften* in Sachen Wohnraumgestaltung. Angeblich sollte sich das Feuer des Kamins darin widerspiegeln, als würde der Himmel voller Sterne leuchten. Zugegeben, in gewisser Weise sah es tatsächlich so aus.

Oder hatte Lilly vielleicht doch ganz andere Motive gehabt?

Gabriel schüttelte kaum merklich den Kopf. Im Grunde genommen konnten ihm ihre Beweggründe doch völlig egal sein. Aber in letzter Zeit wurde hierorts einfach alles infrage gestellt. Egal wie alltäglich und sonst normal etwas war, bestimmt wurde es neuerdings von irgendeinem der drei sofort skeptisch hinterfragt. So war es auch bald Routine geworden, ihr eigenes Verhalten gegenseitig in Zweifel zu ziehen. Bald benahmen sie sich wie drei völlig paranoide Spione, die sich gegenseitig der Doppelspionage beschuldigten.

Nur würde das natürlich niemand zugeben, nicht offen!

Dabei war ihr Verhalten doch nur allzu natürlich, angesichts dieser seltsamen Umstände. Ja, irgendwie mussten sie sich doch ablenken, von ihrer misslichen Lage. Schließlich konnten sie nicht rund um die Uhr aneinanderkleben und philosophieren. Die Nerven aller Beteiligten lagen ohnehin schon blank. Da mussten sie sich wenigstens ab und an ein wenig Abstand gönnen. Und in diesen Pausen musste man sich eben beschäftigen – um auf *andere* Gedanken zu kommen. Und da hatte halt jeder so seine eigene Methode.

An Schlaf war ohnehin nicht zu denken. Zumindest die ersten Tage. Auch wagte es niemand, sich zu lange oder zu weit vom Schloss zu entfernen. Adrian hatte Angst um Lilly, diese sah sich selbst bloß als Gefahr für alles und jeden, und Gabriel befand, sie seien in diesem Zustand schlicht zu verwundbar. So entstand diese Keiner-traut-keinem-Situation.

Aber sich selbst traute auch keiner über den Weg!

Wohl aus reinster Verzweiflung entwickelten sie schließlich diese täglichen Treffen. Den Rest des Tages versuchten sie dann sich so weit wie *möglich* aus dem Weg zu gehen. Was wiederum gar nicht so einfach war. Denn, trotz seiner gut zwanzig Räume, sowie angrenzendem Park und Wald, war es auf Primrose noch nie so unglaublich *eng* gewesen. Und das, obwohl sie nur *zu dritt* waren!

Gabriel warf einen letzten Blick auf die Reflexion seiner beiden *Leidensgenossen*, ehe er sein Augenmerk schließlich doch auf den abendlichen See richtete. Er fühlte sich tatsächlich erschöpft.

Nun, rückblickend war dies eigentlich auch nur wenig verwunderlich.

„Cäsar und Kleopatra" hatten seine Talente maßlos ausgebeutet, die letzten beiden Wochen!

Adrian konnte keinen klaren Gedanken mehr fassen. Jedes Mal, wenn er mit Lilly zusammensaß, hatte er den unaufhörlichen Drang, sie anzustarren. Als würde sich ihm das Geheimnis dadurch offenbaren.

Die ersten Tage nach dem ‚Vorfall' gab sie ihm nicht allzu oft Gelegenheit dazu. Sie mied ihn, so gut sie nur konnte. In jeder Hinsicht. Nachdem der anfängliche Schock dann abgeklungen war, verdonnerte sie ihn zum Sündenbock. Da Adrian nun einmal der Vampir von ihnen beiden war, gab sie ihm die Schuld daran, sich nie wieder an *Steak* und *Pizza* erfreuen zu können. Nie wieder *Chardonnay* oder *Prosecco* genießen zu können und so weiter und so weiter.

Adrian jedoch war sich keiner Schuld bewusst. Für ihn waren Lillys *Essprobleme* noch das geringste aller Übel. Und das sollten sie, seiner Meinung nach, auch für Lilly sein. Die Frage lautete hier nicht Chardonnay oder Blut, sondern vielmehr Leben oder

Wahnsinn. Außerdem und überhaupt hatte ja sie ihn gebissen, und nicht umgekehrt!

Also konnte er beim besten Willen nicht nachvollziehen, warum sie ihn für alles verantwortlich machte!

Schier endlos hatten sie sich über dieses, zugegeben völlig sinnlose, Thema gezankt. Bis Lilly von einem Moment zum nächsten wortlos kapitulierte. Nun, nicht ganz wortlos. Die letzten Worte, die sie an ihn gerichtet hatte, klangen nur zu deutlich nach in seinem Kopf.

*„Warum sollte ich all meine Energie an einem einzigen Tag verschwenden, wenn ich doch jetzt die Ewigkeit habe, um dir das Leben zur Hölle zu machen!"*

Die boshafte Bestimmtheit, mit der sie ihm diese Worte hingeschmettert hatte, ließen seine Nackenhaare noch immer zu Berge stehen. Ja, selbst er, der abgebrühte Krieger, hatte es dank dieser Drohung ein klein wenig mit der Angst zu tun bekommen. Im Stillen seufzte Adrian.

Die *Ewigkeit*, genau das wollte er eigentlich vermeiden!

Nun, so grausam, wie es klang, war es gar nicht gemeint. Seine Liebe galt unangefochten seiner Gefährtin. Er hatte sich zu ihr bekannt, darüber gab es keinen Zweifel. Doch die Lilly, die er so sehr liebte, war im Moment eingeschlossen in ihrem tiefsten Inneren, bewacht von ihrer unnahbaren, zänkischen, zickigen, einfach nur dauernd nervenden anderen Seite.

Und *diese* Lilly fand Adrian einfach nur mühsam!

Es hatte ihn ein gutes Stück Stolz gekostet, sich selbst einzugestehen, dass er im Prinzip aus dem gleichen Muster gestrickt war. Nicht dass er sich selbst als zänkisches Weibsbild ansah, nichts lag ihm ferner. Freilich war Lilly eine verwöhnte Prinzessin, die noch dazu mit weibischer Sturheit gesegnet war. Dennoch gab es gewisse grundlegende Parallelen, in ihrer beider Verhaltensmuster. Sie beide waren es gewohnt, den Ton anzugeben. Keiner von beiden nahm ein Blatt vor den Mund, und gewiss machte keiner einen Rückzieher, wenn er von der Richtigkeit seiner Meinung überzeugt war. Genau deshalb gerieten Lilly und er wohl auch immer wieder verbal aneinander.

Und genau *darum* war er auch froh, dass ihre Liebe sozusagen ein Ablaufdatum hatte!

Oder wohl eher *gehabt hatte*.

Ja, so seltsam es auch klang, Lillys Sterblichkeit hatte Adrian in gewisser Weise beruhigt. Diese Frau zu lieben bedeutete jeden Tag aufs Neue um ihr Herz kämpfen zu müssen. Tagtäglich neu in ihr Innerstes vorzudringen und sie von seiner Liebe überzeugen zu müssen. Einen Kampf, den er nur allzu gerne ausfocht, war es die Mühe doch allemal wert, die *innere* Lilly aufzuscheuchen. Nun, für die nächsten sechzig, siebzig Jahre jedenfalls. Und wenn sie dann ihren finalen Kampf ausfechten musste, würde auch er seinen letzten Kampf bestreiten. Für Adrian eine der romantischsten Vorstellungen überhaupt.

Doch die Aussicht auf *Ewigkeit* ließ die Sache plötzlich in einem ganz anderen Licht erscheinen!

---

Lilly fühlte sich restlos überfordert. Sie war frustriert, enttäuscht, wütend, ängstlich, euphorisch, apathisch und zutiefst erschüttert. Zumeist alles zur gleichen Zeit. Ihre Welt, ihr ganzes Leben war aus den Fugen geraten. Und das bereits zum zweiten Mal innerhalb nur weniger Wochen.

Doch diesmal war es endgültig vorbei.

Sie wurde ihrer Menschlichkeit beraubt und verdammt zum ewigen Leben. Ja, vorausgesetzt, man glaubte alles, was ihre neuen Artgenossen so erzählten, dann würden freilich auch Vampire sterben. Es würde bloß vier-, fünftausend Jahre länger dauern als üblicherweise ein Menschenleben.

Was für ein Albtraum!

Lilly fand ihr neues Leben bereits nach nur zwei Wochen frustrierend langweilig. Was nutzte ihr denn schon die Langlebigkeit, wenn sie nichts zu tun hatte. Sie konnte nicht ins Kino, nicht zum Sport, ja noch nicht einmal ein Einkaufsbummel war drin. Sie war eine tickende Zeitbombe, und wer weiß, für wie lange sie das bleiben würde. Sollte sie die nächsten Jahrtausende vielleicht mit Fernsehen und Schalstricken verbringen?

Welch Folter!

Und wie um alles in der Welt sollte sie das erst ihren Freundinnen beibringen? Denjenigen, die ihr am nächsten standen? *Hallo Mädels, stellt euch vor, ich hab das Elixier der ewigen Jugend gefunden! Na, wie wär's, wollt ihr 'nen Biss?*

Klang ja außergewöhnlich vielversprechend!

Doch noch im selben Augenblick erschreckte Lilly dieser Gedanke fast zu Tode. Sie selbst war nun ein Vampir, ein Wesen, das sich vom Blut anderer ernährte. Menschenblut. Betty und Ella waren Menschen. Von einem Tag zum nächsten standen also quasi ihre beiden besten Freundinnen ganz oben auf ihrer Menükarte.

Wie abartig war das denn!

Allein die Vorstellung ließ ihr einen kalten Schauer über den Rücken laufen. Gleichzeitig bestärkte sie Lilly in einer ihrer Entscheidungen. Ja, sie würde ihre Zähne ganz gewiss nie wieder in etwas hineinrammen. Wenn sie sich schon von dieser roten Substanz ernähren musste, dann sollte es ihr doch gefälligst serviert werden. Stilvoll, selbstredend. Nicht mittels Blutbeutel!

Igitt!

Obwohl ... zu ihrer größten Schande musste Lilly sich eingestehen, dass ihr Blut mittlerweile tatsächlich schmeckte. Also, ... nicht im herkömmlichen Sinne. Aber die neue Macht in ihr zwang sie doch wirklich dazu, ihren angeborenen Ekel beiseitezuschieben. Lilly konnte sich nicht dagegen wehren. Ihr Körper verzehrte sich so nach dem roten Etwas, dass ihre Sinne es ernsthaft als lecker empfanden. Und hier lag irgendwie auch der Hund begraben. Denn Lilly war nur körperlich, besser gesagt physiologisch ein Vampir. Ihre Gedanken waren nach wie vor menschlich. Und diese beiden Komponenten standen in absolutem Widerspruch zueinander. Doch nicht nur ihre neueste Vorliebe erschreckte Lilly.

Was, wenn sie sich vor ihren Freundinnen nicht beherrschen konnte?

Was, wenn sie von deren pulsierendem Blut in Versuchung geführt würde und sie eine von ihnen beißen würde?

War sie tatsächlich stark genug, um dies zu verhindern?

Oder bedeutete es vielmehr, dass sie Betty und Ella nie wiedersehen durfte?

Lilly schloss für einen kurzen Moment die Augen, um die aufkeimenden Tränen zu verdrängen. Der Gedanke an ein derart isoliertes Leben erschien ihr unerträglich. Wie sollte sie das alles nur durchstehen, ohne Beistand ihrer ‚Familie'? Eine für alle, alle für eine, so hatten sie es sich nach dem Unfall geschworen. Zugegeben, dieser spätpubertäre Schwur war … na ja, kindisch. Trotzdem umschrieb er exakt ihre Bindung zueinander. Und was war nun aus den drei Musketieren geworden? Tja, zehn Jahre später hieß es jetzt wohl eine *gegen* alle!

Wie konnte es nur so weit kommen?

Lilly war in jeder Hinsicht am Ende. Dass ihre wahre Liebe ein Vampir war, damit konnte sie sich ja noch anfreunden. Allemal abartig, aber was soll's. Andere glaubten an Aliens, da durfte sie doch wohl ihren Vampir haben. Und wenn sie im Endeffekt bloß irre war, na, dann gab es halt eine Wahnsinnige mehr auf dieser Welt. Würde auch niemandem wehtun. Aber die Freundinnen zu verlieren, das war zu viel.

Natürlich war klar, dass sich die Wege der drei irgendwann trennen würden. Das brachte das Erwachsenwerden nun einmal mit sich. Und die Freundinnen hatten diesbezüglich ohnehin schon gewaltig über das Ziel hinausgeschossen. Mit siebenundzwanzig noch immer in einer Mädels-WG zu wohnen, war nicht gerade menschlicher Durchschnitt. Aber, das war ein anderes Thema. Fest stand, Betty hatten sie bereits an Dario ‚verloren'. Und nun hatte auch Lilly den Mann ihres Lebens gefunden. Mehr oder weniger. Jedenfalls hätte Ella es verstanden, wenn Lilly in Schottland geblieben wäre. Sie alle drei hätten unabhängig voneinander leben können, wie jeder andere Normalsterbliche auch. Ab und an hätten sie einander besucht, und irgendeine Lösung hätte es schon gegeben, um das Geheimnis der Vampire vor Ella zu wahren. Das Problem war nur, dass sie nun eben nicht mehr zu den Normalsterblichen zählten.

Zumindest *eine* von ihnen war alles andere als das!

Lilly öffnete wieder die Augen und fixierte weiter die Decke über ihr. Die einzelnen Spiegelstücke erinnerten sie mit einem Mal an ihr eigenes Leben. Scherben, nichts als Scherben.

In einigen von ihnen spiegelte sich Adrian.

Lilly konnte seinen bohrenden Blick regelrecht spüren. Doch noch war sie nicht bereit Frieden mit ihm zu schließen. Nein, sie konnte ihm kaum in die Augen sehen, geschweige denn mit ihm sprechen.

Nicht bevor sie nicht wusste, wie das alles überhaupt mit ihr geschehen konnte!

Auch die angenehm beruhigende Atmosphäre des im Mondlicht schimmernden Loch Ness konnte Gabriel nicht lange in seinen Bann ziehen. Wieder und wieder schweifte sein Blick zu der Reflexion des Fensterglases. Seit Stunden herrschte nun schon diese betretene Stille, und er traute diesem vermeintlichen Waffenstillstand nicht so recht.

Nicht nach dem, was er die letzten beiden Wochen erleben musste.

Dass Lilly in eine Identitätskrise geschlittert war, schien verständlich. Immerhin hatte sich von heute auf morgen ihr komplettes Dasein von Grund auf geändert. Doch auch Adrian schien in ein tiefes Loch gefallen zu sein. Demnach hatte Gabriel alle Hände voll zu tun, um die beiden wieder der Realität zugänglich zu machen.

Einerseits mussten die zwei wieder zueinanderfinden, da sie sonst auch noch mit dem Entzug der Liebe hätten kämpfen müssen. Andererseits hatten sie den Grund für Lillys Wandlung zu suchen, eine Aufgabe, deren Gabriel alleine nicht gewachsen war. Dank seiner besonderen Fähigkeiten brachte Gabriel zwar das Wunder zustande, die zwei aus ihrer Trance herauszuholen. Doch, was war geschehen, als Lilly und Adrian endlich wieder zu neuem Lebensmut erwachten?

Sie hatten den Krieg ausgerufen, Gabriel zwischen die Fronten katapultiert und ihn zum gegenseitigen Sprachrohr bestimmt!

Von da an hieß es nur noch „*Gabriel, richte Adrian aus …*" und „*Gabriel, sag Lilly …*" Dabei war es völlig egal, ob sie zwei Stockwerke trennten oder ob sie direkt nebeneinandersaßen! Die beiden benahmen sich wie zwei kleine Kinder. Und Gabriel selbst fühlte sich wie der Ball, um den sie stritten.

Aber das war noch lange nicht alles gewesen!

Lilly hatte kundgetan, nur zu den allabendlichen Treffen mit Adrian in ein und demselben Raum sein zu wollen – wobei übrigens mehr gezankt denn sachlich diskutiert wurde. Die verbleibende Zeit sollte ihr Gabriel das Vampir-Sein näherbringen.

Bei Weitem keine leichte Aufgabe für ihn.

Denn Lilly hatte nur allzu deutlich gemacht, was sie von Blut beziehungsweise seiner *Gewinnung* hielt. Gabriel hatte keine Chance, sie dazu zu bringen, irgendein Lebewesen zu beißen, eher wäre sie noch verhungert. Ja, noch nicht einmal von den Konserven wollte sie trinken. Nur durch oftmaliges Anwenden seiner Aura konnte er sie schließlich so weit bringen, die lebenswichtige Substanz aus einem dunkel eingefärbten Glas zu sich zu nehmen.

Erschreckenderweise schien sie *damit* mittlerweile kein Problem mehr zu haben!

Allerdings offenbarten sich ganz andere Probleme. Denn Lilly hatte plötzlich weit mehr Zeit zur Verfügung, als sie sich zu beschäftigen wusste. Dank der Veränderungen, welche ihr Körper durchschritt, dehnte sich ihr aktives Leben schlagartig auf einen Zwanzig- bis Zweiundzwanzig-Stunden-Tag aus. So viel Zeit musste erst einmal sinnvoll genutzt werden. Und das in Anbetracht der Tatsache, dass sie mit ihrem neu veränderten Körpergefühl rein überhaupt nicht umzugehen wusste. Demnach hatte sie begonnen, das Schloss diversen Dekorationsarbeiten zu unterziehen. Man musste nicht sonderlich talentiert sein, um zu erraten, wer dabei den Laufburschen spielen durfte!

Als Draufgabe hatte Gabriel dazwischen auch noch Adrian am Hals gehabt, der unentwegt um die Sicherheit seiner Gefährtin besorgt war und über *jeden* ihrer Schritte informiert werden wollte. Schlicht und einfach miteinander kommunizieren *konnten* die beiden Herrschaften ja nicht! Alles in allem glichen die letzten beiden Wochen so ziemlich dem, was Gabriel sich unter einem Albtraum vorstellte.

Er hoffte inständig, dass bald ein *echtes* Wunder geschehen würde!

Aus dem Augenwinkel heraus erregte eine flüchtige Bewegung Adrians Aufmerksamkeit. Es war nur Gabriel gewesen, der sich an die andere Seite des Fensters gestellt hatte. Doch Adrians Blick blieb an ihm hängen. Der Kleine sah ganz schön mitgenommen aus, sofern dies bei einem Vampir überhaupt möglich war. Er hatte aber auch wirklich kein leichtes Los gezogen.

Nicht dass Adrian es gutgeheißen hätte, was seine Gefährtin mit dem Kleinen veranstaltete. Schließlich war Angelis ein Kämpfer, noch dazu ein ausgesprochen guter. Doch *ihre Hoheit von* Lilly war drauf und dran, ein verdammtes Schoßhündchen aus einem seiner besten Krieger zu machen. Andererseits aber konnte man auch sagen, dass Angelis im Moment den wohl schwierigsten Kampf seines Lebens bestritt.

Und er hielt sich verdammt gut!

Dennoch fand Adrian es keineswegs angebracht, wie Lilly Angelis zwischen die Fronten gedrängt hatte. Aber *Ihre Majestät* hatte ihn selbst nun einmal so unablässig ignoriert, dass Adrian nicht anders konnte, als sich auf das bescheuerte Spiel einzulassen. Außerdem und überhaupt hatte die kleine Hexe, wenn auch ungeahnterweise, genau den richtigen Nerv getroffen hatte.

Scheiße noch mal, wer sollte denn sonst schuld sein an Lillys Wandlung, wenn nicht er, der *übermächtige* Vampir selbst?

Die schottische Landluft hatte bestimmt keine Blutsaugerin aus ihr gemacht!

Eine Zeit lang hatte Gabriel in Erwägung gezogen, dass die Panther-Attacke etwas damit zu tun gehabt haben könnte. Doch keiner der Beteiligten wollte diesem Gedanken besonders viel Glauben schenken. Schließlich hatte ja auch der Panther Lilly *nicht* gebissen. Somit führte zumindest aus Adrians Sicht alles wieder zurück zu ihm selbst. Dennoch zwang sein Stolz ihn dazu, diese Meinung nicht mit den anderen zu teilen.

Nicht solange er keine eindeutigen Beweise für das *Wie* vorlegen konnte.

Genau das war sein eigentliches Problem. Er fühlte sich dafür verantwortlich, konnte es sich aber nicht erklären. Dass er es weder freiwillig noch absichtlich getan hatte, war klar. Er war sich ja nicht einmal darüber im Klaren, was er getan haben sollte. Ja nicht einmal überhaupt etwas getan zu haben.

Es war ein echter Teufelskreis!

Und dann kam *Prinzessin Neunmalklug* daher und schleuderte ihm ihre ganze Wut entgegen. Er konnte ihr doch unmöglich zeigen, wie sehr sie ihn damit getroffen hatte. Schließlich war er ein von Aran, der Mächtigste seiner Rasse. Er konnte es sich doch nicht *leisten,* Schwäche zu zeigen! Nicht einmal vor seiner Gefährtin. Nein, er hatte einen Ruf aufrechtzuerhalten.

Verdammt noch eins, er hatte doch gar keine andere Wahl, als ihre Anschuldigungen zurückzuweisen!

Lilly hatte den Kampf gegen die Tränen aufgegeben. Sie hielt ihre Augen geschlossen, während das salzige Nass in kleinen, lautlosen Bächen über ihre Wangen floss. Natürlich wusste sie, wie lächerlich ihr gesamtes Verhalten den anderen gegenüber war, aber sie konnte auch nicht aus ihrer Haut heraus.

Sie wusste, dass es nicht fair war, Gabriel zwischen sich und Adrian zu stellen. Aber sie sah sich außerstande, ein vernünftiges Gespräch mit ihrem sogenannten Gefährten zu führen. Sie war so wütend über sich selbst, dass sie es nicht ertragen konnte, mit ihm in einem Raum zu sein. Sie sehnte sich nach Adrian, hatte aber gleichzeitig unglaubliche Angst davor, mit ihm alleine zu sein. Denn weitaus schlimmer als das, was sie *getan* hatte, war das, was sie dabei *gefühlt* hatte.

Sie hatte es *genossen!*

Diese Tatsache erschreckte Lilly weit mehr, als dass sie nun zu den Vampiren gehörte. Wie konnte es nur sein, dass sie sich mit Freuden am Blut eines anderen gelabt, ja, es sogar erotisch empfunden hatte? Herrgott noch mal, sie war ein Mensch, zu jenem Zeitpunkt wenigstens noch. Wie auch immer, solch ein Verhalten war absurd!

Doch ihre Gefühle sprachen eine andere Sprache.

Nur konnte sie das unmöglich vor Adrian zugeben. *„Ich will auf keinen Fall ein Vampir sein, aber dein Blut ist echt lecker!"*, das passte doch gar nicht zusammen! Also hatte sie Gabriel dazwischengeschleust. Und sich geschworen nie wieder dieses abartige Hochgefühl zuzulassen. Deshalb weigerte sie sich auch, die Jagd zu erlernen. Sie schämte sich ihrer Gefühle wegen und wollte sich vor den anderen keine Blöße geben. Es war schon schlimm genug, sich selbst einzugestehen, dass Adrians Blut sie in wahre Ekstase versetzt hatte.

Aber was sollte sie denn tun!

Sie musste Adrian auf Abstand halten. Die allabendlichen Treffen waren schon Martyrium genug. Und sie musste sich auch eine Ablenkung suchen. Sie hatte ohnehin das Gefühl, den Verstand zu verlieren. Obwohl, ... war das nicht genau das, was ihr sowieso blühte? Vielleicht aber auch nicht! Verdammt, das Leben war zu einer einzigen Qual geworden. Ja, sie hätte Gabriel nicht als ihren Lakaien benutzen dürfen. Aber sie konnte es sich nicht leisten, *einkaufen* zu gehen.

Sie war eine Gefahr für die Menschheit geworden!

Na ja, und Gabriel konnte sich doch teleportieren und ... ach, verdammt noch mal! Lilly kam sich vor wie im goldenen Käfig, nur das Bild von der verwöhnten Prinzessin wollte nicht so recht dazu passen.

Vielmehr sah sie sich als unberechenbares Raubtier!

Die Tränen flossen unaufhaltsam über Lillys Gesicht. Ja, sie wusste, dass sie ihren Ärger auf alle anderen projizierte. Ja, sie wusste auch, dass es falsch war, Adrian einfach die Schuld für alles in die Schuhe zu schieben. Sie konnte auch die Angst und Sorge in seinem Blick erkennen. Und sie konnte es nicht ertragen. Sie wollte ihn umarmen, ihm sagen, dass es keinen Grund zur Sorge gab. Doch Furcht und Stolz ließen dies nicht zu. Außerdem und überhaupt war es doch viel bequemer, ihn zum Sündenbock zu erklären, als zuzugeben, dass sie alle völlig ahnungslos waren. Und zu guter Letzt entstand eben aus dieser Situation heraus ihre einzige Hoffnung auf Normalität. Eine Hoffnung, an die sie sich klammerte wie eine Ertrinkende an einen Strohhalm.

Denn die Streitgespräche mit Adrian waren das Letzte geblieben, das ihr noch das Gefühl der *Menschlichkeit* vermittelte.

Wieder war es eine flüchtige Bewegung gewesen, die Adrians Aufmerksamkeit auf sich zog. Als er den Kopf zur Seite neigte, sah er, wie Lilly sich mit der Hand über die Augen strich. Seltsamerweise berührte ihn diese Geste zutiefst. Und einen Atemzug später wusste Adrian auch, warum.

Es waren Tränen, die Lilly da versuchte aus ihrem Gesicht fortzuwischen.

Adrians Herz setzte beinahe einen Schlag aus, so sehr schmerzte ihn der Anblick. Er wollte aufspringen und sie in die Arme schließen, wollte ihr die glitzernden Perlen von den Wangen küssen und ihr *„Alles wird wieder gut!"* ins Ohr flüstern. Er wollte sie trösten, sie liebkosen, sie einfach nur beschützen, doch seine beiden neuen Begleiter hielten ihn davon ab.

Schlechtes Gewissen und angekratztes Ego waren stärker als er.

Wenn sie ihn wenigstens anschreien würde, ihn zu einem Streit provozieren würde wie sonst auch immer, damit konnte er umgehen. Ja, sogar ihre ‚Schlaghand' hätte er mit Freuden über sich ergehen lassen. Aber diese lautlosen Tränen, die stumme Qual – dessen konnte er sich nicht erwehren.

Zum ersten Mal in seinem langen Leben fühlte Adrian so etwas wie echte Verzweiflung.

So konnte das nicht weitergehen!

Es war an der Zeit, eine Entscheidung zu treffen. Ganz offensichtlich hatten sie bisher nichts Nützliches herausgefunden. Obwohl sie zu dritt alle Aspekte durchleuchtet hatten, befanden sie sich noch immer am Ausgangspunkt ihrer Erkenntnisse. Es war wohl der Zeitpunkt gekommen, sich die Wahrheit einzugestehen.

Sie waren kläglich gescheitert!

Hilfe musste her, und zwar rasch. Und es gab nur *eine* Person, die dazu in der Lage war. Die Aussichtslosigkeit der Situation erforderte es, dass Adrian erneut gegen seinen Stolz ankämpfen musste. Die einzige Möglichkeit, in dieser Sache voranzukommen, bestand darin, sich von dem hohen Ross der Eitelkeit herabzubegeben und in die Fußstapfen der Demut zu treten. Ja, wirklich weit hatte er es gebracht! Doch es blieb ihm keine andere Wahl. Zähneknirschend stellte Adrian die mentale Verbindung her. Insgeheim aber verachtete er sich schon fast für das, was er tat. Nie hätte er es für möglich gehalten, einmal so tief sinken zu können.

Wie um alles in der Welt konnte es nur so weit kommen, dass er seinen jüngsten Bruder um *Rat* anflehen musste!

# Kapitel 2

In den rumänischen Karpaten lief das Leben nun beinahe wieder in vertrauten Bahnen. Nachdem Nat seine visionären Erkenntnisse Dario, Betty und Quentin Todd mitgeteilt hatte, erschien es auch ihnen mehr als nur einleuchtend. Nur ein einziger Tropfen Blut, ja noch nicht einmal ein Biss war notwendig, um Mensch zu Vampir zu machen. Welch evolutionäre Veränderung!

Wer hätte gedacht, welche Macht die wahre Liebe doch *tatsächlich* hatte!

Wirklich begeistert von dieser neuesten Entwicklung der Dinge war zwar nur Betty, da weder Dario noch Nat je einen Menschen konvertieren wollten. Aber im Prinzip war dies ja auch gar nicht geschehen. Hier hatte eindeutig eine höhere Macht ihre Hand im Spiel gehabt. Dennoch waren die beiden Herren nur bedingt glücklich über dies alles. Doch auch für sie war vordergründig, dass sie nun immerhin wussten, was mit Betty wirklich los war. Und abwenden konnten sie dieses Schicksal ohnehin nicht, also war es besser, sich gleich dreinzufügen. Blieb nur zu hoffen, dass am Ende alles gut ausging! Denn noch war Betty nicht vollständig konvertiert.

Was noch fehlte, um sie endgültig ins Schattendasein zu verbannen, war ihr erster, eigenständiger Biss!

Ohne diesen Schritt wäre ihr der Wahnsinn gewiss gewesen. Obwohl weder Nat noch Dario sicher waren, dass sie dieses Schicksal nicht doch noch ereilen konnte. Auch der Doc wusste keinen Rat darauf, außer auf die Macht der Liebe zu vertrauen. Immerhin machte es wenig Sinn, ein solches Risiko einzugehen, wenn es dann doch zum Scheitern verurteilt war. Die Macht aller Mächte war sich dessen sicherlich bewusst! Und Betty selbst ging sowieso davon aus, für dieses Leben schlicht und einfach immer schon *bestimmt* gewesen zu sein!

Ja, sie war ein echtes Naturtalent, wenn man unter diesen Umständen von so etwas sprechen konnte. Ohne auch nur mit der Wimper zu zucken, hatte sie ihren Jungfernbiss an Dario ausgeführt und sich dadurch unwiderruflich ihrer Menschlichkeit entledigt. Erstaunlicherweise hatte Betty sich dann auch noch recht schnell an ihr neues Dasein gewöhnt. Sie hatte kaum Anpassungsschwierigkeiten, ja nicht einmal die Nahrungsumstellung hatte ihr sonderlich zu schaffen gemacht. Quentin hatte in den ersten Tagen noch für die ärztliche Überwachung gesorgt. Doch angesichts des unkomplizierten Verlaufs waren seine Dienste bald nicht mehr vonnöten, und er konnte ruhigen Gewissens nach London zurückreisen.

Dario seinerseits zog es vor, mit Betty in Rumänien zu bleiben, bis sie ihren Blutdurst besser unter Kontrolle hatte. Es war ja allgemein bekannt, dass Neulinge diesbezüglich besonders labil waren. Und man brauchte nun wirklich kein Genie zu sein, um zu wissen, dass ein Frischling wie Betty, voller ungezügeltem Elan und Hunger, eine Gefahr für alles und jeden sein konnte! Da war es durchaus sinnvoller, der Zivilisation vorerst den Rücken zu kehren und sie in der Abgeschiedenheit von Nats Anwesen ihre neuen Fertigkeiten erlernen zu lassen. Was Betty auch voller Eifer und Freude tat. Gelehrig und wissbegierig erkundete sie all die neuen Eindrücke des Vampir-Seins, ihren geduldigen Lehrer und Gefährten dabei stets an ihrer Seite.

Und Nat hatte endlich wieder etwas Zeit für sich selbst und sein nächstes Buchprojekt! Doch seine viel gerühmte Leidenschaft zum Schreiben ließ ihn diesmal ganz schön im Stich!

Nat saß an seinem Lieblingsplatz im Arbeitszimmer. Der lederne Drehsessel passte sich perfekt seinem langen Körper an. Der antike Schreibtisch befand sich genau vor dem einzigen, überdimensional großen Fenster des Raumes, mit Ausblick auf den Wald. Prinzipiell war das ganze Anwesen von dichtem Gehölz umschlossen, aber die Aussicht aus eben diesem bestimmten Fenster war für Nat unnachahmlich. Von hier aus hatte er das Gefühl, direkt in das Herz des Waldes blicken zu können. Es steckte einfach eine gewisse Magie in diesem Plätzchen!

Hinter Nat zog sich der Raum schlauchartig in die Länge. Die Wände waren von deckenhohen, bis auf den letzten Platz gefüllten Bücherregalen gesäumt, diente das Arbeitszimmer doch zugleich auch als Bibliothek. Eine unvergleichbare Sammlung literarischer Kunstwerke hatte sich hier über die letzten Jahrhunderte angesammelt. Eine Sammlung, der es auch nicht an der einen oder anderen Originalausgabe längst vergangener Tage fehlte. Und genau diese Mischung aus landschaftlicher Mystik und uralter Literatur war es, die Nat immer und immer wieder aufs Neue inspiriert hatte.

Im Haus war es mucksmäuschenstill. Dario und Betty waren unterwegs und Nat genoss die vollkommene Ruhe, die ihn umhüllte. Ein Blick auf den Bildschirm ließ ihn resigniert seufzen. Auch diesmal hatte er schon einen beträchtlichen Teil getippt, doch das Ergebnis stellte ihn nicht zufrieden. Wieder und wieder hatte er die Seiten beschrieben, nur um sie kurz darauf zu löschen. Doch es lag nicht etwa an fehlender Inspiration, dass Nat kaum einen vernünftigen Satz zustande bringen wollte.

Nein, vielmehr konnte er sich einfach nicht konzentrieren.

Kaum hatte er eine Geschichte begonnen, schweiften seine Gedanken in eine völlig andere Richtung. Er hatte Tausende Ideen im Kopf, doch keine einzige davon wollte sich zu Papier bringen lassen. Seit Wochen hielt dieser Zustand nun schon an, und mittlerweile stellte sich ein gewisser Frust über die Sache ein.

War das etwa das Ende seiner schriftstellerischen Laufbahn?

Doch Nat wusste, dass dies nur eine Ausrede seines Gehirns war, um den wahren Grund seiner Konzentrationsschwäche zu verschleiern. Als er diesen endlich herausgefunden hatte, war er verwirrter denn je. Erstaunlicherweise wanderten seine Gedanken immer wieder zu einer ganz bestimmten Person zurück.

Ella Meyer.

Warum um alles in der Welt ging ihm diese Frau nicht aus dem Kopf?

Oberflächlich betrachtet war diese Frage schnell beantwortet. Ella hatte diese unglaublich anziehende Mischung aus Schönheit und wilder Ausstrahlung. Selbst mit dem Wissen sich die Finger, ja womöglich den ganzen Arm und noch mehr zu verbrennen, würde kaum ein Mann ihrem Feuer widerstehen können. Doch Nat war eben nicht *irgendein* Mann.

Er war Vampir, über solch menschliche Schwächen erhaben.

Nichtsdestotrotz stellte er gewisse Überlegungen zu diesem Thema an. In diesem Zusammenhang – und angesichts der Ereignisse der letzten Wochen und Monate – war er sogar schon so weit gegangen, sich zu fragen, ob auch er der Macht der wahren Liebe verfallen sein mochte. Aber *so* sehr fühlte er sich dann auch wieder nicht von Ella eingenommen, als dass ihm dieses Bild stimmig erschien. Sie war ein durchaus interessantes Geschöpf, keine Frage. Und hätte Nat ein wenig mehr von Adrians egoistischer Natur, hätte er ein kleines schmutziges Abenteuer mit ihr sicher nicht abgelehnt. Doch Nat war nun mal ein Gentleman. Im Gegensatz zu seinem älteren Bruder war für ihn eine Frau kein Spielzeug. Mensch hin oder her! Demnach gab es einen anderen Grund, der seine Gedanken immer wieder zu Ella führte.

Aber welchen?

Nat hatte das gleiche seltsame Gefühl, wie anfangs auch bei Betty und der Rebellensache. Es war ihm, als ob er ein Puzzle zusammensetzen wollte, ihm der wichtigste, letztendlich entscheidende Teil aber fehlte. Versteckt in seinem tiefsten Inneren brodelte etwas, und dieses Etwas hatte mit Ella zu tun. Irgendwo in ihm harrte eine Vision hinter versperrten Türen, wartete darauf, freigelassen zu werden. Und Ella war wohl der Schlüssel dazu.

Doch wo um alles in der Welt sollte *das* nun wieder hinführen?

Aber Nat konnte seinen gedanklichen Monolog nicht zu Ende führen. Jemand versuchte ihn auf mentaler Ebene zu erreichen, und dieser Jemand hatte es eilig. Nein, das war der falsche Ausdruck. Ungeduldig traf es schon besser. Wenngleich Nat doch ein wenig überrascht war, über die Stimme in seinem Kopf, so musste er zugeben, dass er unbewusst eigentlich schon darauf gewartet hatte. Schließlich war es bloß eine Frage der Zeit, bis Adrian und sein ‚Gast' aneinanderkrachen würden! Lilly und sein großer Bruder – diese beiden Charaktere unter einem Dach, das war wohl doch keine so gute Idee wie vorerst angenommen.

War nur zu hoffen, dass noch kein Blut geflossen war!

Dario und Betty hatten bereits ein gewisses System in ihr neues, gemeinsames Leben gebracht.

Während sie die Tagesstunden zum Philosophieren, zur Erholung und für romantische Stelldicheins nutzten, machten sie sich, sobald der Abend nahte, auf Streifzug durch die Herrlichkeit der rumänischen Natur. Betty ließ keine Gelegenheit aus, um ihre neuen körperlichen Besonderheiten auszuprobieren. Sie war fasziniert von ihrer Schnelligkeit, der Nachtsichtigkeit und all den anderen Dingen, die plötzlich selbstverständlich waren für sie.

Überraschenderweise brachte ihre Wandlung auch einige evolutionäre Erkenntnisse zum Vorschein.

Die Gerüchte besagten, dass die gewandelten Rebellen mit den gleichen Widrigkeiten zu kämpfen hatten wie auch die Vampire selbst. Lichtscheu, Nahrungsintoleranz und so weiter waren bei den Konvertierten sogar noch stärker ausgeprägt und wahrscheinlich mit Grund, warum sie vom Wahnsinn heimgesucht wurden. Man ging einfach davon aus, dass der menschliche Organismus nicht dafür geschaffen war, derartige Veränderungen kompensieren zu können.

Bei Betty jedoch war alles anders.

Von Anfang an konnte sie ungehindert ins strahlende Sonnenlicht treten, ohne auch nur die geringste Spur einer Verbrennung aufzuweisen. Ebenso konnte sie völlig problemlos menschliche Lebensmittel zu sich nehmen. Zwar blieb der Sättigungseffekt aus, da ihr Körper definitiv nach Blut verlangte, aber sie hatte keinerlei Unverträglichkeiten. Ja, sie konnte auch weiterhin alles schmecken und riechen, doch, das war noch nicht alles. Während den Vampiren sowohl Geruchs wie auch Geschmackssinn versagt blieben, verstärkten diese sich bei Betty sogar noch.

Etwas, worum Dario sie tatsächlich ein klein wenig beneidete!

Nicht zuletzt wurde ihr mentaler Schutzschild aufgehoben, was bedeutete, dass sie nun auch mit Nat auf gedanklicher Ebene sprechen konnte. So unglaublich es war, aber dem Anschein nach, konnten Menschen doch erfolgreich konvertiert werden. Zwar nur mithilfe der wahren Liebe, aber immerhin! Vielleicht gab es ja noch mehr Mensch-Vampir-Verbindungen in dieser

Welt. Bisher hatte ja niemand so etwas für möglich gehalten. Und am Ende mochte es vielleicht auch den ersten Schritt in Richtung Zukunft bedeuten! Doch das war freilich alles nur vage Theorie.

Aber es gab trotz all der positiven Anzeichen auch einen guten Grund für Betty und Dario, das Haus nur nachts zu verlassen. Denn das Einzige, was Betty doch etwas Schwierigkeiten bereitete, war ihr Durst nach Blut. Diesbezüglich hatte sie mit denselben Problemen zu kämpfen wie alle anderen Konvertierten auch. Sobald sie nur in die Nähe eines anderen Lebewesens kam, wurde sie schwach. Ein einziger Pulsschlag, ein noch so schwaches Aroma von Blut, und ihre Instinkte waren geweckt. Und solange sie diese nicht unter Kontrolle hatte, konnte sie verständlicherweise nicht auf ihre Umwelt losgelassen werden.

Aber mit Dario, als geduldigem wie auch strengem Lehrer, an ihrer Seite, war jedes Problem zu bewältigen, dessen war Betty sich absolut sicher.

Sie *wusste* einfach, dass sich alles zum Guten wenden würde – eine Tatsache, die im Übrigen noch eine neue Eigenschaft an den Tag förderte. Betty war ja immer schon mit Optimismus gesegnet gewesen, doch nun schien sich dieser zu einer richtigen Vampir-Gabe weiterentwickelt zu haben. Denn sie hatte tatsächlich den Eindruck, über den guten, oder auch schlechten, Ausgang eines Ereignisses ‚Bescheid' zu wissen. Es war wie ein untrüglicher Instinkt. Ein sechster Sinn, welcher sich ohne Bettys Zutun meldete und ihr mit Bestimmtheit mitteilte, in welche Richtung sich eine Sache entwickeln würde. Dies war auch der Grund, warum Betty sich keinerlei Sorgen um die Auswirkung ihrer Wandlung auf ihre beiden Freundinnen machte.

Sie *wusste* einfach, dass sich alles irgendwie in Wohlgefallen auflösen würde!

Während sie nun mit Dario auf dem Rückweg zum Anwesen war, wanderten ihre Gedanken dennoch zu den Freundinnen. Genauer gesagt zu Lilly.

Betty hatte sich, in den gut drei Wochen seit ihrem überstürzten Aufbruch von Primrose, nur zweimal mit Lilly in Verbindung gesetzt. Beide Male hatte sie lediglich eine vage SMS geschickt, welche die Freundin nur beruhigen sollte, ohne aber Einblick in die tatsächliche Situation zu geben.

Interessanterweise hatte Lilly genauso vage geantwortet.

Anfangs war es Betty nicht aufgefallen, vermutlich weil sie viel zu beschäftigt war mit sich selbst. Doch schön langsam entspannte sich die Lage wieder. Was ihre Instinkte betraf, machte sie schon enorme Fortschritte. Darios Meinung nach zu urteilen, würde sie wohl in einigen Tagen fit genug sein, um erste Schritte unter den Menschen wagen zu können. Das Schlimmste war wohl überstanden. So kam es, dass Betty vor ein, zwei Tagen den Entschluss gefasst hatte, Lilly doch einmal anzurufen. Während sie eher unschlüssig auf ihrem Handy herumgetippt hatte, gelangte sie zu den gespeicherten Kurzmitteilungen. Gedankenverloren hatte sie sich durch die einzelnen SMS geblättert und jede Nachricht noch einmal gelesen. Da erst wurde ihr bewusst, wie seltsam Lillys Antworten doch eigentlich klangen. Jene Worte hätten genauso gut von Betty selbst kommen können, anders ausgedrückt, sie wirkten, als ob Lilly ebenfalls etwas zu verbergen versuchte! Seit dem Tag beschäftigte Betty ein und dieselbe Frage immer wieder aufs Neue.

*Was* um Himmels willen war so geheim, dass selbst Betty nichts davon wissen durfte!

Nat saß noch immer in seinem Lieblingssessel und starrte in die Nacht hinaus. Schön langsam aber doch setzte die Dämmerung ein, und seine sensiblen Vampir-Sinne sagten ihm, dass Dario und Betty bald von ihrem Ausflug zurück sein würden.

Dem Himmel sei Dank!

Denn Adrians Nachricht hatte Nat ganz schön durcheinandergebracht. Besser gesagt, er hatte einfach nicht verstanden, was sein Bruder überhaupt von ihm wollte.

*„Ich hab keine Zeit für lange Erklärungen. Fakt ist, dass ich dich hier auf Primrose brauche, am besten gestern schon! Und nimm deine klugen Bücher mit, wir werden alles Wissen brauchen, das du zur Verfügung hast!"*

Das waren Adrians Worte gewesen.

Nat ließ sich nur ungern Vorschriften machen. Zumindest nicht von Adrian. Er hatte seinen Bruder wissen lassen, dies erst mit Dario und Betty besprechen zu müssen. Schließlich waren die beiden *seine* Gäste. Zugleich hatte er Adrian darauf hingewiesen, dass Quentin derweilen wieder in London zur Verfügung stehe, sollte es *so* dringend sein. Eigentlich wollte Nat seinem Bruder damit nur zu verstehen geben, dass auch Quentin über großes Wissen verfügte, auch abseits der Medizin. Und London war allemal näher als die Karpaten. Aber Adrians, vor Sarkasmus triefende, Antwort hatte das Gespräch nicht gerade einfacher gestaltet.

*„Danke, aber der Doc kann uns jetzt auch nicht mehr helfen!"*

Und dann war der Satz gekommen, der noch immer wie ein Echo in Nats Gehirn hallte.

*„Wir brauchen dich, Nathaniel! Um der Familie willen, beweg deinen verdammten Arsch nach Primrose! SOFORT!"*

Nat stellte sich nur eine einzige Frage: Was war die Botschaft *hinter* diesen Worten?

Denn, *Nathaniel* hatte Adrian ihn zuletzt als Kind genannt. Und einen so verzweifelten, ja regelrecht *flehentlichen* Tonfall hatte der große Bruder auch noch nie an den Tag gelegt, geschweige denn, dass er sich je Hilfe suchend *direkt* an Nat gewendet hätte.

Also was, bitteschön, war hier *wirklich* los?

Nat war zwar geneigt Adrians ‚Hilferuf' ernst zu nehmen, doch was die Dringlichkeit betraf, war er nicht der Meinung seines Bruders. Wäre Adrian in ernsthafter Gefahr, hätte Nat, als sein eigen Fleisch und Blut, dies gespürt. Außerdem hätte Adrian dann sicherlich nicht ihn, den *kampfuntauglichen Schreiberling*, kontaktiert. Adrian hatte die Familie erwähnt, also vielleicht ging es um etwas, das mit Valentina und den Rebellen in Zusammenhang stand. Dies würde die *Bücher* und das *Wissen* erklären. Möglicherweise hatte Adrian einen taktischen Gegenzug entwickelt und wollte dies mit ihm besprechen. Doch warum klang er dann so verzweifelt? Und weshalb brauchte er dafür *nur* Nat und nicht auch Dario? Auch wenn Adrian noch immer in dem Glauben war, Betty sei schwanger und brauche ihren Gefährten an ihrer Seite, so viel Feingefühl besaß er nicht, um darauf Rücksicht zu nehmen.

Irgendetwas war ganz klar faul an der Sache!

Doch ehe Nat weiter darüber nachgrübeln konnte, drang von draußen her fröhliches Gelächter an sein Ohr. Na endlich, vielleicht konnten sie nun etwas Licht in die Sache bringen. Augenblicklich sprang Nat auf und begab sich in die Eingangshalle. Kaum dort angekommen, flog auch schon die Türe auf, und Betty und Dario stolperten herein. Der Anblick der beiden ließ Nat einen Moment lang die Dringlichkeit seines Anliegens vergessen. „Bist du unter eine Lawine gekommen, oder ist das ein neuer Modetrend?", begrüßte er Betty mit kritischem Stirnrunzeln.

„Dieses *Kostüm* hier verdanke ich deinem Bruder!", beschwerte Betty sich lachend und klopfte sich dabei den Schnee ab, der sie wie Tortenguss überzog. „Er hat gemeint, ein neues *Kleid* würde meine Nachdenklichkeit vielleicht vertreiben", erklärte sie weiter.

„Du wirst doch nicht abstreiten wollen, dass ich damit recht hatte?", warf Dario ein. Betty funkelte ihn in gespieltem Ärger an. „Und der einzige Weg war, mich in eine Schneewehe zu schmeißen, ja?" Sie zog ihre Jacke aus und schüttelte sich erneut, wie ein nasser Hund. „Igitt, ich glaub, ich hab das Zeug sogar in der Unterwäsche!", jammerte sie mit besonders gequältem Unterton.

„Hättest du auf mich gehört und dich ausgezogen, hättest du *dieses* Problem jetzt nicht!", bemerkte Dario so ganz nebenbei. Betty wollte antworten, doch blieb ihr der Mund offen stehen. Fassungslos schüttelte sie den Kopf. „Siehst du, womit ich mich abquälen muss?", wandte sie sich stattdessen in vermeintlicher Entrüstung an Nat. „Wie soll ich mich auf das Wesentliche konzentrieren, wenn er mich dauernd mit seinen anzüglichen Fantasien volllabert?"

Nat sah sie achselzuckend an. Mittlerweile gehörten diese spielerischen Auseinandersetzungen zur täglichen Routine.

Prinzipiell eine durchaus willkommene Abwechslung für Nat. „Was erwartest du von ihm?", ergriff er zur Abwechslung einmal Partei für Dario. „Du bist seine wahre Liebe. Schlimmer wäre es, wenn er dir seine Fantasien vorenthalten würde!"

„Wie konnte ich auch nur glauben, du würdest dich *nicht* auf die Seite deines Bruders schlagen?", sprach Betty mit theatralischer Verzweiflung, drehte sich mit schwungvoller Eleganz um die eigene Achse, schleuderte dabei betont achtlos ihre Jacke auf den Boden und schritt erhobenen Hauptes den Stufen entgegen.

Nat war so gefangen von der schauspielerischen Darbietung, dass er beinahe vergessen hätte, warum er in die Halle gekommen war. „Halt, hier geblieben!" Er konnte Betty gerade noch am Arm fassen, ehe sie über die Stufen entschwinden konnte. Sein fröhlicher Plauderton war beinahe in Befehlston übergegangen. „Wir haben eine ernste Angelegenheit zu besprechen", beantwortete er Bettys fragenden Augenaufschlag.

Ohne sie loszulassen, ging er in das Arbeitszimmer und deutete Dario mit der anderen Hand an, ihnen zu folgen. Vor dem Schreibtisch blieb Nat stehen, schien es sich aber doch anders zu überlegen und zog Betty weiter in den angrenzenden Wohnsalon. Erst dort ließ er ihren Arm los und forderte sie auf Platz zu nehmen, ehe er selbiges tat.

Dario war ihnen gefolgt, blieb jedoch unschlüssig im Durchgang zwischen Bibliothek und Wohnsalon stehen. „Was soll das Nat?" Sein skeptischer Blick richtete sich auf den jüngeren Bruder. „Warum so geheimnisvoll? Was ist passiert?"

„Wenn du mir die Ehre erweist, deinen Körper in einen der Sessel zu hieven, dann würde ich euch gerne darüber aufklären!", herrschte Nat ihn genervt an.

Dario war zwar irritiert über den ungewohnten Tonfall, doch er befolgte Nats Aufforderung und nahm bei Betty auf dem Sofa Platz.

Nat hatte sich in einen der Ohrensessel vis-à-vis der beiden gesetzt und hob sofort beschwichtigend die Hände. „Tut mir leid, ich wollte nicht so barsch klingen", entschuldigte er sich. „Aber ich muss gestehen, Adrian hat mich ziemlich durcheinandergebracht …"

„Adrian?", schossen Dario und Betty wie aus einem Mund hervor. Sie wechselten einen fragenden Blick, ehe sie sich wieder an Nat wandten. Dario ergriff als Erster das Wort. „Was zum Geier ..."

„So lasst mich doch erst einmal ausreden!", unterbrach Nat energisch. Nachdem er sich der Aufmerksamkeit seiner Zuhörer sicher war, begann er von seiner beinahe kryptischen Unterhaltung mit Adrian zu berichten. Er ließ kein Detail aus und beendete seinen Bericht mit den bereits gestellten Schlussfolgerungen seinerseits.

„Also, was haltet ihr davon?", wollte er im Anschluss von Dario und Betty wissen. „Klingt *das* nach unserem Adrian!"

Für einen Augenblick herrschte absolute Stille in dem Raum. Nat saß abwartend in seinem Sessel und beobachtete gespannt sein Gegenüber. Selbst wenn er auf eine Antwort brannte, so wollte er den beiden Zeit geben, sich das Gehörte noch einmal durch den Kopf gehen zu lassen. Schließlich war es Dario, der als Erster das nachdenkliche Schweigen brach.

„Okay, lasst uns die Sache einmal ganz nüchtern betrachten", begann er vorsichtig. „Was können wir ausschließen, und was bleibt dann noch übrig?" Nachdem Betty und Nat zustimmend nickten, fuhr Dario fort. „Vorerst sollten wir klären, wer alles auf Primrose ist, nachdem Adrian von *wir* gesprochen hat."

„Adrian und Lilly", lautete die Antwort von Nat.

„Und Gabriel!", warf Betty mit energischer Bestimmtheit dazwischen. „Sonst niemand." Erst die folgende Stille ließ sie die fragenden Blicke der beiden Männer bemerken. „Ihr kennt ja Adrians liebenswertes Naturell!", erklärte sie sich. „Außerdem sind Lilly und er wie Feuer und Eis, was ja, glaub ich, auch allen schon aufgefallen ist. Darum hab ich Gabriel aufgetragen, Lilly nicht von der Seite zu weichen. Gerade deshalb verstehe ich ja auch nicht, was Adrian nun von Nat brauchen könnte, aber bitte, ..." Sie ließ ihre Worte in der Luft hängen, als sie bemerkte, wie Dario und Nat besorgte Blicke wechselten. Ja, war es nur Einbildung, oder konnte sie, wenn auch bloß für einen Sekundenbruchteil, gar den Anflug von Angst und Schrecken in den Gesichtern der beiden erkennen?

Doch, was mochte die zwei derart geschockt haben?

Hatte sie etwas Falsches gesagt? Betty ging im Geiste noch einmal ihre eigenen Worte durch, und mit einem Mal lichtete sich der Nebel. „Ach du meine Güte!", stieß sie hervor. „Ihr glaubt doch nicht, dass Gabriel ..." Betty hielt inne und starrte ungläubig auf Dario und Nat.

Es dauerte einige Sekunden, bis die zwei begriffen, was Betty angedeutet hatte, doch dann brachen sie simultan in Gelächter aus. Die Vorstellung, dass ausgerechnet der einzige, echte *Vegetarier* unter den Vampiren sich an einem Menschen vergangen haben mochte, war schlichtweg *unvorstellbar!*

„Nein, meine Süße, Gabriel hat noch niemals einen Menschen gebissen und wird es auch in fünftausend Jahren nicht tun, dafür bürge ich!", versuchte Dario seinen Lachanfall zu rechtfertigen.

Ach ja, das hab ich wohl vergessen", gab Betty kleinlaut zu. „Aber, ... was ist mit Adrian, ... wäre er ..."

„Keine Sorge", versuchte diesmal Nat zu beruhigen. „Selbst Adrian hat genug Anstand, um *das* nicht zu tun."

Auch Dario hatte sich wieder der Ernsthaftigkeit ihrer Diskussion besonnen. „Nein, meine Süße, was ich vielmehr befürchte, ist, dass Lilly erneut Besuch von einem Panther hatte", fuhr er in angemessenerem Ton fort.

„Ja, schließlich ist es Valentina schon einmal gelungen", bestätigte auch Nat diese Theorie. „Aber könnte solch ein Vorfall tatsächlich von uns unbemerkt geblieben sein?", sprach er laut aus, was auch Dario gerade durch den Kopf ging.

Während die Brüder sich in eine hitzige Diskussion darüber verstrickten, wollte Betty ihre eigene Theorie nicht ganz so schnell verwerfen. Derart abwegig kam ihr dieser Gedanke gar nicht vor. Immerhin hätte vor wenigen Monaten auch noch niemand geglaubt, dass *ein* Tropfen Blut aus ihr einen Vampir machen würde. Bestärkt von diesem Vergleich, versuchte sie noch mal den Brüdern ihre Ansichten näherzubringen.

„Also, so lächerlich finde ich meine Variante eigentlich gar nicht", mischte sie sich ohne Rücksichtnahme in die Unterhaltung. „Bin ich nicht selbst der beste Beweis dafür, dass auch Unmögliches möglich ist?" Sie wollte ihre Meinung unbedingt an den

Mann bringen, dass sie Dario und Nat erst gar keine Chance für Einwände ließ. „Habt ihr denn gar nichts dazugelernt? Ihr wisst doch genauso gut wie ich, dass es eine Mö…"

Genauso unerwartet, wie sie begonnen hatte, hielt Betty nun inne.

Ohne ein weiteres Wort zu sagen, starrte sie wie vom Blitz getroffen von Dario zu Nat, die wiederum ihrerseits verwunderte Blicke austauschten. Keinem der beiden war klar, worauf Betty hinauswollte, doch beide bemerkten die zunehmende Leere in ihren Augen. Ihre Pupillen weiteten sich, bis das Blau ihrer Iris völlig verschwunden schien. Zeitgleich schlich sich ein fast schon gruseliges Lächeln auf ihren halb geöffneten Mund. Man konnte Betty durchaus mit dem Medium einer Geistersitzung vergleichen.

Sie sah aus, als wäre gerade ein fremder Geist in sie gefahren!

Instinktiv ergriff Dario ihre Hand. Doch so schnell, wie diese eigentümliche Starre über sie gekommen war, hatte sie Betty auch wieder verlassen. Die Leere wich nun einem unvergleichlichen Funkeln, als sie den Griff von Darios Hand erwiderte und voller Euphorie aufsprang. „Nat, bitte entschuldige uns einen kleinen Moment", rief sie enthusiastisch. „Aber ich muss kurz unter vier Augen mit meinem Liebsten sprechen!"

Mit diesen Worten zog sie den verblüfften Dario hinter sich aus dem Raum und ließ einen noch viel mehr verdatterten Nat im Wohnsalon zurück.

„*Deshalb* hast du mich hier raufgezerrt und Nat wie einen Idioten da unten sitzen gelassen?" Dario saß auf der Bettkante und richtete seinen skeptischen Blick auf Betty. „Ist *das* dein Ernst?"

Betty lehnte gegenüber am Fenster und sah Dario verständnislos an. „Aber natürlich! Es ist die einzig logische Erklärung!" Betty konnte Darios Skepsis nicht nachvollziehen. Für sie war die Sache glasklar.

Lilly hatte das gleiche Schicksal ereilt wie Betty selbst!

*Das* war es, was die Freundin zu verheimlichen versucht hatte! Immerhin wusste Lilly ja nichts von Bettys wahrem Zustand. Und Betty selbst war zu beschäftigt mit ihren eigenen Problemen gewesen, um zu erkennen, was sich da angebahnt hatte. Demnach hatten sie wohl beide versucht, sich voreinander zu verstecken. Obwohl sie sich doch vielmehr gegenseitig helfen sollten. Als Betty die Ironie dieser Theorie bewusst wurde, hätte sie sich am liebsten selbst geohrfeigt.

„Aber bei dir hat das Wochen gedauert, und erst all die Symptome. Und Adrian hat nichts von einer Schwangerschaft erwähnt, wenn ich Nat recht verstanden habe!", bohrte Dario weiter. „Also, wie sollte das denn alles passiert sein?"

„Mein Gott, woher soll ich das denn wissen!", verteidigte Betty sich. „Ich bin doch keine Hellseherin!"

„Na bitte! Außerdem hast du doch selbst gesagt, Adrian und Lilly sind wie *Feuer und Eis*, also könnte es genauso gut Gabriel sein, der …"

„Nein!" fuhr Betty dazwischen. „Das ist unlogisch. Meine Freundin, dein Bruder. Das ergibt Sinn!"

„Aber auch nur in deinem süßen Köpfchen!" warf Dario mit einem schelmischen Grinsen ein. „Wenn schon, dann könnte genauso gut Angelis die wahre Liebe deiner Freundin sein!"

„Nein!" protestierte Betty. „Mal ehrlich, Gabriel war die ganze Zeit mit Lilly zusammen. Meinst du nicht, wir hätten es bemerkt, wenn *die b*eiden füreinander bestimmt gewesen wären?", versuchte sie Dario zu überzeugen.

„Gutes Argument, aber das mit Adrian hat ja wohl auch niemand bemerkt, oder sehe ich das falsch?" Dario konnte sich mit dem Gedanken, auch Lilly sei die wahre Liebe eines Vampirs, nicht so recht anfreunden. Warum sollte das Schicksal gleich zweimal hintereinander zuschlagen? Noch dazu in derselben Familie? Für Dario machte das alles gar keinen Sinn.

Ganz im Gegensatz zu seiner Gefährtin.

„Komm schon, Dario, ich kann es dir nicht erklären, und ich weiß, dass es sich verrückt anhört. Aber ich weiß auch, dass es so sein *muss!*", unternahm Betty einen letzten verzweifelten Versuch und ging langsam auf das Bett zu. „Ich hab keine Ahnung, was passiert sein könnte, aber es soll schon vorgekommen sein, dass Feuer Eis zum Schmelzen gebracht hat. Also wer weiß …", zwinkerte sie ihrem Gefährten zu und setzte sich neben ihn.

Dario ergriff sanft Bettys Hände und sah ihr fest in die Augen. „Wie kannst du dir dieser Sache nur so sicher sein? Ich meine, du hast keinerlei echte Beweise, und dennoch glaubst du so fest daran. Warum nur?"

„Weil es sich schlicht und einfach *richtig* anfühlt."

In diesem Moment konnte Dario eine Woge von Bettys Gefühlen in sich aufnehmen, und er spürte die volle Überzeugung, die in ihr steckte. Sie war sich ihrer Sache so sicher, wie es als bestätigt galt, dass die Erde keine Scheibe war. Nun, wenn sie so sehr darauf beharrte, dann wollte auch er daran glauben. „Also gut, wie soll es jetzt weitergehen?"

Betty atmete tief durch, denn noch hatte sie Dario nicht ihre *komplette* Theorie anvertraut!

„Ich würde vorschlagen, wir ignorieren Adrian und machen uns selbst auf den Weg nach Primrose", begann sie vorsichtig. „Ich will ja nicht überheblich klingen, aber ich glaube, *ich* kann Lilly in diesem Fall besser helfen als Nat, wenn du verstehst!"

„Vorausgesetzt, du hast tatsächlich recht, stimme ich dem natürlich zu. Aber du scheinst zu vergessen, dass du noch nicht so ganz reisetauglich bist, wenn *du* verstehst!", gab Dario zu bedenken.

„Dann musst du meine ‚Abschlussprüfung' eben vorverlegen", überlegte Betty laut. „Wenn wir Adrian verklickern, dass ‚Nat' erst in, … na ja, sagen wir zwei, drei Tagen von hier wegkann, sollte das doch reichen, was meinst du?"

„Nat? Warum sagen wir Adrian nicht …"

„Weil wir Lilly nicht unnötig aufregen wollen!", unterbrach Betty ihn. „Auf Primrose denken alle, ich sei *bloß* schwanger. Also, alle außer Gabriel, aber der ist auch noch nicht am endgültigen Stand der Dinge. Außerdem weiß er, dass er die Sache vertraulich behandeln soll. Also wissen es die anderen nicht, und so soll es auch bleiben. Vertrau mir bitte, wir müssen sie in ihrem Glauben lassen, bis wir ihnen *persönlich* die Wahrheit übermitteln können!"

„Na gut, in Ordnung." Dario ließ Bettys Hände los und erhob sich vom Bett. „Dann sollten wir das jetzt mal mit Nat besprechen, der kocht sicher schon!"

Doch Betty hielt ihn am Ärmel zurück. „Nein, noch nicht!", flehte sie ihn unsicher an. „Nat dürfen wir nur die halbe Geschichte erzählen, bitte, Dario."

Dario hob überrascht die Augenbrauen, setzte sich aber wieder zu Betty. Sein verwunderter Blick richtete sich auf ihr Gesicht, doch er konnte ihre Mimik nicht deuten. „Okay, meine Süße. Was heckst du nun schon wieder aus?", stellte er die Frage, deren Antwort Betty gerne gemieden hätte. Unwillkürlich hatte sie die Luft angehalten und stieß diese nun hörbar aus. „Gut, also, ich möchte, dass Nat nicht erfährt, was wir über Lilly und Adrian vermuten."

In Darios Augen spiegelte sich erneut Skepsis. „Und warum nicht?"

„Er soll möglichst unvoreingenommen sein", erwiderte Betty nach kurzem Zögern.

„Warum das?"

Wieder ließ Betty sich Zeit mit der Antwort. „Weil Nat nach Wien soll ... zu Ella."

„WARUM?"

„Weil sich nur so der Kreis schließen kann." Betty sah Dario hilflos an. „Ich weiß, wie sich das für dich anhören muss, aber ich bin mir absolut sicher. Ich kann es dir nicht erklären, ich weiß es nur." Fast wäre sie in Tränen ausgebrochen, so verzweifelt war sie angesichts des Unvermögens, sich logischer auszudrücken. „Du musst mir in dieser Sache einfach glauben und vertrauen, Dario. Ich kann dir nur so viel sagen: Nat muss zu Ella, denn auch die beiden sind füreinander bestimmt!"

Dario war sprachlos. Ungläubig starrte er seine Liebste an. Selbst wenn er gewollt hätte, er hätte keinen Ton herausgebracht. Es fehlten ihm schlichtweg die Worte.

Doch seine Gefühle waren nicht so reglos wie sein Geist. Er konnte es sich zwar nicht erklären, doch Betty war sich ihrer Sache *so* sicher, dass er selbst ihre Zuversicht spüren konnte. Sie war wirklich aus tiefstem Herzen überzeugt von ihrer Theorie. Also sollte er es auch sein. Dennoch stellte er sich unaufhörlich ein und dieselbe Frage.

W-A-R-U-M?

Seiner Ansicht nach war es schon weit hergeholt, Adrian und Lilly als Gefährten zu sehen. Aber nun auch noch Nat und Ella? Drei Brüder, die in drei Freundinnen ihre wahre Liebe finden? Das klang doch eher wie aus einem kitschigen Liebesroman als nach der Realität! Andererseits war Bettys Überzeugung nicht von der Hand zu weisen. Dario konnte es spüren, wie sehr sie selbst in ihrem tiefsten Inneren die *Richtigkeit* dieser Sache fühlte.

Verzweifelt umrandete er Bettys Gesicht mit seinen Händen. Zärtlich strichen seine Daumen über ihre Wangen, als er ihr Hilfe suchend in die Augen sah. „Warum, Betty? Warum?", flüsterte er flehentlich. „Nenn mir nur einen einzigen, *vernünftigen* Grund!"

Betty fühlte sich elendig. Sie konnte die Tränen nicht länger zurückhalten. Wie sollte sie Darios Bitte nachkommen, wenn sie doch gar keine *Gründe* für ihre Annahme hatte. Sie *fühlte* es lediglich. Sie *wusste* es einfach, aber wie sollte sie das Dario glaubhaft machen?

Doch gerade diese Verzweiflung animierte Bettys Gehirn zu einem schieren Quantensprung in logischer Verknüpfung. Wie aus dem Nichts sprudelte der Gedanke aus den Tiefen ihres Unterbewusstseins, um sofort unzensiert weiter an Dario übermittelt zu werden.

„Heiliges Kanonenrohr", murmelte dieser wie benommen. „*Das* würde den Kreis tatsächlich schließen!" Der Nachhall von Bettys Worten wollte nicht aus seinem Kopf verschwinden. Konnte es wahrhaft möglich sein? Sollte sich die beinahe zweitausend Jahre alte Prophezeiung auf diesem Wege doch noch erfüllen?

*Krieg, Vernichtung, Verfolgung …*

*… Vereinigung?*

# Kapitel 3

Die Karten waren neu gemischt und verteilt. Adrian wartete ruhelos auf Hilfe. Dario wurde zur ‚Verschwörung' in Sachen Liebe angezettelt und Nat in seine bevorstehende ‚Rettungsaktion' eingeweiht. Die finale Runde war eingeläutet. Doch ehe das Endspiel beginnen konnte, musste sich erst die vierte von Aran über ihren nächsten Zug im Klaren sein.

Valentina hatte sich seit ihrem inszenierten Angriff in die Lüfte zurückgezogen. In Form eines Vogels überquerte sie gemeinsam mit Balthasar die Kontinente. Sosehr sie die Gestalt des Panthers auch liebte, beim Denken inspirierte sie die Freiheit des Fliegens weit mehr. Sie genoss es, den Wind unter den Flügeln zu spüren, sich von einer Brise tragen zu lassen und lautlos über den Himmel zu gleiten. Wochenlang war sie nun bereits mit ihrem treuen Begleiter rastlos umhergeflogen, auf der Suche nach der ultimativen Lösung.

Valentina hatte sich stets von Impulsen und Instinkten leiten lassen. Sie war nicht der ‚alles bis ins kleinste Detail durchgeplant'-Typ. Demnach hatte sie auch noch nie über ihr tatsächliches Finale nachgedacht. Zudem wies ihr Rachefeldzug gegen die Cousins plötzlich unerwartete Barrieren auf. Denn das Letzte, was Valentina erwartet hatte, war, dass die Brüder mit Blutspendern *kooperieren* würden.

Nun, Valentina war nicht wählerisch. Im Prinzip war es ihr ja vollkommen gleich, wen oder was sie töten musste, um diese verhasste Brut nur endlich zu vernichten. Ihr Weg war von Leichen jeglicher existierender Spezies gepflastert, da spielten ein paar weitere Exemplare keine Rolle. Dennoch machte dieser besondere Umstand Valentina stutzig. Passte es doch so ganz und gar nicht zu den ach so *noblen* von Arans, sich mit diesem Menschenpack zu verbünden.

Diese zu beschützen? – Ja!
Deren sinnlose Leben zu verteidigen? – Ja!

Menschen zum Schutz der eigenen Rasse zu manipulieren? – Ja! Aber gemeinsame Sache mit ihnen zu machen? – Nein!

Selbst den oh so *edlen Anführern* der Vampire wäre solch ein minderes Vorgehen zuwider, es sei denn …!

Blitzartig rekapitulierte Valentina, was bisher geschehen war. In Schottland waren zwei *Frauen* bei den Brüdern gewesen. Diese Lilly, die so leicht zu beeinflussen war wie ein herrenloses Hundebaby, und die kleine Furie, die Valentina erst im letzten Moment wahrnehmen konnte. Beide hatten ein mentales Schutzschild, das weder Valentina noch Balthasar durchdringen konnten, ein sicheres Zeichen dafür, dass die Brüder ihre Kräfte hatten spielen lassen. An diesem Punkt stellten sich Valentina zwei Fragen.

Wenn überhaupt, *warum* wählten die von Arans ausgerechnet *weibliche* Menschen in ihre erlesene kleine Runde, und *welche* wichtige *Information* versuchten sie in den Köpfen dieser Frauen zu verstecken?

Noch einmal ließ Valentina die Ereignisse in Schottland Revue passieren, ließ jedes winzige Detail vor ihrem geistigen Auge ablaufen und kam immer wieder zu der einzigen, für sie logischen Schlussfolgerung.

Die von Arans hatten nicht einfach *irgendwelche* Blutspender *rekrutiert*. Das sollte keine Elitetruppe werden oder sonst irgendwelchen Sicherheitsmaßnahmen dienen. Es gab einen anderen, ganz besonderen Grund, weshalb gerade weibliche Blutspender in ihrem Umfeld waren. Und Valentina schalt sich selbst, dass sie die Anzeichen nicht schon eher bemerkt hatte. Gerade sie, wo sie doch Erfahrung auf diesem Gebiet hatte. Diese beiden Menschenfrauen waren nur aus einem einzigen Grund bei den von Arans, und der hieß Liebe.

Ja, das ergab durchaus Sinn!

Weshalb sonst sollten die Brüder solch einen Aufwand um das Wohl dieser speziellen Blutspenderinnen machen? Ja, und welche Information lohnte es wohl mehr geheim gehalten zu werden als das Wissen um diesen besonderen Umstand?

Valentina konnte ihr Glück kaum fassen. Der Zufall servierte ihr die Lösung auf dem Silbertablett, sie brauchte bloß noch danach zu greifen. Doch gerade die Einfachheit dieses Plans ließ sie vorsichtig werden. Schließlich wollte sie nicht Gefahr laufen, im letzten Moment einem fatalen Fehler zu erliegen. Im Einzelnen ging Valentina die Brüder und ihre Eigenschaften gedanklich durch.

Adrian, der Älteste, ein durchaus ebenbürtiger Gegner. Die Vampire sahen zu ihm auf, fühlten sich sicher unter seiner Führung. Gleichzeitig hatten sie Respekt vor seiner Illusionskraft, und auch sein Charakter war gefürchtet. Eigentlich schade, dass dieser Prachtvampir nicht auf ihrer Seite kämpfte! Die Frau an seiner Seite war wohl die eingebildete Blondine. Immerhin hatte er sie *heldenhaft* aus Balthasars Klauen befreit. Gott, wie *romantisch* das doch alles war. Valentina kam das Kotzen!

Der Nächste im Bunde war Dario, der Mittlere und gleichzeitig die rechte Hand des *mächtigen* Adrian. Ein geübter Kämpfer, der allein durch sein empathisches Talent wahre Schreckenstaten vollbringen könnte. Leider nutzte er seine Kraft immer nur im Sinne des *Guten*, was für eine Verschwendung! Ob die Kleine im weißen Kleid wohl zu ihm gehörte? Valentina war sich dessen ziemlich sicher. Schließlich war er es gewesen, der sich schützend zwischen die kleine Furie und Valentinas Zwei-Mann-Trupp geworfen hatte.

Und zu guter Letzt Nathaniel, der Jüngste. Über ihn konnte Valentina das wenigste in Erfahrung bringen. Er gehörte weder zu diesem lächerlichen Schutztrupp, noch lebte er mit seinen Brüdern. Aus einem ihr unerfindlichen Grund konnte sie seine Wege nicht zurückverfolgen. Seine Spur führte lediglich nach Rumänien und löste sich dort in alle Winde auf. Adrian musste ihn mit einer verdammt guten Illusion geschützt haben, eine andere Erklärung gab es nicht. Doch warum wollten die von Arans ihren jüngsten Bruder um jeden Preis verbergen? Auch hierfür gab es nur eine logische Erklärung.

Klein Nathaniel war wohl das *schwächste* Glied in der Kette, und genau *diesen* Umstand würde Valentina sich zunutze machen!

Während Valentinas todbringender Plan langsam Formen annahm, zermarterte sich noch jemand den Kopf auf der Suche nach der Lösung *seiner* Probleme. Doch Balthasar grübelte keineswegs über die Vernichtung der Von-Aran-Brüder nach. Seine Problematik lag vielmehr in Valentinas offensichtlicher Verblendung. Seit sie von Schottland aufgebrochen waren, konnte er den Gedanken nicht mehr aus seinem Kopf kriegen. Wie ein Blitzschlag hatte es ihn damals getroffen.

Er liebte Valentina, sie war seine wahre Bestimmung!

Und er wusste nicht, wie er damit umgehen sollte.

Seit er denken konnte, war sein Herz von Hass und Verachtung erfüllt. Es lag einfach in seiner Natur, böse zu sein und Böses zu tun. Das war das Einzige gewesen, was er *liebte*. Auch in den vielen Hundert Jahren, die er nun schon mit Valentina die Welt terrorisierte, hatte es nie Zweifel an seiner Einstellung gegeben. Dennoch musste er sich irgendwann eingestehen, dass es nicht das Böse war, das ihn an Valentinas Seite hielt.

Anfangs war es vielleicht so. Doch nach ein paar Hundert Jahren hätte sich jeder vernünftige Vampir, von Balthasars Format, selbstständig gemacht. Er hatte durchaus das Zeug dazu, eigene furchtbare Wege zu beschreiten, sich eigene Anhänger zu suchen und selbst das Oberhaupt einer vernichtenden Armee zu sein. Stattdessen spielte er weiter die zweite Geige in Valentinas privatem Krieg! Doch erst in den letzten hundert Jahren wurde ihm dieser Umstand bewusst. Erst, als Valentina begonnen hatte, ihre Rache gezielt gegen ihre Cousins zu richten, bemerkte Balthasar ihre wahre Besessenheit. Und seine eigenen Zweifel.

Aber selbst angesichts dieser Tatsachen zog er es niemals in Erwägung, Valentina zu verlassen. Doch es waren nicht Loyalität und Pflichtbewusstsein, wie er sich zu Beginn selbst eingeredet hatte, sondern wohl eher die Liebe, welche ihn an Valentinas Seite verweilen ließ.

Nun, der Umstand, dass er Liebe erkannte und verspürte, war an sich schon irritierend genug für Balthasar. Doch die neuen Gefühle hatten auch seine Wahrnehmung, in Bezug auf Valentinas

Rachefeldzug, verändert. Jener Angriff auf Primrose hatte ihm zum allerersten Mal vor Augen geführt, dass sie durchaus von den Jägern zu den Gejagten werden konnten. Selbst wenn die dortigen Ereignisse jene Vermutung in keinster Weise bestärkten, so hatte Balthasar das dunkle Gefühl, dass sich das Blatt doch jederzeit zu ihrem Nachteil wenden konnte. Denn Valentina war so besessen von ihrem Rachedurst, dass sie blind gegenüber allem anderen geworden war. Ja, selbst die Gefahr erkannte sie bisweilen nicht mehr als solche. Valentinas Verblendung würde noch zu ihrem eigenen Tod führen.

Das konnte Balthasar nicht zulassen!

Den Entschluss hatte er schon vor ein paar Wochen gefasst. Eher wollte er sie selbst töten, als sie der Schmach auszusetzen, vom Feind geschlagen zu werden. Doch, so weit musste es vielleicht gar nicht kommen. Er musste zumindest *versuchen* ihr und nicht zuletzt auch sein Leben zu *retten!*

Valentina war gedanklich weit in der Zukunft, als Balthasars Stimme sie in die Gegenwart zurückholte.

„*... muss mit dir reden.*"

Sie ließ sich auf einem Baum nieder und wartete, bis Balthasar es ihr gleich tat. „*Du willst also mit mir reden. Worüber?*"

„*Über ... nun ja, gewissermaßen über unseren Schlachtplan*", begann Balthasar ungewohnt zögerlich. Doch er wollte nicht gleich mit der Tür ins Haus fallen, sondern Valentina behutsam an die Sache heranführen – in der Hoffnung, ihr die Augen zu öffnen und sie ihrerseits die Liebe erkennen lassen zu können.

„*Oh, gut! Ich habe auch gerade darüber nachgedacht, aber du zuerst. Also, was hast du auf dem Herzen?*"

Das wird wohl schwieriger als angenommen, dachte Balthasar. „*Nun, ehrlich gesagt, frage ich mich, ob wir überhaupt noch eine Chance haben. Ich meine, wir führen nun schon seit vielen hundert Jahren Krieg gegen die Brüder, ohne dass wir wirklich etwas erreicht haben.*"

Die Worte sprudelten nur so aus Balthasar heraus, wenngleich bloß aus dem Grund, Valentina keine Möglichkeit für vorzeitige Einwände geben zu können.

„Versteh mich nicht falsch, ich richte nicht über deine Motive, und egal welchen Weg du beschreiten wirst, ich werde ihn mit dir gehen. Aber vielleicht haben wir schon zu lange gewartet!

Die Brüder sind nicht ganz so dumm, sie haben Blutspender in ihren Reihen. Was, wenn sie nun auch konvertieren, was, wenn sie uns in eine Falle locken, uns absichtlich auf eine falsche Fährte führen? Valentina, vielleicht ist es dir egal, ob du bei dieser Sache dein Leben lässt, mir aber nicht! Ich kann nicht zulassen, dass du diesem widerwärtigen Pack ins Messer läufst! Ich fürchte, wir haben unsere Chance vertan, Valentina. Vielleicht ist es an der Zeit loszulassen und von vorne zu beginnen.

Wir sollten all unsere Konvertierten in einem letzten Angriff opfern und uns, ganz gleich, ob die Brüder sterben oder nicht, irgendwohin zurückziehen. Valentina, du hast dein Ziel über tausend Jahre lang verfolgt, lass nicht zu, dass es dich nun zerstört! Vielleicht können wir beide ja auch ohne Rache und Vergeltung einen Weg finden, um glücklich zu werden!"

Valentina hatte aufmerksam angehört, was Balthasar zu sagen hatte. Obgleich seine ungewohnte Emotionalität sie doch sehr überraschte, ließ sie sich dies nicht anmerken und wartete geduldig das Ende seiner Ausführungen ab. Als es dann endlich an ihr war, ihm zu antworten, konnte sie ihr Amüsement aber nicht länger verbergen.

„Balthasar, du mein treuer Wegbegleiter, ich weiß, ich habe deine Geduld lange auf die Probe gestellt. Aber ich gebe dir mein Wort, unser Ziel ist zum Greifen nahe. Ja, ich kann dir sogar versprechen, dass wir unser Glück ohne Hass und Vergeltung finden werden, nachdem wir die Von-Aran-Brüder zur Strecke gebracht haben. Und die Sorge um mein Leben ist unbegründet. Ich habe keineswegs vor, mich selbst ans Messer zu liefern, ganz im Gegenteil. Lass mich dir erklären …"

Valentina machte eine kurze Pause, um sich etwas aus ihrem Federkleid zu picken, ehe sie damit fortfuhr, Balthasar in ihren Plan einzuweihen.

„Also mein treuer Freund, höre nun an, was ich dir zu sagen habe. Denn während du dein hübsches Köpfchen mit solch unnötigen Problemen belastet hast, habe ich die Lösung gefunden. Alles, was wir zu tun haben, ist, eine bestimmte Blutspenderin zu finden, sie zu töten und in Ruhe abzuwarten, bis die Zeit den Rest erledigt!"

Balthasar war selbst in der Gestalt des Vogels anzumerken, dass er Valentina nicht ganz folgen konnte. „*Blutspenderin? Aber warum? Wovon sprichst du nur?*", unterbrach er sie irritiert.

„*Immer mit der Ruhe, ich will es dir ja gerade erklären! Also, diese zwei Blutspenderinnen, die wir auf Primrose angetroffen haben, sind nicht irgendwer, sondern die Gefährtinnen der Brüder …*"

„*Woher willst du das denn wissen!*", unterbrach Balthasar erneut.

„*Nun, lass mich doch ausreden, dann wirst du schon verstehen, was ich meine!*", sprach Valentina forsch, ehe sie ihre Erklärung, wieder ganz im Plauderton, fortsetzte. „*Logisch betrachtet liegt es doch auf der Hand. Sonst hätten sie doch Männer rekrutiert und nicht Frauen, und warum sonst sollten sie diese mit ihrem eigenen Leben beschützen wollen? Nicht einmal die Menschenliebe der von Arans geht so weit, sich grundlos für ein niederes Wesen zu opfern. Und vergiss nicht, ich habe schon einmal erlebt, wie die Hormone einen Blutspender verändern. Die kleine Furie in Weiß war doch der beste Beweis dafür! Nun haben wir aber drei von Arans und nur zwei Menschen, demnach muss es eine Dritte geben. Und ich glaube zu wissen, wer sie ist. Du erinnerst dich an die rumänische Regennacht? Die Begegnung mit Adrian und Dario, … die drei Blutspenderinnen? Ganz genau, zwei davon haben wir auf Primrose wieder getroffen, bleibt also nur noch eine übrig. Die zukünftige Gefährtin von Nathaniel!*"

Balthasar sah noch immer skeptisch drein, doch Valentina ging förmlich auf in ihren Ausführungen.

„*Balthasar, was Besseres hätte uns gar nicht passieren können! Die von Arans haben Menschen als Gefährtinnen, verstehst du nicht? Wenn wir Nathaniels Zukünftige töten, wird er gezwungenermaßen sein Leben selbst beenden. Dann brauchen wir nur noch zu warten, bis die beiden anderen ihren natürlichen Tod finden und Dario und Adrian diesen Weg mit ihnen gehen. Wir müssen bloß eine hilflose Blutspenderin ausschalten, alles andere erledigt sich von selbst. Ohne dass wir uns die Finger schmutzig machen müssen oder gar unser eigenes Leben in Gefahr bringen! Balthasar, wir müssen nur noch ein einziges Mal töten. Danach können wir uns zurücklehnen und zusehen. Ist das nicht das, was du wolltest? Zurückziehen und ein glückliches Leben führen?*"

Balthasar war sich noch nicht so ganz schlüssig darüber. „*Und wenn sie aus dem ersten Tod lernen und die zwei anderen konvertieren – um eben das zu verhindern, was du dir so prächtig ausmalst?*"

Doch Valentina war auch darauf vorbereitet. „Das ist absolut und in jedem Fall gegen ihre Philosophie. Es gibt keinen einzigen Grund, der einen von Aran dazu bewegen könnte, einen Menschen zu konvertieren, nicht einmal um dessen Leben zu schützen! Unsere edlen Ritter sterben lieber den Tod der Liebe, das kannst du mir glauben!"

„*Und es stört dich nicht im Geringsten, dass du vielleicht noch sechzig Jahre warten musst, bis dein Plan endlich aufgeht?*"

„*Aber das ist es ja!*", rief Valentina begeistert. „*Gerade das macht den Plan ja so perfekt. Mit der Zeit werden sie denken, wir haben uns feige zurückgezogen, uns übernommen, was auch immer. Mit den Jahren werden sie sich in Sicherheit wiegen, bis die wahre Liebe ihnen den Garaus macht. Und nicht im Traum werden sie es für möglich halten, dass dies UNSER finaler Zug war!*"

„*So weit, so gut, aber weshalb überlassen wir dann nicht alle drei Blutspenderinnen ihrem natürlichen Tod?*"

„*Weil wir ein Statement setzen müssen. Wir können nicht einfach gar nichts tun, das wäre in der Tat lausig und feige! Außerdem werden Adrian und Dario auf diese Weise unter ihrem Versagen zu leiden haben. Denn hätten sie den Tod von Nathaniels Gefährtin vorausgeahnt, hätten sie das Leben ihres Bruders retten können. Allein dieses Wissen wird sie bis in den Tod quälen!*"

Schlussendlich gab Balthasar sich geschlagen. Nicht nur das, nein, er war sogar beeindruckt von Valentinas Idee. So wie sie die Dinge darstellte, klang der Plan tatsächlich verdammt gut. So konnte sie ihr Ziel wahrhaftig erreichen. Aber, noch wichtiger für Balthasar, sie hatte einen für sich selbst ungefährlichen Weg gefunden. Ja, Valentina hatte es tatsächlich geschafft, seine Bedenken aus dem Weg zu räumen. Nun, den Großteil zumindest.

Wenigstens machte sie sich doch noch Gedanken um ihre eigene Sicherheit! Das beruhigte Balthasar am meisten. Auch hatte sie noch nie danebengelegen, wenn es um das Verhalten der Brüder ging. Valentina hatte sie lange genug studiert, kannte sie in und auswendig, schien zu wissen, was sie taten, noch bevor sie es selbst wussten! Ja, er musste zugeben, dass ihre Instinkte tatsächlich todsicher waren. Auch wenn es nicht immer den Anschein gehabt hatte!

Aber, im Grunde seines Herzens wusste Balthasar ohnehin längst, was er zu tun hatte.

Valentina würde sich nicht von ihrem Plan abbringen lassen, geschweige denn konnte Balthasar ihr die Schmach antun, kampflos aufzugeben. Außerdem hörte sich ihre Strategie nun auch für ihn völlig plausibel an. Ein Leiden ohne Ende statt einem Ende, ohne zu leiden – das klang auch für ihn nach der perfekten Rache. Und wenn Valentina tatsächlich seine wahre Gefährtin war, wenn er sie wirklich *liebte*, dann konnte, nein, *musste* er ihr diese eine, letzte Chance auf Vergeltung gewähren.

Im Namen der Liebe, das war er ihr schuldig!

# Kapitel 4

Adrians Verzweiflung war im Laufe der letzten Tage zunehmend in Frust und Ärger umgeschlagen. Die zwei, drei Tage waren schon längst um, und Nat sollte eigentlich schon an Ort und Stelle sein, war es aber nicht. Weil Betty noch seine Hilfe in Anspruch nahm. So ließ es Dario zumindest verlautbaren. Wie auch immer, Adrians Geduld war definitiv am Ende!

Da brauchte man *einmal* die Hilfe von diesem intellektuellen Waschlappen, und dann hatte der gnädige Herr gerade Wichtigeres zu tun. Ihm seinen Willen *aufzuzwingen*, wäre völlig nutzlos gewesen. Nat war *Befehlen* gegenüber schlichtweg taub, und Adrian hätte sich nur unnötig in Rage geredet. Natürlich konnte er Nat keinen *wirklichen* Vorwurf machen. Ja, er konnte sogar verstehen, dass auch Dario und Betty ein Problem zu bewältigen hatten und Nat sie nicht so mir nichts dir nichts alleine lassen wollte. Hätte Adrian sich nicht so vage ausgedrückt und seinem Bruder die Umstände genauer erklärt, wäre dieser mit Sicherheit eher gekommen. Aber er wollte um jeden Preis vermeiden, dass Nat voreilige Schlüsse zog. Und das hätte er gewiss getan, hätte Adrian ihm die Wahrheit offenbart.

Himmel, Arsch und Zwirn aber auch!

Weshalb konnte dieser kampfuntaugliche Schreiberling denn nicht ein einziges Mal einfach tun, worum man ihn *gebeten* hatte?

Das schlechte Gewissen nagte also noch immer an Adrian. Auch konnte er sich nach wie vor nicht erklären, *was* er denn eigentlich *wann* verbrochen hatte, und genau dieser Gewissenskonflikt trieb ihn förmlich in den Wahnsinn. Wenigstens war Lilly wieder einigermaßen die Alte, was heißen mag, sie strafte Adrian nicht weiter mit Schweigen und sprach auch wieder *direkt* mit ihm.

Was sie zu diesem plötzlichen Sinneswandel bewogen haben mochte?

Er hatte keine Ahnung!

Zudem begleitete sie Adrian plötzlich, auch ohne ihren selbst ernannten Bodyguard namens Gabriel, bei seinen nächtlichen Streifzügen durch die Highlands. Wenngleich sie sich weiterhin weigerte, selbst zu jagen. Und tagsüber musste das Schloss unter ihrem Dekorationswahn leiden, eine Routine, die sie auf seltsame Weise zu beruhigen schien.

Aber was immer Lilly auch tat, es gab keinerlei Anzeichen dafür, dass sie das Geschehen um sich herum *tatsächlich* wahrnahm. Im Gegenteil, sie legte eine fast schon beängstigende Gleichgültigkeit, gegenüber allem und jedem an den Tag. Sie lebte nicht, sie existierte einfach nur.

Ein weiterer Grund, warum Adrian voller Ungeduld Nats Ankunft entgegensah!

Zur gleichen Zeit wurden in Rumänien die letzten Reisevorbereitungen getroffen. Obwohl Dario sehr zufrieden war mit Bettys Fortschritt in Sachen Blutgier – seine einzige Bedingung, um *überhaupt* aufzubrechen –, so hatte er die Abreise doch noch einmal um vierundzwanzig Stunden hinausgezögert. Er wollte das Glück eben nicht herausfordern. Was die Art zu reisen betraf, entschied er sich für die altbewährte Fortbewegungsmethode der Vampire, zwei Beine gepaart mit übermenschlicher Schnelligkeit und nächtlichem Sehvermögen. Betty war ganz hin und her gerissen von dieser Idee – endlich konnte sie mal so richtig testen, wozu sie imstande war. Um sie jedoch nicht überzustrapazieren, hatte Dario die Reise in drei Etappen geteilt. Demnach würden sie nachts ihre Strecke zurücklegen und tagsüber in einem Hotel ihre Kräfte regenerieren. So war es am sichersten und risikoärmsten!

Auch Betty sah den bevorstehenden Ereignissen mit gemischten Gefühlen entgegen. Sosehr sie sich auch schon auf Schottland, im Besonderen auf ihre Freundin freute, so hieß dies auch, dass der Moment der Wahrheit immer näher rückte. Und das flaue

Gefühl in der Magengrube war nicht alleine der Vorfreude zuzuschreiben. Auch wenn Betty *wusste*, dass alles gut ausgehen würde, und sie war mehr als hundert Prozent überzeugt davon, so regte sich doch ein ganz klein wenig der Zweifel in ihrem Hinterkopf. Vor allem was Nats Mission betraf. Aber es war weniger das Ziel, dessen sie unsicher war, sondern vielmehr der Weg dorthin. Denn so, wie Betty Ella kannte, war diese allemal für eine Überraschung gut!

Nat war schon fast zu bemitleiden!

Wenn er und Ella wirklich füreinander bestimmt waren, und *davon* ging Betty einfach mal zielstrebig aus, dann hatte er gewiss alle Hände voll zu tun, um dies in Ellas Dickschädel hineinzuhämmern. Und *danach* musste er sie nicht nur nach Primrose schaffen, sondern auch noch ganz *alleine* mit einer Vampir–Ella fertigwerden. Denn, wenn Bettys waghalsige Berechnungen stimmten, war klar, dass auch der dritten Freundin dieses Schicksal zuteilwerden würde.

Ja, der Arme war wirklich nicht zu beneiden!

Nun denn, zumindest hatte Nat zugestimmt, mit dem Volvo zu reisen anstatt per pedes. Wenngleich sein Augenaufschlag die Sinnhaftigkeit dieser Bitte doch sehr infrage gestellt hatte. Doch er hatte im Prinzip ja seinen ganzen ‚Auftrag' infrage gestellt, somit war dies nicht weiter schlimm. Betty jedenfalls schien der robuste Geländewagen die einzig vernünftige und vor allem sichere ‚Transportbox' für Ella. Dario hatte nicht einmal Betty selbst die Reise in einem öffentlichen Verkehrsmittel zugemutet, so kurz nach ihrer Konvertierung – und sie war vergleichbar harmlos.

Ella jedoch konnte als Mensch schon eine echte Naturkatastrophe sein, nicht auszudenken, wozu sie erst als Vampir in der Lage sein würde!

Tja, und mehr konnte Betty auch nicht für Nat – oder die Menschen in Ellas Umgebung – tun. Den Rest musste er wohl oder übel alleine fertigbringen. Aber wie auch immer, weder konnte noch wollte Betty das Schicksal beeinflussen. Sie wollte lediglich etwas nachhelfen. Dafür sorgen, dass das Schicksal auch *rechtzeitig* seinen Weg fand.

Denn, genau das war der springende Punkt!

Betty hatte nicht nur die äußerst kryptische Vermutung, dass alle drei Freundinnen als Gefährtinnen der drei Von-Aran-Brüder auserkoren waren. Zudem hatte sie auch noch das unbestimmte Gefühl, dass die liebesbedingte Konvertierung der Freundinnen erst der Anstoß für eine noch viel wichtigere Sache war. Und, dass es für eben diese ominöse Sache von Bedeutung war, dass sich die einzelnen Teile schnell zusammenfügten.

War *das* erst einmal geschehen, würde Zeit nicht mehr weiter von Bedeutung sein!

Währenddessen beschäftigte Nat ein ganz anderes Problem. Nun, es als Problem einzustufen war dann doch etwas übertrieben. Aber Nat wunderte sich doch sehr über den sogenannten Auftrag, den er von Dario erhalten hatte. Hatte er sich noch vor wenigen Tagen den Kopf darüber zerbrochen, was wohl auf Primrose vor sich gehen mochte, dass seine Hilfe so unabdingbar war, so gab ihm Dario nun ein viel größeres Rätsel auf. Und als Draufgabe quasi hatte Dario sich genauso geheimnisvoll ausgedrückt wie zuvor schon Adrian.

Da musste man ja selbst als Vampir Kopfweh bekommen!

Während Nat nun die letzten Reisevorbereitungen traf, zermarterte er sich das Gehirn über die Sinnhaftigkeit eben dieser Reise. Denn, statt wie von Adrian nach Schottland zitiert, wurde er nun von Dario nach Wien geschickt. Zu Bettys Freundin Ella, genauer gesagt. Einmal dort angekommen, sollte er Ella überzeugen, nach Schottland zu kommen, und sie dann auch dorthin geleiten. Und das sollte auf jeden Fall per Auto geschehen, das musste Nat schon gleich schwören. Warum und wieso, das wollte Dario ihm nicht mitteilen. Es wäre besser, Nat wüsste nicht, um was es ginge, da Ella es dann auch nicht aus ihm herauspressen könne. Laut Betty würde sie das zweifelsohne schaffen.

Nat sollte absolut unvoreingenommen, also unwissend, zu Ella reisen und diese nach Primrose schaffen; wie er das anstellte, war sein Problem. Auch war es nicht so wichtig, ob er dafür eine oder vier Wochen brauchte. Hauptsache, sie beide kamen überhaupt jemals in Schottland an. Was die Angelegenheit mit Adrian betraf, die wollte Dario persönlich klären.

Für Nat galt die Sache mit Ella eindeutig als vorrangig zu betrachten!

Andererseits musste Nat auch Stillschweigen über seinen Auftrag zusichern. Er durfte mit niemandem, am wenigsten mit Adrian darüber sprechen. Je mehr Nat darüber nachdachte, desto schwindliger wurde ihm davon. Der eine darf nicht wissen dass, … weil der andere nicht wissen soll, dass … damit der Nächste was machen kann, was eigentlich auch keiner wissen darf.

Dieses Verwirrspiel war doch wirklich zum Aus-der-Haut-Fahren!

Seit er so viel unvorhergesehene Zeit mit seiner Familie verbringen musste, wurde Nat immer wieder aufs Neue bewusst, warum er die rumänischen Karpaten zum Leben gewählt hatte. Fernab der menschlichen Zivilisation inmitten der Abgeschiedenheit. Und vor allem allein. Wie angenehm ruhig es doch gewesen war, als es nur ihn, seine Bücher und den Wald gegeben hatte! Nat hoffte inständig, jemals wieder zu diesem Zustand zurückkehren zu können. Dennoch war er gewillt dem Wunsch seines Bruders Folge zu leisten. Auch wenn die ganze Sache keinerlei Sinn ergab, so hatte Nat doch die Bestimmtheit in Darios Stimme gehört. Es war ihm wirklich ernst gewesen, um nicht zu sagen *todernst*. Hätte er eine Wahl gehabt, dann hätte Nat die ‚Zweisamkeit mit Ella‘, dem fragwürdig amüsanten ‚Quartett mit Adrian‘ ohnehin vorgezogen. Ja, wer weiß, vielleicht war diese Mission sogar ein Wink des Schicksals, um den entscheidenden Teil seines Puzzles zu finden. Möglicherweise war dies der Weg, den er einschlagen musste, um herauszufinden, welche geheimnisvolle Macht seinen Geist immer und immer zu dem Rotschopf dirigierte. *Irgendeinen* Sinn würde es am Ende schon machen.

Blieb nur zu hoffen, dass Valentina nicht gerade jetzt dazwischenfunkte. Aber, zwischen den letzten beiden Konfrontationen hatte sie auch einige Wochen verstreichen lassen. Also sollte diesbezüglich wohl keine Gefahr drohen. Außerdem konnten Dario und Adrian sich schon verteidigen, erst recht wenn sie in einigen Tagen wieder vereinte Kräfte zur Verfügung hatten. Was Nat selbst nun betraf, so wiegte er sich in Sicherheit.

Denn, so *unscheinbar*, wie seine Existenz war, konnte Valentina ja kaum *ihn* als ihr oberstes Ziel auserkoren haben!

# Kapitel 5

„Du fehlst mir", schniefte Ella zu dem Fotoalbum in ihrem Schoß. „Du hast ja keine Ahnung, wie sehr ich dich vermisse." Gedankenverloren strich sie über die Bilder und verwischte dabei die Tränen. Eher mechanisch trocknete sie die feuchte Spur über den Fotos mit einem Zipfel ihres Pullis, nur um sofort wieder neue Tropfen daraufkullern zu lassen.

Ella war am absoluten Tiefpunkt angelangt.

Sie war wieder einmal bei einem Kontrolltermin im Spital gewesen. Nachdem sie erschöpft nach Hause gekommen war, wollte sie sich nur ein bisschen ausruhen. Sie erklomm die Stufen in ihr Zimmer, ließ sich auf die Couch fallen und wurde, wie so oft in den letzten Tagen und Wochen, von tiefer Sentimentalität heimgesucht.

Dabei hätte sie eigentlich Grund zur Freude gehabt.

Der Arzt war völlig überrascht von ihrem schnellen Heilungsverlauf. Obwohl die Operation noch keine vier Wochen her war, schien bereits alles vollkommen verheilt zu sein. Ella hatte gehofft den Gips dadurch früher loszuwerden, doch der Arzt wollte sich nicht darauf einlassen. Ella wiederum wollte nicht einsehen, warum sie noch weitere zwei Wochen diesen Kloß an ihrem Bein tragen sollte, wenn doch angeblich alles in bester Ordnung war. Ihre darauf folgende Diskussion mit dem Doktor war für keinen der beiden sonderlich erfreulich, doch Ellas unnachahmliche Sturheit schaffte das Unmögliche. Sie ging dem Arzt so lange auf die Nerven, bis er schlussendlich einwilligte den Gips *möglicherweise* schon in *einer* Woche abzunehmen. Zugegeben nicht das, was Ella erhofft hatte, aber zu mehr war der Arzt definitiv nicht bereit. Na ja, eine weitere Woche eingesperrt in der Wohnung, das konnte sie gerade noch überleben.

Das hoffte Ella jedenfalls, denn die Einsamkeit der letzten Wochen hatte sie in eine ziemliche Krise gestürzt.

Nun, die ersten Tage ihrer *Einzelhaft* hatte sie ja noch im Spital verbracht. Wenngleich Weihnachten im Krankenhaus nicht gerade der Vorstellung vom Fest ihrer Träume entsprach. Dennoch war es wahrscheinlich immer noch besser, als *ganz alleine* zu Hause herumzusitzen. Nichtsdestotrotz, Ella fühlte sich *eingesperrt* in ihrem Krankenzimmer. Zwar *bemühte* sie sich wirklich eine *brave* Patientin zu sein, doch am vierten Tag war ihre Geduld erschöpft. Kaum war die Visite in Sicht, hatte sie um ihre Entlassung gebettelt. Die Sinnhaftigkeit dessen wurde arg infrage gestellt vom Arzt, mit dem Ergebnis, dass Ella einen Revers unterschreiben musste, welcher das Spital für etwaige Folgen ihres Handelns ausschloss.

Ein vergleichbar geringer Preis für die Freiheit, wie Ella befand.

Endlich wieder daheim, hatte sie erst bemerkt, wie unbeholfen sie doch eigentlich war. Sie durfte ihr Gipsbein ja noch nicht einmal belasten, was ihren Bewegungsradius drastisch einschränkte. Immerhin war Winter, und zur Abwechslung gab es auch mal Schnee in Wien, mehr als genug sogar. Doch Ella war eine Überlebenskünstlerin und brauchte nicht lange, um eine Lösung zu finden. Kurzerhand hatte sie Herbert, Lillys Geschäftspartner, zu sich beordert.

Nun, Ella und Herbert waren nicht gerade ein Herz und eine Seele.

Eher fürchtete er ihre Widerspenstigkeit, und sie irritierte seine Homosexualität aufs Gröbste. Dennoch konnten sie sich darauf einigen, dass Herbert ein-, zweimal die Woche Ella beim Einkaufen half und sie auch zu ihren Kontrollterminen ins Spital begleitete. Obwohl, *einigen* war vielleicht nicht gerade der richtige Begriff. Es war wohl eher so, dass Herbert panisch dem Befehl von Ella Folge geleistet hatte, weil er befürchtete, sie würde es ihm andernfalls irgendwann heimzahlen. Tja, und Ella war Herberts Motivation ziemlich egal, solange er ihr nur dabei half zurechtzukommen. Und dann kam etwas, das sowohl Ella als auch Herbert überrascht hatte.

Der Anruf von Adrian.

*Damit* hatte nun wirklich niemand gerechnet. Herbert hatte sofort freudestrahlend frohlockt, da er die Meinung vertrat, Lilly habe sich bestimmt verknallt in diesen *vor Maskulinität nur so strotzenden Adonis*. Das waren exakt seine Worte gewesen, und Ella hatte sich wirklich sehr bemüht zu verstehen, wie Herbert *das* alles aus nur einem *Telefonat heraushören* konnte. Ja, zugegeben, Adrian hatte auch sie selbst ziemlich eingelullt mit seinem verbalen Talent. Dennoch kannte sie den Typen. Also, zumindest hatte sie eine vage Vorstellung von seinem Charakter. Und Ella wusste auch, was ihre Freundin von ihm hielt – das Wort Adonis war da nie vorgekommen.

Andererseits, ... ja, das mit Betty und diesem Dario hatte Ella sich auch nicht vorstellen können. Aber Lilly mit diesem arroganten Möchtegern-Casanova? Also *das* konnte sie nun wirklich nicht glauben! Aber wie dem auch sei, ihre Freundin hatte beschlossen eine Auszeit zu nehmen. Zumindest vorübergehend wollte Lilly ihren Beruf gegen die Schönheit der schottischen Natur eintauschen. Komisch, Ella hätte ihre Freundin gar nie so naturverbunden eingeschätzt. Steckte da doch ein Mann dahinter?

War Lilly etwa dasselbe widerfahren wie Betty?

Ja, Betty! Das war ja auch so ein Thema ...

... und genau damit hatte Ellas Misere auch schon begonnen. Denn so alleine, wie sie auf einmal war, hatte sie plötzlich viel zu viel Zeit zum Nachdenken. Selbst der heiß ersehnte Gehgips half nicht darüber hinweg, dass sie weiter an ihre Wohnung gekettet blieb. Denn ausgerechnet in diesem Jahr hatte der Winter die Stadt fest im Griff. Entgegen der üblichen jahreszeitlichen Umstände ihrer Heimatstadt war es nicht nur eisig kalt, sondern auch noch schneereich. Und die Wetterprognose versprach keine Besserung.

Also war Ella wieder *eingesperrt*, diesmal eben in ihrer Wohnung!

Nach nur einer Woche hatte sie alle übrig gebliebenen Fotos bearbeitet und sortiert, alle ungelesenen Bücher gelesen und alle neuen DVDs angesehen. In Woche Nummer zwei hatte sie begonnen alle Filme *noch mal* anzusehen, hatte sich alte Bücher geholt, um sie *noch mal* zu lesen, hatte vom Balkon aus Fotos geschossen, nur um *irgendetwas* zu tun.

Kurzum, Ella war extrem langweilig!

Dieser Umstand führte sie wiederum dazu, die gemeinschaftlichen Räume der Wohnung und ihr Zimmer einem ordentlichen Generalputz zu unterziehen. Dabei fielen ihr dann auch die alten Fotoalben in die Hände. Alben, die sie seit ewigen Jahren nicht mehr angefasst hatte. Alben, die nicht nur die letzten Erinnerungen an ihre Kindheit bargen, sondern auch an ihre abgöttisch geliebte Mutter!

Von da an studierte Ella tagtäglich diese Fotoalben, ließ ihre Gedanken in längst vergangenen Bildern der Erinnerung schwelgen. Zwar verdrängte sie dadurch erfolgreich die skeptischen Gedanken über Bettys eigenartige ‚Blutkrankheit' und Schwangerschaft sowie Lillys wahre Motive, in Schottland zu bleiben. Doch bemerkte sie dadurch auch nicht, wie Melancholie und Sentimentalität immer mehr von ihr Besitz ergriffen. Bis sie sich schließlich in einem Zustand tiefer Traurigkeit wiederfand.

So saß Ella nun wieder einmal auf ihrer Kuschelcouch, hielt wieder einmal ein Album in ihren Händen und ließ *wieder einmal* ihre Gedanken in der Zeit zurückschweifen. Zurück in eine Zeit, in der ihre über alles geliebte Mutter noch unter den Lebenden weilte.

Die Ähnlichkeit zwischen Mutter und Tochter war frappant. Elvira May war eine groß gewachsene, attraktive Frau gewesen, deren sportliches Äußeres von einer wilden roten Lockenmähne beherrscht wurde. Doch Ella hatte nicht nur das Aussehen von ihrer Mutter geerbt, sondern auch deren Talent und Liebe zur Fotografie. Auch die Mutter hatte ihr Herz diesem Beruf verschrieben gehabt, wenngleich sie ausschließlich Tiere ablichtete. Einzige Ausnahme in dieser Hinsicht war ihre Tochter.

Elvira May war unübertroffen auf ihrem Gebiet.

Alle renommierten Wildlife- und Tiermagazine veröffentlichten ihre Fotos, ja, sie rissen sich förmlich darum. Die Frau hatte nicht nur ein besonderes Talent für die Fotografie, sondern auch ein ganz besonderes Gespür für Tiere. Es gab kein tierisches Individuum, das Elvira nicht hätte auf Film verewigen können. Und ihre Aufnahmen waren von einzigartiger Qualität. Nicht selten hatte der Betrachter den Eindruck, die Tiere wollten ihm etwas mitteilen. Als würden sie jeden Moment zu Leben erwachen und ihre Geschichte erzählen. Ja, zuweilen hatte es sogar den Anschein, als würden die Tiere tatsächlich für ihren Fotografen *posieren!* Und genau *das* war es, was Elvira von allen anderen Fotografen unterschied, und eben auch das, was ihren Ruhm und Erfolg ausmachte. Dennoch lebt sie ein sehr zurückgezogenes Leben mit ihrer kleinen Tochter.

Oder vielleicht auch gerade *deshalb*.

Ihre Mutter hatte Ella immer erzählt, sie stamme aus einer sehr *vornehmen* Familie. Freilich waren Ellas Großeltern keineswegs von königlicher Abstammung. Aber sie waren, zu ihrer Zeit, sehr reiche Gutsbesitzer in einem sonst eher armen Land namens Argentinien. Ellas Großeltern waren damals von Neuseeland nach Südamerika ausgewandert. Aufgrund ihres Reichtums waren sie Opfer blutiger Intrigen geworden. Das Land zu verlassen war die einzige Option geblieben, sofern sie nicht sterben wollten. Sie waren eine Zeit lang umhergezogen, ehe sie sich schlussendlich in Argentinien niedergelassen, ihren Namen geändert und ein komplett neues Leben begonnen hatten.

Als Ellas Mutter dann erwachsen wurde, zog sie in die große, weite Welt aus, um sich ihrer großen Liebe zu widmen, dem Studium der Kunst der Fotografie. Womit sie jedoch nicht gerechnet hatte, war, dass sie an der Uni eine weitere Liebe finden würde. Die Liebe ihres Lebens entpuppte sich als ein junger Mann namens Ruben Meyer!

Als Elvira ihren neuen Freund mit nach Hause brachte, konnten ihre Eltern ihn auf Anhieb ... nicht leiden! Sie hatte den Grund für diese instinktive Antipathie nie wirklich herausgefunden, und als sie dann auch noch schwanger wurde, brachte dies ihrem Ruben natürlich auch keine zusätzlichen Sympathiepunkte ein. Wenn sie mit ihrer eigenen kleinen Familie glücklich werden wollte, musste sie wohl mit ihren Eltern brechen. Für den Anfang zumindest einmal.

Elvira und Ruben hatten beschlossen nach Anchorage, Alaska, zu ziehen, wo dann auch die kleine Elisabeth alias Ella geboren wurde. Als Ella knapp ein Jahr alt war, wollte Elvira mit ihrer Tochter, und ohne Ruben, zu den Großeltern reisen, um ihnen ihre Enkelin vorzustellen. Sie wollte den Bruch mit der Familie nicht so leicht akzeptieren und hoffte, dass das Kind vielleicht die Herzen seiner Großeltern gewinnen konnte.

In Argentinien angekommen, musste Elvira jedoch feststellen, dass ihre Eltern einem Unfall zum Opfer gefallen waren. Das komplette Gut war bis auf die Grundfesten abgebrannt und mit ihm die schlafenden Eltern. Doch nicht etwa Fahrlässigkeit war schuld gewesen, sondern vielmehr Brandstiftung – durch einen entlassenen Angestellten, der auf Rache sann. Sobald alle Formalitäten geklärt waren, hatte Elvira sich mit ihrer kleinen Tochter wieder auf den Heimweg nach Alaska gemacht. Um dort vom nächsten Schicksalsschlag getroffen zu werden. Ruben, ihr Mann und Vater ihres Kindes, war von einem Grizzly angegriffen und getötet worden. Mit einem Mal gab es nur noch Elvira und die kleine Ella. Rein finanziell wäre Elvira durch das Erbe ihrer Eltern bis an ihr Lebensende abgesichert gewesen. Doch das alleine beruhigte sie nur bedingt. Zu jenem Zeitpunkt wollte sie einfach bloß weg, von diesem verwünschten, Unheil bringenden Kontinent!

Die darauf folgenden Jahre war Klein Ella mit ihrer Mutter quer durch Europa und Afrika gezogen. Elvira hatte begonnen ihre Wanderschaft fotografisch zu dokumentieren, was ihr später dazu dienen sollte, den beruflichen Durchbruch zu schaffen. Doch Ella kam ins Schulalter und ein fester Wohnsitz ließ sich nicht länger vermeiden, sollte aus dem Kind nicht eine ungebildete Heimatlose werden. Elviras Wahl fiel schließlich auf Wien. Die Hauptstadt der Alpenrepublik, im Herzen Europas gelegen, so wie sie selbst ihre Liebsten bei sich im Herzen trug. Für Elvira war es ein gutes Zeichen. Sie erstand ein kleines Haus mit Garten in einer der grüneren Gegenden der Stadt. Dort richtete sie ihrer Tochter und sich ein gemütliches Heim ein – und die angebaute Garage verwandelte sie in ihr Fotolabor.

Von nun an führten die beiden während der Schulzeit ein ganz *normales* Dasein. Ella lernte die *wichtigen Dinge fürs Leben* also, schreiben, rechnen und so weiter, während ihre Mutter sich als

Tierfotografin einen Namen machte. Ellas Freizeit und Ferien hingegen liefen etwas spektakulärer ab als bei den meisten ihrer Klassenkameraden. Denn jede freie Minute schnappte Elvira ihr Töchterchen und begab sich mit ihr auf Fotosafari. Mal nur ins benachbarte Bundesland und dann wieder ins ferne Afrika. Elvira liebte das Leben, das sie sich und ihrer kleinen *Löwin*, wie sie ihre Tochter liebevoll nannte, geschaffen hatte. Und sie war sehr bedacht darauf, ihr privates Leben trotz des beruflichen Erfolges und des Geldes so unauffällig wie möglich zu gestalten.

Und Ella vergötterte ihre Mutter.

Bereits von klein auf himmelte sie ihre Mama an. Ella wusste schon immer, dass sie genauso werden wollte wie sie, wenngleich Elvira immer betont hatte, sie solle sich das lieber nicht wünschen.

Die beiden waren eben nicht nur Mutter und Tochter, sondern auch beste Freundinnen. Das, wovon viele Eltern träumten, war für diese beiden das Normalste auf der Welt. Obwohl Ella auch als Kind schon einen sehr eigenwilligen Charakter an den Tag legte – ihre Mutter verglich sie gerne mit einem Mustang, wild und unbezähmbar –, blieben die üblichen Auseinandersetzungen zwischen Eltern und Kind völlig aus. Wie auch immer, Mutter und Tochter hatten einen unsichtbaren Draht zueinander, der sie vor kindlichen ‚wo sind meine Grenzen'- und pubertären ‚du verstehst mich nicht'-Diskussionen bewahrte. Zudem war Elvira eine jener Personen, die ewig jung blieben, nicht nur äußerlich, sondern vielmehr in ihrem Inneren.

Ella hatte stets das Gefühl, sich eher mit einer verantwortungsbewussten Gleichaltrigen zu unterhalten als mit einer Frau um die dreißig, die noch dazu ihre Mutter war. Es war einfach ein ganz besonderes Band, das diese Mutter mit ihrer Tochter umgab. Nicht zuletzt wahrscheinlich auch deshalb, weil Ella ohne ihren Vater aufwachsen musste. Doch bei all der Harmonie und Liebe, die im Hause May-Meyer herrschte, ließ die nächste Katastrophe nur sechzehn Jahre auf sich warten.

Und diesmal traf sie Ella.

Als sie eines Tages, es war kurz vor ihrem siebzehnten Geburtstag, von der Schule nach Hause kam, konnte sie schon von

Weitem die Sirenen hören. Polizei, Rettung und Feuerwehr parkten kreuz und quer in ihrer Straße, doch Ella dachte nichts Schlimmes. Als sie schließlich nah genug war, um zu erkennen, dass sich alles um *ihr* Haus konzentrierte, wollte sie noch immer nicht glauben, was ihr das Unterbewusstsein bereits mitzuteilen versuchte. Ja, noch nicht einmal als sie sich fragte, wo denn die ehemalige Garage hingekommen war oder was den beißenden Geruch verursachen mochte, hegte sie einen bösen Verdacht.

Erst als sie die zwei Männer mit der Bahre und dem schwarzen Etwas darauf von ihrem Grundstück kommen gesehen hatte, war ihr das volle Ausmaß der Tragödie bewusst geworden. Das offizielle Ergebnis einer späteren Untersuchung hatte gelautet ‚Tod durch Verbrennen, verursacht durch Hantieren mit entzündlichen Chemikalien, Fremdverschulden ausgeschlossen'. Nun, für Ella machte dies natürlich keinen Unterschied.

Ihre Mutter war tot, so oder so.

Durch den plötzlichen Tod ihrer Mutter brach für Ella eine Welt zusammen. Mit gerade mal siebzehn Jahren stand sie von einem Moment auf den nächsten ganz alleine da. Sie hatte keinerlei Verwandte, an die sie sich wenden konnte, zumindest keine, von denen sie wusste. Und selbst wenn, wären diese wohl Tausende von Kilometern entfernt gewesen und hätten sicherlich nur wenig Interesse daran gehabt, eine lang verschollene Nichte, Cousine oder was auch immer bei sich aufzunehmen. Geschweige denn, dass Ella bei völlig Fremden hätte leben wollen.

Wie durch ein Wunder war bei dem Unfall wirklich nur die Garage, also das Fotolabor von Ellas Mutter, abgebrannt. Das Haus selbst war vollkommen unbeschadet geblieben, sodass Ella wenigstens noch eine Bleibe hatte. Als *Zuhause* konnte sie diese vier Betonwände mit Dach von nun an ohnehin nicht mehr betrachten.

Solange Ella mit den Behördenwegen und Bestattungsformalitäten beschäftigt war, hatte sie immerhin eine gewisse Ablenkung gehabt. Doch stellte sich hier sogleich auch das nächste Problem ein, denn Ella war juristisch gesehen minderjährig und hatte keinerlei gesetzlichen Vertreter. Das Testament ihrer Mutter machte sie zwar ausdrücklich zur Alleinerbin, komme auch, was wolle. Allerdings änderte dies nichts an der Tatsache, dass Ella eben noch nicht volljährig war und folglich ihr Erbe auch noch nicht offiziell antreten durfte. Somit bekam sie einen vom Gericht bestimmten Vormund, der ihre Finanzen bis zu ihrem achtzehnten Geburtstag verwaltete und sie auch in allen anderen *Erwachsenen-Dingen* vertrat.

Nun, man kann sich vorstellen, wie groß Ellas Begeisterung gewesen war.

Aber sie war, wie auch ihre Mutter, eine geborene Kämpferin; was sie nicht umbrachte, konnte sie nur stärker machen. Und Ella kämpfte wie eine Löwin um das Recht, wenigstens *alleine* in ihrem Haus weiterleben zu dürfen. Mit Erfolg. Die auferlegten Bedingungen waren für Ella kein Hindernis, folgsam wie nie zuvor in ihrem Leben kam sie jeder einzelnen davon nach. Selbst durch die ganzen Sommerferien hindurch hatte sie sich einen Ferialjob gesucht, um nur ja eine Beschäftigung zu haben.

Dann begann das neue Schuljahr, die Monate schlichen voran, und es näherte sich die Weihnachtszeit.

Und Ella brach endgültig zusammen.

Zwar hatte sie über die Feiertage die Einladung einer Schulfreundin angenommen, doch als sie danach in das kalte, leere Haus zurückkam, konnte Ella ihre Gefühle nicht länger unterdrücken. Sie wollte nur noch raus, weg, ganz gleich, wohin. Ohne allzu lange darüber nachzudenken, hatte sie einige Sachen zusammengepackt, ihr Sparschwein geplündert und sich auf den Weg zum Flughafen gemacht. Dort angekommen, hatte sie ein Ticket für den nächstbesten Flug ins Ausland gekauft, nicht schwer zu erraten, wohin. In letzter Sekunde hatte sie daran gedacht, ihrem Vormund eine Nachricht zukommen zu lassen, dass sie die restlichen Ferien in London verbringen würde.

Und wieder endete die Sache in einer Katastrophe.

Doch die Geschichte mit dem Flugzeugabsturz hatte auch ihr Gutes. Ohne diese weitere Tragödie hätte Ella wohl nie die Bekanntschaft von Lilly und Betty gemacht – und schon gar keine Ersatz-Familie gefunden. Als die drei Mädchen endlich aus

London zurückkamen, dauerte es nicht mehr lange bis zu Ellas achtzehntem Geburtstag. Und die Eltern ihrer neuen Freundinnen bemühten sich sehr, ihr so gut wie möglich mit den Behörden zu helfen. Nun, diese Hürde war zwar geschafft, doch Ella hatte jetzt gegen ein anderes Problem zu kämpfen. Sich selbst.

Denn sie fühlte sich mit einem Mal nicht mehr wohl in ihrem Haus.

Hatte sie Monate zuvor noch jede Erinnerung an ihre Mutter gehegt wie ein zerbrechliches Stück Porzellan, so wurde sie jetzt erdrückt davon. Nicht dass sie die Erinnerungen an sich so deprimiert stimmten, es waren vielmehr die unzähligen Kleinigkeiten, die überall das Fehlen eines anderen Menschen verdeutlichten. Dort die Puppe zu ihrem siebten Geburtstag, da der Stoffelch von der Skandinavien-Reise, der Löwenkopf-Bilderrahmen aus Südafrika, die Schildkröten-Lampe aus … keine Ahnung woher, aber die Liste war endlos. Tausende Dinge, die sie an ihre Mutter erinnerten. Und daran, dass es sie nicht mehr gab. Also setzte sie ihren Freundinnen den Floh ins Ohr, sich eine gemeinsame Wohnung zu nehmen, sobald sie ihre Ausbildung abgeschlossen hätten.

Die Mädchen waren auf Anhieb Feuer und Flamme.

Der Grundstein der Motivation war gelegt worden, um einen positiven Schulabschluss zu erbringen. Dies war die Bedingung, welche die Eltern von Lilly und Betty gestellt hatten, um ihre Zustimmung für das gemeinsame Wohnvorhaben zu geben – und nicht zuletzt auch die damit verbundene finanzielle Unterstützung. Auch Ella hatte die Schule mit Bravour gemeistert. Sie hatte eine fünfjährige Ausbildung an einer grafischen Lehranstalt, mit Schwerpunkt Fotografie, hinter sich, die sie nun in einem zweijährigen Kolleg vertiefen wollte, auch wenn das eigentlich gar nicht nötig war. Denn alles, was es über das Fotografieren zu wissen gab, hatte Ella ohnehin schon von ihrer Mutter gelernt. Die offizielle Ausbildung war also eher pro forma.

Jedenfalls konnten die drei Mädchen den Tag kaum noch erwarten, an dem sie endlich die Schlüssel ihres neuen Traumdomizils in Händen halten konnten.

Ella hatte nur die wichtigsten und wertvollsten Habseligkeiten ihrer verstorbenen Mutter mitgenommen, der Rest wurde verscherbelt oder verschenkt. Auch das Haus konnte sie nur unter seinem Wert verkaufen. Es war ja auch seit dem Brand nichts renoviert worden. Das Schmuckstück von neuer Wohnung hingegen hatte Ella in langwieriger Suche ausgeforscht, und dank seiner Lage war es gar nicht einmal so extrem teuer gewesen. Immerhin hatte die Wohnung knappe zweihundert Quadratmeter, verteilt auf zwei Etagen mit großer Terrasse und drei kleinen Balkonen im Obergeschoss. Aber am Geld sollte es, dank dem Erbe, sowieso nicht scheitern. Was Ella jedoch am meisten fasziniert hatte, war die Nähe zu der Gegend, in der sie aufgewachsen war. Denn selbst wenn sie nicht mehr mit den schmerzhaften Erinnerungen an ihre Mutter leben konnte, so wollte sie doch auch nicht zu weit weg von der Gegend, die sie so viele Jahre als Zuhause empfunden hatte. So wohnte sie nun quasi bloß auf der *anderen* Seite des Waldes. Und mit den Jahren, und vor allem dank der regen Bemühungen seitens Betty und Lilly, konnte Ella wieder ein ganz normales, ungezwungenes Leben führen. Nun, so *normal* und *ungezwungen*, wie es eben ihre Charakterzüge zuließen.

Doch all die Jahre wurde Ella stets vom Geist ihrer Mutter begleitet.

Jede Entscheidung, jedes Problem besprach sie mit ihr in einem stillen Gespräch am Rande des Grabsteins. Und nicht nur einmal hatte Ella das Gefühl, tatsächlich den Geist der verstorbenen Elvira zu spüren. Doch seit sie und die Mädels ihre *paranormale Fähigkeit* entdeckt hatten, waren die Grenzen zwischen Schein und Sein sowieso etwas verwischter als davor. Jedenfalls hegte Ella auch weiterhin regen Kontakt zu ihrer Mutter im Sinne von regelmäßigen Besuchen am Friedhof. Die wenigen Erinnerungen an Elvira, mehrere Fotoalben sowie ein halbes Dutzend uralter Bücher, hatte Ella jedoch fein säuberlich in ihrem Zimmer verstaut und nie wieder angerührt. Bis eben zu jenem Tag, als sie der Putzfimmel überkam.

Tja, und da saß sie nun und kam aus dem Heulen nicht mehr heraus.

Es war schon wirklich seltsam, wie verworren die Wege des Lebens manchmal sein konnten.

Wieder und wieder wischte Ella ihre Tränen von den Seiten des Albums. In den letzten Tagen hatte sie die Bilder bestimmt schon tausendmal angesehen, doch sie konnte einfach nicht davon ablassen. In schier masochistischem Eifer blätterte sie jeden Tag aufs Neue darin, mit dem Ergebnis, immer deprimierter zu werden. Skurrilerweise fühlte sie sich dadurch aber auch enger mit ihrer Mutter verbunden.

Ella war, als würde ihre Mutter mit ihr diese Alben durchsehen.

Beinahe zwanghaft betrachtete sie die Fotos. Ein Außenstehender mochte fast den Eindruck gewinnen, sie sei auf der Suche nach etwas. Und tatsächlich, Ella erhoffte sich wirklich etwas zu finden. Doch *was*, das wusste sie selbst nicht. Aber je öfter sie die Aufnahmen, die allesamt sie selbst mit mehr oder weniger exotischen Tieren zeigten, betrachtete, desto mehr gewann sie den Eindruck, dass diese ihr irgendetwas sagen wollten. Doch Ella konnte weder einen Sinn noch ein Muster erkennen. Unaufhörlich starrte sie auf die Fotos, wie eine Besessene. Und fühlte sich dabei zunehmend irr. Ja, wahrscheinlich war sie auf dem besten Weg, ihren Verstand zu verlieren. Und ihr Unterbewusstsein wehrte sich wohl dagegen, indem es ihr etwas vorgaukelte.

Aber das wäre viel zu einfach.

Ella war keineswegs irre, dessen war sie sicher. Da war mehr, sie konnte es nur nicht genauer definieren. Sie hatte einfach nur das unbestimmte Gefühl, von *etwas* immer wieder zu diesen Fotos gelenkt zu werden. Und dieses *Etwas* lenkte sie nun schon seit vielen, vielen Tagen. Das heißt ... genau genommen spürte Ella diese seltsame *Macht* schon vor einigen Wochen.

Damals, als sie mit Arantes, also mit Nat, wegen seiner Fotos Kontakt aufgenommen hatte, wurde sie von dem gleichen, seltsamen Gefühl heimgesucht. Nur dass damals mehr ihr negatives Empfinden angesprochen wurde, während sie sich diesmal doch eher positiv beeinflusst fühlte. Wirklich sehr eigenartig das alles. Seit Rumänien war nichts mehr so wie vorher. Ja, seit dieser merkwürdigen Reise war alles anders. Nicht nur waren ihre

Freundinnen auf einmal dahin, rein geografisch gesehen, Ella hatte seitdem auch zunehmend seltsame Empfindungen.

Was geschah bloß mit ihr?

Sie konnte den Gedanken nicht mehr aus dem Kopf bekommen, in irgendetwas Eigenartiges hineingezogen worden zu sein. Sie fühlte sich wie von einem Magneten in eine bestimmte Richtung gezogen, wie im Sog des Strudels, mit nur einem Ziel, und genau *das* war ihr unbekannt. Ella hatte keine Ahnung, wo das alles hinführen sollte. Doch irgendwie musste es mit diesen alten Alben zusammenhängen. Seit sie die hervorgekramt hatte, kreisten ihre Gedanken nur noch um ihre Mutter.

Ja, Ella hatte sie immer vermisst. Hatte immer viel an sie gedacht und auch über sie nachgedacht. Aber in all den Jahren, die nun seit ihrem Tod vergangen waren, war Ella nie mehr in ein derartiges Gefühlsdesaster gerutscht. So schmerzlich das vorzeitige Ableben ihrer Mutter auch war, Ella hatte gelernt damit umzugehen, den Kopf wieder nach vorne zu richten und dem Leben neue Perspektiven abzugewinnen. Doch nun wurde sie unbarmherzig in den Sog der Vergangenheit gezogen und wartete verzweifelt auf Rettung.

Aber wer weiß … vielleicht war dies ja auch nur eine Art verspätete Reaktion auf all die Tragödien. Oder vielleicht wurde sie doch bloß langsam verrückt! Oder, … vielleicht war sie ja schon längst wahnsinnig? Ja, wer allen Ernstes von sich behauptete die Gedanken anderer Menschen lesen zu können, musste doch einen Sprung in der Schüssel haben – oder etwa nicht?

Gepackt von Selbstironie, klappte Ella das Album wieder zu. Wenn sie verhindern wollte, sich noch selbst in die Psychiatrie einweisen zu müssen, dann sollte sie wohl besser schlafen gehen. Bestimmt würde sie morgen die Angelegenheit etwas objektiver betrachten können. Wenn nicht, dann würde sie zumindest nicht an chronischer Übermüdung leiden.

Bevor Ella jedoch endgültig in einen erschöpften Schlaf versank, huschte noch ein letzter, dringender Gedanke durch ihren Kopf. Sobald dieser verdammte Gips endlich ab war, musste sie unbedingt ihre Mutter besuchen.

Gewiss würde sie *dann* klarer sehen!

Als Ella am nächsten Abend das Läuten der Türklingel vernahm, vermutete sie, Herbert habe etwas vergessen. Wild fluchend stapfte sie die Stufen wieder nach unten.

Herbert kam nun öfter mal vorbei, um in Lillys Büro nach dem Rechten zu sehen. Schließlich leitete er vorübergehend das Unternehmen. Eigens aus diesem Grund hatte er von Ella auch einen Schlüssel für die Wohnung erhalten. Immerhin würde sie selbst bald wieder ‚flügge' sein, und so konnte Herbert auch ohne ihre Anwesenheit im Büro vorbeischauen. Das war sicher in Lillys Sinn, und Ella hatte derweil nichts dagegen einzuwenden, dass er hin und wieder ein paar Stunden dort arbeitete. Auch wenn er die meiste Zeit über ziemlich unsichtbar blieb, so hatte sie doch das Gefühl, nicht von *allen* verlassen worden zu sein. Nicht etwa, dass sie auf ausgedehnte Plauderstunden mit ‚Mr. Pretty-in-Pink' Wert gelegt hätte, aber es war doch gut zu wissen, dass man nicht der einzige Mensch am Planeten war.

So war es auch an diesem Tag der Fall gewesen. Herbert hatte sich, vor vielleicht fünf Minuten, verabschiedet, als es unerwartet abermals läutete. Gerade als Ella endlich wieder im oberen Stock angekommen war. Wenigstens hatte ‚Pinky' den Schlüssel nicht gleich ‚ausgenutzt'! Ob er wohl beleidigt wäre, wüsste er, dass Ella ihn und Lilly immer als ‚Pinky und Brain' bezeichnet hatte? Doch, egal, Ella hatte das Untergeschoss erreicht. Endlich im Flur angekommen, riss sie verärgert die Tür auf. „Wehe, wenn das nicht wichtig ist!", knurrte sie ihr Gegenüber völlig automatisch an, noch ehe sie sich überhaupt vergewissert hatte, wer es tatsächlich war.

Nun, ... Herbert, war es jedenfalls nicht!

# Kapitel 6

Nat stand an der Schwelle zu Ellas Wohnung, unfähig sich zu bewegen oder auch nur zu atmen. Ein einziger Blick in das endlose Grün ihrer Augen, und er wusste, dass er verloren war. Kaum länger als eine Sekunde hatte es gedauert, bis ihn der Blitz der Erkenntnis getroffen hatte.

Er stand seiner wahren Liebe gegenüber!

Millionen von Gedanken schossen ihm fast gleichzeitig durch den Kopf, flossen wie Strom durch eine Hochspannungsleitung, während sein Körper nur regungslos vor *ihr* stand.

Wie konnte *das* denn nun möglich sein?

Warum hatte er es denn nicht schon früher gemerkt?

Nun ja, ... diese Frage war leicht beantwortet, denn offensichtlich konnten sich die Hormone erst dann entfalten, wenn die beiden Träger sich *alleine* gegenüberstanden. Was hier gerade zum ersten Mal der Fall war. Immerhin hatte er seine Gedanken blockiert, doch ... unter diesen, mehr als unerwarteten Umständen würde ihn eben dieser Vorgang dazu zwingen, Ella die Wahrheit zu erzählen! Das konnte er nicht zulassen, noch nicht. Andererseits, wenn er die Blockade aufheben würde, dann könnte sie erst recht seine Gedanken einsehen. Das konnte er schon gar nicht riskieren.

Nat befand sich in der Zwickmühle.

Völlig im Bann der Hormone fixierte er Ella, und sie tat es ihm gleich. Er musste unbedingt eine Lösung finden, bevor sie sich von ihrem Schock erholen konnte und unbequeme Fragen zu stellen begann, aber ... warum eigentlich? Ja, weshalb fixierte *sie* ihn denn auf die gleiche Art und Weise wie umgekehrt? Fast als ob *sie* die Macht der Hormone ebenfalls spüren könnte?

Nun, das war ja undenkbar ... oder doch nicht?

Nein, sie konnte es nicht spüren, sie war menschlich, völlig unmöglich. Aber, ... warum starrte sie ihn dann an, als wäre er das achte Weltwunder?

Herrgott noch mal, was sollte er nur machen, um die Situation zu entschärfen?

Verdammt und zugenäht aber auch! Es war doch wirklich unfair, agieren zu müssen, ohne zu wissen, was der andere dachte! Zu Nats größtem Erstaunen aber löste sich sein Problem ganz von selbst.

Wenn auch etwas anders als erwartet!

Sprachlos starrten Ella und Nat einander eine volle Minute lang an. Sechzig Sekunden, die beiden wie eine Ewigkeit vorkamen. Zwischen Tür und Angel war nicht nur Nat fassungslos angesichts der neuesten Erkenntnisse. Auch Ella wurde von einem Blitz gestreift, nur dass dieser bei ihr eher einen kleinen Stromausfall verursachte!

Kaum hatte sie die Worte, welche Herbert gegolten hatten, ausgespuckt, blieb ihr, im wahrsten Sinne des Wortes, die Luft weg! Eine Hand an der Türe, die andere am Türstock, stand sie einfach nur da und starrte auf Nat. Doch war es weniger die Person oder deren unerwartetes Auftauchen, das Ella so irritierte. Nein, was ihr wirklich einen Schreck einjagte, war das Gefühl, welches diese Person in ihr verursachte. Als wäre sie von unsichtbarer Magie ergriffen worden, konnte sie ihren Blick nicht von seinen Augen abwenden. Gleichzeitig sandte ihr Herz immerzu denselben Impuls an ihr Gehirn.

Das ist der Richtige!

Ella war restlos überfordert!

Noch nie zuvor hatte sie Derartiges empfunden, dennoch war dieses Gefühl unweigerlich da.

Würde Nat von tausend bunten Neonlichtern angestrahlt und wären hundert blinkende Pfeile auf ihn gerichtet, könnten die Zeichen nicht deutlicher sein als das eigentümliche Bauchgefühl, welches sich nun in ihr breitmachte.

Doch, Ella war ohnehin noch nie ein Kopfmensch gewesen.

Sie war impulsiv, ihr Handeln war stets von Gefühlen und Instinkten bestimmt. Nachdenken hingegen, ... tja, das tat sie zumeist erst *nach* vollbrachter Tat! Nun, nachdem sie Nat eine halbe Ewigkeit angestarrt hatte und dieser Impuls sich ihrer zu bemächtigen schien – und da auch Nat keine Anstalten machte, etwas zu sagen oder gar zu tun –, war es wohl an ihr, die Initiative zu ergreifen.

Also schaltete Ella ihr Denkvermögen kurzerhand auf Stand-by. Ohne an die Konsequenzen zu denken, machte sie einen wackeligen Schritt auf Nat zu, streckte ihre Hände nach seinem Kopf aus und zog ihn zu sich herab. Als sich ihre Lippen begegneten, war dies fürwahr eine Explosion der Gefühle. Was noch einigermaßen verhalten begann, wandelte sich, in nur einem Bruchteil einer Sekunde, in puren Heißhunger. In zunehmender Gier trafen ihre Lippen aufeinander, wie eine Stichflamme entzündete sich die Leidenschaft zwischen den beiden.

In einer einzigen Bewegung hob Nat Ella in die Höhe und drückte sie mit dem Gewicht seines Körpers gegen den Türstock. Reflexartig schlang sie ihre Beine um seine Hüften und presste ihren Körper an den seinen. Während seine Hände über ihr Hinterteil an ihre Schenkel wanderten und diese fest umrundeten, vergrub Ella ihre Finger in seinem Haar und zog sein Gesicht noch fester an das ihre.

Die Körper ineinander verschlungen wurden die Küsse immer fordernder und … ohne jegliche Vorwarnung meldete sich Ellas Denkvermögen zurück, und sie ließ erschrocken von Nat ab.

Zeitgleich aber hatte auch er abrupt innegehalten, fast als wäre ihm derselbe Gedanke durch den Kopf gegangen. Einen Atemzug lang verharrten sie in dieser fragwürdigen Position und starrten einander schwer atmend, doch sichtlich peinlich berührt an. Noch schneller, als sie sich in diese ungestüme Umarmung hineingesteigert hatten, lösten sie sich nun beide daraus. Ohne auch nur ein einziges Wort miteinander gewechselt zu haben, stolperte Ella rücklings in ihre Wohnung zurück und schlug Nat vor der Nase die Türe zu.

Drinnen lehnte sie sich erst einmal mit dem Rücken gegen die Tür und holte ein paar Mal tief Luft. Langsam ließ sie sich auf den Boden gleiten. Verzweifelt vergrub sie den Kopf zwischen ihren Händen, beherrscht von einem einzigen Gedanken.

Wie sollte sie sich da nur wieder rausreden?

*Himmel, Herrgott noch mal!*
Diesmal wünschte Ella wirklich, sie hätte zur Abwechslung einmal *vorher* nachgedacht!

Unterdessen hatte Nat auf der anderen Seite der Türe, eine beinahe identische Position eingenommen. Auch er saß mit dem Rücken an die Tür gelehnt am Boden, hatte den Kopf zwischen den Knien vergraben und grübelte über sein inadäquates Verhalten nach.

Wobei, ... im eigentlichen Sinne war sein Verhalten durchaus angebracht. Schließlich konnte es unter Vampiren schon einmal zu solch spontan ekstatischen Ausbrüchen kommen. Verdammt noch mal, niemand konnte von ihm verlangen sich vor seiner wahren Liebe zu beherrschen, er war doch auch nur ein Vampir! Aber *sie* eben nicht!

Wie um alles in der Welt konnte er sich also nur vor einem *Menschen* derart gehen lassen?

Obwohl, ... genau genommen hatte er das überhaupt nicht, ja, er hatte doch nur *reagiert*, auf Ellas Verhalten ihm gegenüber. Also lautete die eigentliche Frage, die Nat sich stellen sollte, vielmehr: Was um alles in der Welt hatte Ella dazu veranlasst, sich von ihren menschlichen Zwängen zu befreien?

Ganz genau, warum hatte *sie* sich zu solch triebhaftem Verhalten hinreißen lassen?

Urplötzlich überkam Nat wieder dieser Impuls, einem Rätsel auf der Spur zu sein. Kopfschüttelnd blickte er auf. Wieder einmal hatte er das unbestimmte Gefühl, etwas zu übersehen.

Doch weiter konnten seine Gedanken nicht mehr ausholen, denn im nächsten Augenblick wurde hinter ihm die Türe aufgerissen. Nat konnte sich gerade noch rechtzeitig retten und sich so eine weitere Peinlichkeit ersparen. Eleganter, als er sich selbst zugetraut hätte, sprang er auf die Beine und stand wieder einmal Ella gegenüber. Doch diesmal war er gewappnet.

Seine Gedanken weiterhin blockiert, sah er sie abwartend an. Eine weitere Sekunde peinlicher Beklemmung verstrich, ehe sie einen schier nimmer enden wollenden Wortschwall auf ihn losließ.

Allerdings, … solange sie so vor sich hinplapperte, konnte sie wenigstens keine Fragen stellen, deren *Antwort* sie nicht hören sollte.

„… kann gar nicht sagen, wie leid mir das tut. Also ehrlich, ich weiß nicht, was da in mich gefahren ist. Nein, wirklich, ich bin normalerweise nicht so. Betty und Lilly würden das bestätigen, ganz im Gegenteil …"

Gerade noch daran gedacht, hatte Ella zielsicher erst recht wieder getan, was sie immer tat. Handeln, ohne darüber nachzudenken. Und nun hatte sie keine Ahnung, was sie sagen sollte, um nicht wie ein vollkommener Idiot dazustehen. Aber andererseits war es sowieso egal.

Sie machte sich so oder so zum Narren vor Nat.

Demnach konnte sie auch einfach nur drauflosreden. Dann blieb ihm wenigstens keine Zeit für mögliche Einwände. Ja, vielleicht war es sogar ganz gut, sich ein wenig ‚durch den Wind' zu präsentieren, obwohl, … im Prinzip traf diese Beschreibung ohnehin genau ins Schwarze.

„… glaubst ja nicht, wie peinlich mir das ist. Ich weiß gar nicht, was ich sagen soll, … du musst ja denken, dass ich eine vollkommene Irre bin …"

Trotz der unangenehmen Situation hing Ella förmlich an Nats Augen. Wer sie nicht kannte, hätte wohl das Wort ‚anhimmeln' gewählt, um den Ausdruck auf ihrem Gesicht zu beschreiben. Doch Ella selbst befand es als schlichte Faszination. Denn eigentlich hatte sie Nat mit blauen Augen in Erinnerung. Na toll, sie hatte sich ernsthaft Details seines Aussehens eingeprägt! Jedenfalls hatte er nun plötzlich in Bernstein funkelnde Diamanten inmitten seines Gesichtes. Während Ella sich noch über ihre eigene gedankliche Formulierung wunderte, plätscherten die Worte nur so aus ihrem Mund.

„… wollte eigentlich ja auch nur sagen, wie *unglaublich* leid mir das alles tut! Wahrscheinlich werde ich schön langsam wirklich irre. Seit die Mädels nicht mehr da sind, ist es hier wohl ruhiger, als ich mir eingestehen wollte und, … na ja, mit dem Gips komme ich zurzeit auch nicht so viel rum und … wie soll ich sagen, ... ich bin auch nicht so die Kontaktfreudige und, ... na ja, da hab ich mich wohl zu sehr über diesen unerwarteten Besuch gefreut, ... also, ... mein Gott, nicht dass du jetzt glaubst, ich mach das bei jedem so!"

*Himmel, Herrgott noch mal – warum erzähl ich ihm das überhaupt?* Ella klammerte sich regelrecht an Tür und Türstock. Irgendwie hatte sie das Gefühl, den Boden unter ihren Füßen zu verlieren. Sie musste hier weg!

„... weißt du, was? Es ist doch schon ziemlich spät, und ich bin eigentlich auch relativ erledigt, und mein Bein tut weh und ... komm doch einfach morgen noch mal vorbei!" Kaum waren die Worte ausgesprochen, hatte sie auch schon die Tür zugeschlagen und Nat seinem Schicksal überlassen.

Da stand er nun, hatte wieder einmal die Tür vor der Nase zugeknallt bekommen und wusste nicht, ob er lachen oder schreien sollte! Nats Gesichtsausdruck glich einer gleichgültigen Maske, doch in seinem Inneren tobte ein Sturm.

Fürs Erste war er zwar froh diese Begegnung überstanden zu haben und seine Geheimnisse noch als solche bezeichnen zu können. Einerseits war die Situation ja so verrückt, dass es glatt zum Totlachen war. Nicht nur hatte er seine wahre Liebe gefunden, nein, sie war auch noch menschlich und obendrein eine von der ganz impulsiven Sorte. Andererseits war Nat absolut nicht zum Lachen zumute. Seine Geschichte einem Menschen näherbringen zu müssen war an sich schon eine heikle Sache. Aber *diese* Geschichte *Ella* glaubhaft zu machen, das würde wohl eine echte Herausforderung werden.

Was für eine Frau aber auch!

Völlig automatisch wanderten seine Gedanken zu dem Kuss zurück. Ihre samtweichen Lippen, der Duft ihrer Haare, ihrer Haut, dieses wohlgeformte Hinterteil ... Gott, er konnte ihre strammen Schenkel noch immer in seinen Händen spüren! Verdammt, wie sollte er dieser Frau überhaupt etwas näherbringen, mal abgesehen von seinem Körper!

Ratlos und verzweifelt fuhr er sich durch die Haare und verschränkte anschließend die Hände im Nacken. Hier konnte er im Moment ohnehin nichts mehr ausrichten, das stand fest. Und für seinen Seelenfrieden war es sowieso besser, etwas Abstand zu gewinnen. Also streckte Nat sich einmal durch, tat einen tiefen Atemzug und machte sich auf den Weg zu seinem Wagen. Dort angekommen sah er eher zufällig auf die Uhr. Von wegen spät, es war noch nicht mal zwanzig Uhr!

Was sollte er jetzt mit dem angebrochenen Abend machen?

Ins Hotel zurück wollte er im Moment nicht, schließlich hatte er schon den halben Tag dort verbracht.

Nat war schneller als erwartet, und vor allem als geplant, in Wien angekommen. Er war die Nacht durchgefahren und hatte die ganze Fahrt über seine Gedanken sonst wo gehabt, nur nicht bei dem Ziel seiner Reise. Folglich hatte er die Stadtgrenze Wiens erreicht, ohne einen blassen Schimmer zu haben, welchen Grund er Ella für seinen plötzlichen Besuch nennen konnte. Demnach hatte er zuerst erkundet, wo Ellas Wohnung genau lag, und sich dann, so nahe wie möglich, eine Unterkunft gesucht. Nun, in dieser Gegend gab es nicht gerade viele Nobelherbergen, doch ein kleines, anonymes Hotel war Nat ohnehin sympathischer. Je weniger Aufsehen um ihn, desto besser. Nachdem Nat sich ausgeruht und im Anschluss daran gestärkt hatte – schließlich würde er die nächste Zeit viele Menschen um sich haben, da war es immer besser, satt zu sein –, hatte er auch bald eine plausible Erklärung für Ella gefunden.

Immerhin hatte der geplante Fototermin ja nie stattgefunden.

Eine Begegnung frei nach dem Motto ‚wenn die Fotografin – aufgrund ihres Gipsbeines – nicht zu dem Termin kommen kann, dann muss der Termin eben zu ihr kommen'! Für die Einzelheiten konnte er dann vor Ort immer noch improvisieren. Froh, so schnell mit sich einig geworden zu sein, hatte Nat sich sogleich auf den Weg zu Ella gemacht. Doch irgendwie konnte er sich dann nicht aufraffen, dort auch aus dem Auto zu steigen. Im Schutz der getönten Scheiben war er stundenlang in seinem Volvo gesessen und hatte die Straße und die Leute beobachtet. Er hatte die Gedanken jedes Einzelnen gescannt in der Hoffnung, sich so ein Bild machen zu können. Denn, warum auch immer, Nat hatte das zwingende Bedürfnis gehabt, sich mit der unmittelbaren Umgebung vertraut machen zu müssen.

Der Gebäudekomplex, in dem Ellas Wohnung lag, erinnerte an eine Reihenhausanlage. Die drei Stock der einzelnen Gebäude ragten stufenförmig versetzt nach oben. Während die unteren Wohnungen allesamt mit Garten ausgestattet waren, hatten die oberen Stockwerke Terrassen und Balkone. Auf der gegenüberliegenden Seite war nur Grün, nichts als Grün. Zudem bot die leicht erhöhte Lage auch eine nette Aussicht über einige Teile der Stadt. Nat empfand die Gegend als sehr still und friedlich. Eine kleine Oase der Ruhe, inmitten einer geschäftigen Stadt.

Nach fast zwei Stunden ereignisloser Observanz war dann plötzlich Nats Aufmerksamkeit geweckt worden. Er hatte einen Menschen ausgemacht, dessen Gedanken auf Ella hinwiesen, wenngleich ihn der Gedankengang dieses Menschen ziemlich verwundert hatte. Wie auch immer, dieser Jemand war unterwegs zu Ella gewesen, also hatte Nat wieder einen Grund gehabt, im Auto zu bleiben. Nach weiteren zwei Stunden war dieser eine Mensch wieder auf der Straße aufgetaucht. Und Nat hatte beschlossen, dass nun sein Augenblick gekommen war. Kaum hatte er den Wagen verlassen, war er von einer regelrechten Geruchssensation eingehüllt worden, welche jede Stadt mit sich brachte. Viele Menschen mit ihren unterschiedlichsten Blutgruppen verursachten nun einmal ein duftendes Chaos.

Doch, ohne es bewusst wahrzunehmen, war Nat von nur einem einzigen Duft angezogen worden. Tja, mit allem hatte er gerechnet, aber gewiss nicht damit!

Während Nat nun wieder einmal durch die Windschutzscheibe ins Dunkle starrte, formte sich eine Idee in seinen Gedanken. Womöglich sollte er wirklich die Umgebung unter die Lupe nehmen?

Wieder hatte er das dringliche Gefühl, sich mit den örtlichen Gegebenheiten vertraut machen zu müssen. Nun ja, so wie die Dinge lagen, würde er wohl einige Zeit hier verbringen müssen. Und eine Stadt, noch dazu eine völlig fremde, barg für einen

Vampir immer eine gewisse Gefahr. Also sollte er besser seinen Instinkten vertrauen.

Frisch motiviert ließ Nat den Wagen an und machte sich auf die Suche nach einer menschenleeren Zone. Nach einer kurzen Fahrt erschien ihm das angrenzende Erholungsgebiet schließlich als perfekter Ausgangspunkt für seine Tour. Im Wald hatte er sich ja immer schon zu Hause gefühlt. Also parkte er den Volvo so abgelegen wie möglich und machte sich zu Fuß auf den Weg. Zuerst in gemäßigtem Tempo und zu fortgeschrittener Stunde dann im Vampir-Modus. Für diese Nacht nahm er sich nur einmal die erweiterte Nachbarschaft vor, also alles im Umkreis von zehn Kilometern um Ellas Wohngebiet. Er wollte einfach nur so fünf, sechs Stunden *spazieren* gehen, ein Gefühl für die Gegend bekommen und seine Gedanken ein wenig ordnen.

Und vielleicht stellte sich dabei ja so ganz zufällig auch die erleuchtende Idee ein, wie er mit seiner wahren Liebe fertigwerden sollte!

# Kapitel 7

Ella konnte einfach nicht zur Ruhe kommen. Nach dem mehr als bloß peinlichen Vorfall mit Nat hatte sie sich sofort in ihr Zimmer geflüchtet und jeden Gedanken an diese schändliche Situation vehement aus ihrem Gehirn verscheucht. Am liebsten hätte sie das Ganze ungeschehen gemacht. Nachdem dies aber definitiv *nicht* möglich war, wählte Ella die, ihrer Meinung nach, zweitbeste Variante: Flucht vor der Realität!

Obwohl es alles andere als spät war, hatte sie sich augenblicklich zu Bett begeben, in der Hoffnung, ihre Scham einfach wegschlafen zu können. Wer weiß, vielleicht würde sie ja am nächsten Morgen aufwachen und feststellen, dass alles nur ein dummer Traum gewesen war? Na ja, die Hoffnung stirbt eben zuletzt, wie es so schön hieß!

Wenigstens schien die Taktik mit dem Wegschlafen fürs Erste doch besser zu funktionieren als erwartet. Um ja nicht an Nat denken zu müssen, begann Ella Schäfchen zu zählen. Erschöpfter als vermutet, kuschelte sie sich in ihr Bett, und bei Schäfchen Nummer fünfundzwanzig war sie bereits tief und fest eingeschlafen. Doch nur wenig später ließ ein eigenartiges Geräusch sie aus dem Schlaf schrecken. Schlaftrunken sah Ella sich in ihrem Zimmer um.

Was war das gewesen?

Das Mondlicht schien durch die Balkontüre und tauchte das Zimmer in ein angenehmes Halbdunkel. Ella tastete nach ihrem Handy – na toll, sie hatte gerade mal *eine* Stunde geschlafen!

Erneut ließ sie ihren Blick durch den Raum gleiten. Nichts Ungewöhnliches war zu erkennen. Angestrengt horchte sie in die Stille – und genau das war auch zu hören. Nichts, mal abgesehen von ihren eigenen Atemzügen. Schön langsam wurde Ella ärgerlich. Denn, was auch immer sie gehört zu haben *glaubte*, es war der Grund dafür, dass sie jetzt hellwach im Bett lag! Gerade wollte sie sich in einem Akt trotziger Ungeduld die Decke über den Kopf ziehen, als es wieder da war, dieses komische Geräusch.

Ella saß kerzengerade im Bett.

Nein, das war ganz sicher keine Einbildung! Das Geräusch war real. Angestrengt lauschte Ella, um herauszufinden, aus welcher Richtung es kam. Scheinbar von draußen, ja, es hörte sich irgendwie nach einem aufgeregten Stimmengewirr an. Denn, welche Wahnsinnigen würden wohl bei dieser Kälte eine abendliche Unterredung im Freien führen? War gar etwas passiert? Gab es einen Unfall? Ella lauschte. Nun, es waren zumindest keine Sirenen zu hören, noch nicht jedenfalls. Ellas Neugierde allerdings war nun endgültig geweckt.

Sie schlüpfte aus dem Bett, wickelte sich in ihre Decke und ging Richtung Balkon. Ganz vorsichtig öffnete sie die Türe und schlich hinaus in die Kälte. Augenblicklich verstummte das vermeintliche Gespräch. Wie seltsam! Ella hatte natürlich kein Wort verstehen können, doch die Stimmen hatte sie ganz deutlich gehört. Langsam ging sie vor zum Geländer und sah hinunter. Aufgrund der stufenartigen Bauweise konnte sie allerdings nur auf ihre eigene Terrasse sehen und nicht bis in Nachbars Garten. Neugierig, wie Ella nun aber war, wollte sie nicht so schnell aufgeben.

Also ging sie wieder zurück zur Türe und zog diese – mit einem gut hörbaren Ruck – zu, während sie selbst geräuschlos am Balkon verharrte. Eine halbe Minute vollkommener Stille ging vorbei, und dann waren die Stimmen wieder da. Leiser als vorhin glichen sie nun eher einem wilden Gemurmel, doch Ella konnte sie deutlich hören. Mehrere hektische Stimmen, die sich im Flüsterton unterhielten. Sie blieb eine Weile regungslos stehen und lauschte, doch ohne Erfolg. Sie konnte einfach nicht *verstehen*, was gesprochen wurde. Nun, eigentlich ging es sie ja auch gar nichts an, aber andererseits ... ja, die Neugier war eindeutig stärker als die guten Manieren.

Doch, das alleine war es gar nicht. Es war wie ein innerer Zwang, dem Ella nicht widerstehen konnte. Ja, sie hatte das dringende Bedürfnis, diese Sache weiterzuverfolgen. Kurz entschlossen schlüpfte sie leise wieder in ihr Zimmer zurück und machte sich auf den Weg in den unteren Stock.

Im Vorzimmer schlüpfte sie schnell in Mantel und Stiefel, warf sich noch einen Schal über und stapfte dann durch das Wohnzimmer zur Terrasse. All das hatte sie natürlich in völliger Dunkelheit erledigt, schließlich war sie ja auf Spionage-Mission und wollte niemanden verschrecken, indem sie die ganze Wohnung illuminierte.

Ehe sie auf die Terrasse hinaustrat, verharrte sie jedoch einen Moment vor der Tür, um sich zu vergewissern – ja, die Stimmen waren eindeutig noch da! Ella sah auf die vom Mondlicht erhellte Terrasse hinaus – absolut nichts Ungewöhnliches zu sehen. Aber damit hatte sie auch gar nicht gerechnet. Sie vermutete die Stimmen aus einem der Gärten von unterhalb, und genau dem wollte sie jetzt auf den Grund gehen.

So leise wie möglich öffnete Ella die Terrassentür und ging vorsichtig hinaus. Zum Glück hatte sie vor ein paar Tagen das bisschen Schnee weggeschaufelt, was nebenbei bemerkt in ihrer momentanen Situation durchaus eine Herausforderung gewesen war. Bedächtig setzte Ella nun einen Fuß vor den anderen – sie wollte ja nicht noch einmal ausrutschen –, bis sie endlich am gegenüberliegenden Ende angekommen war. Je näher sie kam, desto deutlicher konnte sie die flüsternden Stimmen hören. Sie kamen definitiv von unterhalb. Sachte lehnte sie sich über das Geländer und lugte in den Garten unter ihr – nichts. Sie beugte sich weiter vor und inspizierte jeden einsehbaren Winkel – nichts!

Verwundert schüttelte Ella den Kopf.

Sie war doch nicht blöd, sie konnte das Geflüster ganz deutlich hören. Ihrer Schätzung nach musste es sich um eine Gruppe von mehreren Leuten handeln – und die konnten doch nicht so leicht zu übersehen sein. Ja, zugegeben, es war dunkel, und die einzige Lichtquelle war der Mond. Dennoch zeichnete sich der Garten mehr als deutlich vor Ellas Augen ab. Sie konnte jedes Detail erkennen, so eben auch, dass dort niemand war! Zwar konnte Ella nicht auf Nachbars Terrasse sehen, da diese von ihrer eigenen überdeckt wurde, doch das war auch gar nicht nötig. Sie war sich hundertprozentig sicher, dass die Stimmen aus dem Garten heraufhallten.

Ihre Verwunderung wuchs immer weiter – war sie jetzt schon völlig übergeschnappt? Sie konnte diese Stimmen doch eindeutig hören, oder, … war es vielleicht doch nur Einbildung? Spielte ihr das eigene Gehirn einen Streich?

Nein, verdammt noch mal!

Sie bildete sich das nicht ein!

Von Frust gepackt schlug Ella mit den Handflächen auf das Geländer. Mit einem Mal war es wieder mucksmäuschenstill geworden.

Ha, da war also doch jemand!

Angestrengt kniff Ella die Augen zusammen und suchte noch einmal den unter ihr liegenden Garten ab. Doch alles, was sie ausmachen konnte, waren einige Raben, die auf Nachbars Kirschbaum saßen – nicht gerade die erhoffte Offenbarung. Enttäuscht sah sie zu den Tieren. Irgendwie sahen die richtig witzig aus, wie sie so dasaßen, als wären sie Statuen. Ella zählte fünf Raben, und keiner von ihnen bewegte sich auch nur einen Millimeter. Ihr Anblick entlockte Ella allerdings ein Grinsen. Wären diese Raben Menschen, könnte man sagen, sie sähen so aus, als wären sie auf frischer Tat bei irgendeinem Unfug ertappt worden. Wieder einmal schüttelte Ella den Kopf, doch diesmal war Amüsement der Grund dafür. Ja, Raben, die einen auf unschuldig machen, das hatte ihr gerade noch gefehlt!

Ella blieb noch eine Zeit lang auf der Terrasse und beobachtete die Raben. Doch weder bewegten sich die Tiere großartig, noch konnte sie diese Stimmen nochmals hören. Schließlich resignierte sie. Frustriert, verärgert, aber zugleich auch seltsam befreit, stapfte sie wieder in die Wohnung zurück. Für einen Augenblick blieb Ella unschlüssig im Wohnzimmer stehen, ehe sie einen Schwenk in die Küche machte. Wenn sie schon auf war, konnte sie auch einen Happen essen. Also bereitete sie sich ein Sandwich zu, goss sich ein Glas Saft ein und setzte sich damit an den Esstisch im Wohnzimmer. Während sie gedankenverloren vor sich hin kaute, richtete sie ihren Blick hinaus auf die mondhelle Terrasse.

Nun, Ella staunte nicht schlecht, als sie die fünf Raben plötzlich auf ihrem Terrassengeländer ausmachen konnte. Wie die Hühner auf der Stange saßen sie dort nebeneinander und sahen auf die gläserne Front der Terrassentüren. Ella schmunzelte vor sich hin – diese kleinen Biester hofften bestimmt auf Verpflegung!

Belustigt, über die vermeintliche Intelligenz der Tiere, stopfte sie den letzten Bissen in den Mund und holte sich im Anschluss daran noch ein paar Scheiben Brot aus der Küche. So ausgestattet marschierte Ella noch einmal vorsichtig auf die Terrasse hinaus und noch vorsichtiger auf die Raben zu. Dabei redete sie leise auf die Tiere ein – als ob die sie hören oder gar verstehen könnten! Ganz behutsam streckte sie ihnen ihre Hände entgegen und offerierte ihnen die Brotkrumen. Und tatsächlich, einer nach dem anderen folgte der Einladung und pickte sich das Brot herunter. Zufrieden grinste Ella vor sich hin.

Wenigstens hatte sie *etwas* von ihrer Mutter geerbt, mal abgesehen vom Äußeren!

Dank dieses plötzlichen Gedankenschwenks wurde Ella jedoch unversehens von Wehmut gepackt. Während die Raben sich also dankbar den Bauch vollschlugen, schweiften Ellas Gedanken wieder einmal in die Vergangenheit zurück.

Als Ella noch klein war, hatte ihre Mutter so eine Art Studie über alle möglichen Tiere gemacht, unter anderem auch Raben. Raben im Park, Raben zu Hause im Garten, Raben in allen erdenklichen Lebenslagen. Doch zumeist hatte sie diese Tiere auf Friedhöfen fotografiert, und Klein Ella war natürlich immer dabei gewesen.

Ellas Mutter hatte eben dieses besondere Gespür für Tiere gehabt, und sie hatte immer versucht, die daraus entstandenen Erfahrungen an ihre Tochter weiterzugeben. Sie hatte Klein Ella all die Tricks und Kniffe gezeigt, wie man ein Tier für sich gewinnen konnte – ganz gleich wie scheu oder gefährlich es auch sein mochte. Elviras schlichtes Motto hatte gelautet: Bringe jedem Lebewesen den gleichen Respekt entgegen, den auch du dir erwartest – und du wirst so manches Wunder erleben!

Tja, sogenannte Wunder hatte Ella tatsächlich erlebt!

Sie hatte sich in ihrer Kindheit mehr als einmal gefühlt wie Mogli, das Kind, das im Dschungel aufwuchs! Dank dem einfühlsamen Wesen ihrer Mutter konnte Ella mit den unterschiedlichsten Tieren auf Tuchfühlung gehen, ja, sie konnte sich sogar daran erinnern, einmal einen waschechten Elefanten gestreichelt zu haben! Ja, und so war sie auch den – weitaus harmloseren – Raben nähergekommen.

In ihrem Garten damals hatte es nur so gewimmelt von allem möglichen Getier. Ob Vögel, Eichhörnchen, Nachbars Katzen, wilde Hasen, Fasane oder gar Rehe aus dem benachbarten Wald, ständig hatten tierische Besucher vorbeigeschaut. In dem Garten ging es zu wie in Dr. Dolittles Sprechzimmer!

Mit der Zeit hatte Ella jedenfalls eine Vorliebe für Raben entwickelt – nicht zuletzt aufgrund von Mutters Studien. Diese kleinen und doch irgendwie mächtig wirkenden Vögel faszinierten sie. Doch vor allem begeisterte sie die Schlauheit, die diese Tiere an den Tag legen konnten.

Damals hatte Ellas Mutter immer Brot mitgenommen auf die Friedhofstouren, welches Ella dann an die Raben verfüttern durfte. Kurze Zeit später tauchten dann auch Raben in ihrem Garten auf, und bald hatte Ella eine kleine Schar von schwarz gefiederten Vogel-Freunden zu Hause, die fast schon als zahm zu bezeichnen waren. Ella war damals fest der Überzeugung gewesen, dass diese Raben ihr vom Friedhof aus gefolgt waren, um sich die Futterquelle zu sichern – und ihre Mutter hatte sie in ihrem kindlichen Glauben gelassen. Das daraus resultierende Ergebnis war jedenfalls, dass Ellas Leben von da an ständig von Raben begleitet wurde. Selbst nach dem Tod ihrer Mutter und dem darauf folgenden Wohnungswechsel waren ihr diese Tiere stets treu geblieben. Immer wieder saß ein einzelner Vogel oder eine kleine Gruppe von ihnen im Garten unterhalb oder auch direkt auf ihrem Balkon – oder, wie eben, auch auf der Terrasse.

Tja, es musste wohl wirklich so sein, wie ihre Mutter immer gesagt hatte: Ella, du bist etwas ganz Besonderes, und die Tiere spüren das einfach!

Diese Erinnerung versetzte Ella endgültig in tiefe Melancholie. Während die Raben die letzten Krumen von ihrer Hand pickten, liefen ihr bereits Tränen über die Wangen.

Verdammt aber auch!

Ella ärgerte sich über sich selbst. Bei der ständigen Heulerei war es verwunderlich, dass sie überhaupt noch Tränenflüssigkeit übrig hatte! Schön langsam wunderte sie sich ernsthaft über ihr eigenes Verhalten. Diese andauernde Flennerei passte einfach nicht zu ihr. Ja, Ella hatte immer schon eine sentimentale Ader gehabt, doch hatte sie ihre Gefühle nie in Tränen ausgedrückt – schon gar nicht so exzessiv! Sie musste sich wirklich zusammenreißen, das konnte ja nicht ewig so weitergehen!

Die Raben saßen nach wie vor am Geländer und glotzten Ella an, als wollten sie sagen: Wird schon alles wieder gut werden! Doch Ella hatte genug erlebt für eine Nacht. Sie klatschte in die Hände, um die Tiere von ihrer Terrasse zu verscheuchen. Prompt flatterten sie auch schon in die Höhe, während Ella kehrtmachte und vorsichtig auf die Wohnung zuging. Irgendwie schien der Weg diesmal doppelt so lange zu sein – und diese doofen Viecher flogen auch noch Kreise über ihrem Kopf, wie die Adler über dem Aas. Einmal mehr konnte Ella es nicht erwarten, diesen verflixten Gips endlich loszuwerden. Schön langsam wurde es wirklich Zeit, dass sie sich wieder frei bewegen konnte. Fünf Wochen aufgezwungener Untätigkeit waren eindeutig nicht gut für Ellas seelisches Gleichgewicht!

Warum musste sie aber auch ausgerechnet jetzt so viel an ihre Mutter denken – nach *zehn* Jahren!

Na ja, so schmerzlich es auch sein mochte, sie dachte immer noch lieber über ihrer Mutter nach als über Nat – *verdammt aber auch!*

So schön war sie abgelenkt gewesen von diesem Thema, und jetzt drängte der Typ sich mit voller Wucht in ihr Bewusstsein zurück. Vor lauter Ärger über sich selbst hatte Ella die kleine Stufe, die in die Wohnung hineinführte, übersehen und wäre beinahe darüber gestolpert. Gerade noch konnte sie sich am Fensterrahmen abfangen.

So ein Käse aber auch!

Sie wollte nicht über Nat nachdenken. Das würde ja bedeuten, sich der Realität stellen zu müssen, und danach war ihr ganz und gar nicht zumute. Genervt von sich selbst stapfte sie schließlich in die Wohnung und zog die Türe mit einem schwungvollen Ruck hinter sich zu. Doch bevor das Schloss einrasten konnte, war Ella, als ob sie erneut jemanden sprechen gehört hätte, nur dass sie die Worte diesmal genau verstanden hatte.

*Alles – wird – sich – zum – Guten – wenden!*

Irritiert stieß Ella die Tür nochmals auf. Aber das einzige Geräusch, das sie hören konnte, waren die Flügelschläge der Raben, welche sich dem Anschein nach nun endgültig davonmachten.

Schon wieder nur Einbildung?

„Ganz großartig, Ella, jetzt hörst du also Stimmen! Als ob du nicht schon Probleme genug hättest!", murmelte sie zu sich selbst. Frustriert und gleichzeitig enttäuscht schloss sie die Terrassentüre und machte sich auf den Weg in ihr Zimmer. Als sie endlich wieder im Bett lag, stellte Ella nach einem letzten Blick auf das Handy fest, dass sie tatsächlich drei Stunden mit diesem Blödsinn vergeudet hatte. Drei Stunden kostbarer Nachtruhe verplempert, auf der Jagd nach irgendwelchen imaginären Stimmen. Wenn das so weiterging, würde sie wohl bald ein Fall für den Psychiater werden!

# Kapitel 8

Es war bereits im Morgengrauen, als Nat in sein Hotelzimmer zurückkehrte. Frustriert und angenehm entspannt zugleich, streckte er sich auf dem Bett aus. Nun, er versuchte es zumindest, denn für seine Bedürfnisse war diese Schlafstätte ein wenig zu kurz geraten. Nat mochte ja der jüngste und kampfunerprobteste von Aran sein, aber er war mit einer Körpergröße von 2,05 Meter definitiv der größte unter seinen Brüdern.

Nun, der eigentliche Zweck seines nächtlichen Spaziergangs hatte sich nicht erfüllt, denn weder hatte er sonderlich viel von der Gegend mitbekommen, noch hatte er eine Lösung für seine ‚hormonellen' Probleme gefunden. Doch zumindest war der kleine Auslauf eine angenehme Abwechslung gewesen. Auch wenn Nat keine *Lösungen* finden konnte, so konnte er zumindest seine Gedanken ein wenig sortieren und sich die nächsten Schritte überlegen.

Tja, überlegt musste sein Vorgehen allemal sein.

Wenn nicht, würde Ella viel eher mit der Wahrheit konfrontiert werden, als es gut für sie sein konnte. Und jetzt, wo Nat schon einmal bei ihr war, konnte er sich auch nicht so einfach tagelang von ihr fernhalten. Weder die Hormone noch der Anstand würden das erlauben. Er musste also einen Weg finden, wie er mit Ella reden konnte, ohne seine Gedanken preisgeben zu müssen oder sich in ein ‚nichts als die reine Wahrheit'-Gespräch verstricken zu lassen. Denn einer Sache war Nat sich ganz sicher: Ella von dem gemeinsamen Schicksal zu überzeugen würde noch ein ganz schön langer und vor allem harter Weg werden!

Fürs Erste jedoch wollte er trotzdem einmal auf Distanz gehen. Zumindest wollte er Ella gegenüber den Anschein erwecken. Nat wollte ihr dadurch Zeit geben, sich selbst über ihre Gefühle klar zu werden. Bestimmt würde sie die ganze Situation nicht so amüsant finden, wie Nat es mittlerweile tat. Doch im Gegensatz zu Ella wusste *er* ja auch über die wahre Liebe und ihre möglichen Auswirkungen Bescheid – auch wenn er nie erwartet hätte, derart hemmungslos ‚überfallen' zu werden (was ihm, im Nachhinein gesehen, natürlich ganz und gar nicht *unangenehm* war!). Sein Problem war ja eigentlich nur, dass er es nicht für angebracht hielt, Ella *jetzt* schon mit der Wahrheit vertraut zu machen. Seine Instinkte sagten ihm, dass er sie *behutsam* an ihr Schicksal heranführen musste. Dabei war sein verräterischer Geist bestimmt keine große Hilfe, ganz zu schweigen von seinem, noch weitaus verräterischeren, Körper.

Also musste er seine Person von Ella fernhalten und dennoch mit ihr in Kontakt bleiben. Wie gut doch, dass es Telefone gab, oder in diesem Fall eher Handys. Denn Nat hatte natürlich nur bedingt vor, sich von seiner wahren Liebe zu distanzieren. Was ihm vorschwebte, war schon eher so eine Art stiller Beschattung. Er brauchte ja nur seinen Volvo vor ihrem Haus zu parken, und schon war er in ihrer Nähe, ohne tatsächlich Gefahr zu laufen, ihr begegnen zu müssen. Ab und an ein kurzer Anruf oder eine SMS, um den Kontakt aufrecht zu halten – ja, so konnte er sich gewiss ein paar Tage durchmogeln, bis sich was Besseres fand. Im besten Fall natürlich die Lösung aller Probleme.

Blieb Nat nur zu hoffen, dass er seinen Plan auch durchzustehen vermochte, grenzte sein Vorhaben doch glatt an masochistische Folter seiner selbst!

Als Ella erwachte, hatte der Morgen seine besten Stunden bereits hinter sich. Sie schlug die Augen auf und fühlte sich tatsächlich ausgeruht und erholt – und das, obwohl sie so einen seltsamen Traum gehabt hatte.

Sie hatte sich auf der Terrasse mit Raben unterhalten und ihren Traummann geküsst!

Zufrieden kuschelte Ella sich noch einmal in ihre Decke und sah dabei verträumt in Richtung des Balkons. Die Augen waren noch nicht ganz so fit wie der Geist, demnach erkannte sie erst auf den zweiten Blick, dass es schon wieder leicht schneite. Und erst auf den dritten Blick sah Ella, dass am Balkongeländer zwei Raben saßen. „Oh nein!", murmelte sie in ihre Decke, doch die Erkenntnis hatte bereits ihr Gehirn erreicht.

Es war kein Traum gewesen!

Freilich hatte Ella nicht wirklich mit Raben geredet, doch sie konnte sich wieder an diese ominösen Stimmen erinnern und die Raben, die sie mit dem Brot gefüttert hatte – mitten in der Nacht!

Kopfschüttelnd setzte sie sich auf und griff nach ihrem Handy – es war fast schon Mittag! Na, wenigstens musste sie jetzt nicht mehr so viel vom Tag totschlagen. Ella wollte das Handy gerade wieder weglegen, als es plötzlich vibrierte. Eine Kurzmitteilung war eingegangen, doch mit dem Absender konnte sie nichts anfangen.

*Das* war allerdings seltsam, denn diese Nummer hatten nur drei Leute: Lilly, Betty und – für Notfälle – auch Herbert, und diese drei hatte Ella wiederum eingespeichert. Den Rest der Welt hatte ihre Privatnummer nichts anzugehen, also wer bitte konnte das sein? Neugierig wie eh und je öffnete sie die Nachricht und begann zu lesen:

*Bitte entschuldige mein unangemeldetes Auftauchen von gestern Abend, aber ich bin geschäftlich in Wien und dachte, wir könnten einen Fototermin vereinbaren. Hätte wohl vorher anrufen sollen! Melde dich bitte, wenn du Zeit für mich hast, LG Nat.*

Ella starrte auf das Display. Immer und immer wieder las sie die Zeilen, die dort standen, und das Einzige, was ihr dazu einfallen wollte, war: Verdammt, auch *das* war kein Traum gewesen! Entsetzt legte sie das Handy beiseite und schlug sich die Decke wieder über den Kopf.

Was um alles in der Welt hatte sie sich nur *dabei* gedacht?

Noch vor wenigen Wochen hatte sie nicht mal gewusst, ob sie Nat duzen sollte oder nicht, und dann warf sie sich ihm – im wahrsten Sinne des Wortes – an den Hals!

Weshalb hatte sie das getan?

Nicht auch nur annähernd hatte sie derartige Gedanken gehegt, nicht im Geringsten hatte sie für ihn geschwärmt. Natürlich war

Nat ein ausgesprochen gut aussehendes Exemplar von Mann. Groß, athletisch, markante Gesichtszüge – in deren Zentrum unglaublich sanfte Augen ruhten –, umrundet von kurzem, haselnussbraunem Haar, welches in beabsichtigtem Chaos in alle Richtungen stand – und dessen Spitzen irgendwie in Kupfer zu schimmern schienen. Doch Ella war schon vielen tollen Männern gegenübergestanden, ohne bei der erstbesten Gelegenheit über sie herzufallen.

Also, warum konnte sie sich bei Nat nicht beherrschen?

Gut, seine mystische Aura verstärkte selbstverständlich seine natürliche Attraktivität, aber Ella hatte dennoch nie in solch leidenschaftlichem Zusammenhang an ihn gedacht. Ja, er hatte sie von Anfang an verwirrt und auch gleichermaßen in seinen Bann gezogen, trotzdem hatte sie keinerlei erotische Fantasien gehabt, in denen er die männliche Hauptrolle innehatte.

Und ja, sie hatte ihn trotz alledem mit vollster Hingabe geküsst – und wäre wohl auch noch weitergegangen, wie sie zu ihrer eigenen Schande erkennen musste! Und er wollte ernsthaft noch ein Foto mit ihr machen! Das war doch wirklich unfassbar.

Der Typ hatte vielleicht Nerven!

Wie sollte sie denn ein Foto von ihm machen, wenn sie nicht einmal wusste, wie sie ihm je wieder in die Augen schauen sollte, ohne vor Scham im Erdboden zu versinken?

Plötzlich von Entschlossenheit gepackt, sprang Ella aus dem Bett – so gut dies mit dem Gipsbein halt ging –, griff nach ihrem Handy, suchte im Absender nach Nats Nummer und drückte auf „Wählen".

Nat hatte seinen Plan in die Tat umgesetzt. Doch er hatte sich alle Zeit der Welt dafür gelassen, um nicht zu sagen, er hatte seine Vorhaben bewusst hinausgezögert.

Nach erstaunlichen drei Stunden Schlaf und einer mehr als genüsslich verzehrten Konserve hatte er noch – ausgedehnter als notwendig – geduscht, um dann – betont langsam – seinen Volvo in Richtung Ellas Wohnhausanlage zu lenken. Immerhin konnte er der Versuchung widerstehen, das Auto auch noch durch die Waschstraße zu fahren!

Warum er sich jedoch derart zierte, konnte Nat selbst nicht so genau sagen.

Wie auch immer, nun saß er im Inneren des Volvo, während dessen äußere Hülle von zarten Schneeflocken bedeckt wurde, und wartete auf ... keine Ahnung, worauf!

Doch, eigentlich hatte er Ella ja eine SMS geschickt, und nun war er gespannt, ob sie antworten würde. In Gedanken versunken blickte Nat durch die getönten Scheiben des Fahrzeuges. Auf der Straße vor Ellas Wohnhaus war kaum Verkehr, was wohl daran liegen musste, dass es eine Art Sackgasse war. Die Einbahn führte zu einem großen Parkplatz, machte eine Schleife und führte auf der anderen Seite ebenso einspurig wieder zurück zur Hauptstraße. Vis-à-vis vom Gebäudeblock erstreckte sich eine Grünanlage den Berg hinab, was maximal für Spaziergänger sorgen konnte. Für Nat wiederum konnte dieser Umstand nur von Vorteil sein, genauso wie das Wetter. Dank des steten Schneefalls hing eine dichte Wolkendecke am Himmel, welche die Menschen vom Spazierengehen abhielt und Nat zudem gleißende Sonnenstrahlen ersparte. Während er also verträumt die Schneeflöckchen betrachtete, läutete auf einmal sein Handy. Es war Ella.

Nun, mit einem Rückruf hatte er eigentlich nicht gerechnet!

Nach dem gestrigen Kuss-Überfall hatte Nat eher erwartet, dass Ella ein persönliches Gespräch unter allen Umständen meiden würde. Sie schien ihm nicht der Typ zu sein, der unangenehme Situationen gerne durch direkte Konfrontation klärte.

Da hatte er sich wohl grundlegend geirrt!

Während das Telefon geduldig vor sich hin klingelte, schoss ihm ein anderer Gedanke durch den Kopf. War er selbst denn überhaupt imstande, das Gespräch anzunehmen? Er war so überrascht und absolut nicht vorbereitet darauf, was also, wenn sie ihn mit unangenehmen Fragen überrumpelte?

Verdammt!

Doch dann tauchte aus dem Nichts eine Erinnerung an ein Gespräch mit Dario auf: „*... die Macht der wahren Liebe wird jedem helfen, der auf sie vertraut ...*" So oder ähnlich hatte Nat damals versucht das Selbstvertrauen seines Bruders zu stärken, also warum glaubte er dann nicht auch selbst daran? Es hatte bei Dario funktioniert, warum sollte es bei ihm anders sein?

Warum war ihm das denn nicht schon früher eingefallen!

Klar doch, das musste des Rätsels Lösung sein. Die Macht der Liebe würde schon dafür sorgen, dass Nat zum richtigen Zeitpunkt die richtige Entscheidung traf. Alles, was er zu tun hatte, war, in die Liebe zu vertrauen! Dann konnte doch eigentlich gar nichts schiefgehen.

Als Nat dies endlich erkannt hatte, hatte das Handy natürlich schon längst aufgehört zu läuten.

Ella war leicht genervt. Sie hatte es wohl hundert Mal läuten lassen, doch der gnädige Herr hob nicht ab. Ja, er hatte noch nicht einmal eine Mailbox, auf der sie ihm ihren Frust hätte kundtun können.

So ein Mist aber auch!

Warum konnte er denn nicht abheben, solange sie noch den Mut gehabt hatte, mit ihm zu sprechen?

Tja, sein Pech!

*Jetzt* hatte sie kein Bedürfnis mehr, sich bei Nat zu entschuldigen!

Ella ließ sich auf ihre Kuschelcouch sinken und sah auf den kleinen Balkon hinaus.

Was zum Henker …?

Ungläubig starrte Ella durch das Fensterglas. Träumte sie mit offenen Augen, oder hatten diese Raben sie gerade angegrinst?

Ella kniff die Augen zusammen und gewährte ihrer Auffassungsgabe eine zweite Chance. Vorsichtig öffnete sie wieder die Augen und sah skeptisch in Richtung der Raben. Völlig unschuldig saßen sie am Geländer und sahen mit ihren schwarzen Knopfaugen scheinbar direkt in die von Ella.

Was zum Kuckuck war nur mit ihrem Gehirn los?

Das waren schließlich nur Vögel – die *konnten* doch gar nicht grinsen!

Einem inneren Impuls folgend, erhob Ella sich und ging langsam auf die Balkontür zu. Sie hatte noch keine zwei Schritte gemacht, als sie plötzlich wieder da waren, diese seltsamen Stimmen in ihrem Kopf.

*„Sieh nur, sie kommt!"*
*„Hör auf sie so anzustarren!"*
*„Sollen wir ...?"*
*„Nein, auf gar keinen Fall! Dafür ist es noch zu früh!"*

Von einem Moment auf den nächsten erhoben sich die Raben in die Lüfte und verschwanden auf Nimmerwiedersehen – und mit ihnen auch die Stimmen in Ellas Kopf. Paralysiert starrte sie den Tieren nach.

Was zum Teufel war *das* denn gewesen?

Während Ella noch wie in Trance dastand, läutete plötzlich das Handy in ihrer Hand. Völlig ferngesteuert und gedankenabwesend nahm sie das Gespräch an.

Nat betrachtete sein Handy, als würde er darauf warten, dass es zu ihm zu sprechen begann.

Nachdem sich die erste Verwunderung gelegt hatte, verzogen sich seine Mundwinkel zu einem amüsierten Grinsen.

Diese Frau war aber auch überhaupt nicht einzuschätzen!

Zwar hatte Ella seinen Rückruf angenommen, doch nur, um ihn mit den Worten „Hab keine Zeit, melde mich ein andermal!" abzuwürgen. Nun, genau genommen war dies gar nicht so schlecht für Nat. Somit lag es wieder an Ella, den nächsten Zug vorzunehmen, und er konnte sich zurücklehnen und warten.

Doch, ... ganz so leicht war es dann doch nicht.

Etwas beunruhigte ihn, etwas an ihrer Aussage ließ bei Nat die Alarmglocken läuten. Es war weder die Wahl ihrer Worte gewesen, noch hatte ihn ihre unerwartete Abfuhr gar getroffen. Im Gegenteil, irgendwie belustigte ihn Ellas Sprunghaftigkeit sogar. Es war für Nat eine interessante Erfahrung, nicht auf die Gedanken eines Menschen zugreifen zu können – und dadurch auch nicht wissen zu können, was als Nächstes kommen könnte. Und Ella hatte ihn nun schon zum dritten Mal überrascht – langweilig würde es mit dieser Frau also bestimmt nicht werden. Nein, es war etwas anderes, was Nat Anlass zur Sorge gab.

Ellas Tonfall hatte ihn irritiert.

Sie hatte geklungen, als ob sie gerade einer Geistererscheinung gegenüberstünde. Möglich, dass dies auch nur Einbildung war – immerhin hatte Nat ja nicht gerade viele Vergleichsmöglichkeiten bezüglich Ellas Stimmlage. Vielleicht war sie auch nur müde, verärgert, oder sie genierte sich und war aus der Fassung geraten – oder sie war tatsächlich gerade in eine Arbeit vertieft. Doch andererseits hatte Nat ein untrügliches Gespür für Unstimmigkeiten. Nicht zu vergessen, dass Ella seine wahre Liebe war. Es lag in der Natur der Sache, dass er spüren konnte, wenn etwas mit ihr nicht stimmte. Und etwas in ihrer Tonlage hatte dieses Gefühl nun bei ihm ausgelöst.

Instinktiv scannte Nat die Umgebung. Er konnte keine Gefahr ausmachen. Er selbst war der einzige Vampir hier, und *er* würde Ella bestimmt kein Haar krümmen.

Aber vielleicht dachte *sie* ja anders darüber?

Immerhin kannte sie Nat ja nicht wirklich. Und dann stand er gestern auch noch völlig unangemeldet und unerwartet vor ihrer Wohnungstüre. Was also, wenn sie *ihn* als die Bedrohung betrachtete? Doch, warum sollte sie? Sie wusste ja nicht einmal, dass er kein Mensch war. Aber, ... sie konnte es womöglich spüren ... instinktiv sozusagen?

Und was wenn nicht?

Wenn es doch eine Gefahr gab, die sich – wie auch immer – Nats Kenntnis entzog?

In Momenten wie diesen war Nats wissenschaftliches Interesse an der Tatsache, nicht einfach in Ellas Gedanken blicken zu können, gänzlich verschwunden. Er hasste das Gefühl hoffnungsloser Hilflosigkeit, welches dieser Umstand mit sich brachte.

Die Gedanken schwirrten wie ein Bienenschwarm durch Nats Kopf.

Wäre er menschlich, hätte er an dieser Stelle bestimmt schon einen schweren Anfall von Migräne. Doch als Vampir war er vor solch körperlichen Schwächen gefeit. Nichtsdestotrotz zog es ihn an die frische Luft. Also stieg er aus dem Wagen, holte seinen schweren Ledermantel vom Rücksitz, schlüpfte hinein, zog sich die Kapuze über und stapfte drauflos.

Augenblicklich umwehte ihn der erotisch-aromatische Duft seiner wahren Liebe. Jetzt, wo er die duftende Versuchung das erste Mal bewusst wahrnahm, war Nat noch weit mehr angetan davon. Nur schwer konnte er dem Verlangen widerstehen, geradewegs in Ellas Wohnung zu stürmen. Er machte einen tiefen Atemzug, versuchte ihren Duft bis in die letzten Winkel seiner Lungen zu inhalieren, als ob er dadurch etwas für später aufheben könnte.

So nah und doch so fern – manchmal konnte das Leben schon ungerecht sein!

Nach wenigen Schritten hatte Nat das Ende der Straße erreicht. Überrascht betrachtete er das Gebäude zu seiner Rechten. Beim ersten Mal, als er daran vorbeigefahren war, hatte er nur das Wort Restaurant gelesen, doch nun entdeckte er, dass es auch ein Hotel war.

Na, wenn das nicht ein Wink des Schicksals war!

Auf der Stelle machte Nat kehrt, marschierte zu seinem Wagen zurück und machte sich auf den Weg zu seiner Unterkunft. Nicht dass er mit seinem Hotel unzufrieden gewesen wäre. Es hatte alles, was er brauchte. Es war klein, sauber und anonym. Doch *dieses* Hotel hatte einen entscheidenden Pluspunkt, den keine andere Unterkunft übertreffen konnte.

Es lag nur wenige Schritte von Ellas Wohnung entfernt – wie geschaffen für die Aktion ‚stille Beschattung'!

# Kapitel 9

Als Ella auf die Uhr sah, traf sie beinahe der Schlag. Sie hatte überhaupt nicht bemerkt, wie die Zeit vergangen war. Besser gesagt, sie hatte *überhaupt nichts* mitbekommen. Wie in Trance war sie vor der Balkontüre am Boden gesessen und hatte in die Leere gestarrt – allem Anschein nach den ganzen Nachmittag lang. Als sich nun die Wirklichkeit in ihr Bewusstsein drängte, zeichnete sich Ratlosigkeit auf Ellas Gesicht ab.

Warum hatte sie hier gesessen?

Was hatte sie getan?

Hatte sie überhaupt etwas getan?

Ja, … doch, … sie hatte über etwas nachgedacht, aber …?

Ella konnte sich nicht einmal erinnern, *worüber* sie die letzten Stunden nachgedacht hatte. In ihrem Gedächtnis war nichts außer einem großen schwarzen Loch!

Ob dies wohl schon die ersten Anzeichen für eine Geisteskrankheit waren?

Über sich selbst verwundert, schüttelte Ella den Kopf und versuchte wieder auf die Beine zu kommen. Solange *sie* es nicht *zuließ*, würde sie gewiss auch nicht verrückt werden, ganz einfach! Von dem langen Sitzen hatte Ella nun das Gefühl, jede einzelne Muskelfaser spüren zu können. Und sie fühlte sich regelrecht erschöpft – war nur die Frage, *wovon*.

Wie dem auch sei, Ella beschloss ein Bad zu nehmen. Vielleicht würde sich wenigstens ihr Körper dadurch ein wenig entspannen. Es hatte ja sowieso keinen Sinn, über Dinge nachzudenken, an die sie sich nicht einmal erinnern konnte! Also stapfte Ella ins Badezimmer, füllte die Wanne, tropfte etwas von dem Schaumbad ins Wasser und begab sich sodann in das dampfende Nass. Alles, was im Anschluss noch von Ella zu sehen war, war ihr Gipsbein, welches wie eine seltsame Skulptur auf dem Rand der Wanne ruhte. Der Rest von ihr versank in den Fluten aus nach Rosen duftendem Schaum.

Nat saß in seinem Hotelzimmer. In seinem *alten* Hotel, wohlgemerkt. Nach der anfänglichen Euphorie hatte ihn dann doch die Besinnung eingeholt. Natürlich war es besser, in Ellas unmittelbarer Nähe zu wohnen. Doch deshalb musste er noch lange nicht das eine Hotel fluchtartig verlassen, um im nächsten ohne Voranmeldung einzuchecken.

Nein, in Nats Fall war es bestimmt besser, die Dinge langsam und überdacht anzugehen. Als Erstes, würde er ein Zimmer in diesem anderen Hotel reservieren, ja, das erschien ihm als durchaus angebracht ... und menschlich! Doch *davor* musste er noch ein anderes Problem in Angriff nehmen: Er musste sich mehr Blut besorgen!

Als Nat zu seiner ‚Mission' aufgebrochen war, hatte er sich zwar einen kleinen Vorrat mitgenommen, doch hatte er da ja auch noch nicht geahnt, was ihn hier erwarten würde. Und unter den gegebenen Umständen musste er damit rechnen, durchaus einige Wochen länger in Wien zu verweilen als ursprünglich angenommen. Seine Vorräte würden zwar für gut drei Wochen reichen, doch nicht unter besagten Umständen. Denn angesichts dessen, dass seine wahre Liebe menschlich war, musste Nat besser genährt sein als üblich. Er durfte auf gar keinen Fall das Risiko eingehen, hungrig zu werden. Und in einer Stadt – noch dazu einer fremden – war es nicht so leicht, schnell an Frischblut zu kommen.

Nun, was sollte er tun?

Nat boten sich zwei Optionen: ein Ausflug in eine der Spendezentralen oder die Jagd. Nat entschied sich für Letzteres.

Die nächstgelegenen Zentralen befanden sich in Rom, London, Stockholm oder Moskau. Und sich so weit von Ella zu entfernen widerstrebte ihm einfach. Also warf Nat seinen Laptop an und studierte vorerst die Landkarten der ‚Umgebung'. Im Umkreis von ein paar Hundert Kilometern gab es genug Waldgebiete, die sich anboten. Er forschte die Gebiete im Internet aus und prägte sich die kartografischen Einzelheiten ein.

Dann wartete er, bis es vollkommen finster war.

Im Schutz der Dunkelheit verließ Nat das Hotel und lenkte seinen Volvo über die Stadtgrenzen hinaus in ein Gebiet, das auf der Karte als Waldviertel gekennzeichnet war. Je nördlicher er kam, desto zufriedener wurde er. Diese Gegend war genau das, was er erhofft hatte. An einer abgelegenen Stelle parkte er seinen Wagen und machte sich von da an zu Fuß auf den Weg. Wenig später erreichte er schließlich sein auserkorenes Ziel. „Militärisches Übungsgebiet" stand auf einem Schild – genau das, was Nat gesucht hatte.

Hier würde sich bestimmt keine Menschenseele her verirren – nicht bei knapp zwanzig Grad unter null, und schon gar nicht um ein Uhr nachts!

Kaum hatte Ella die Augen aufgetan, traf die Realität sie mit voller Wucht. Vollends irritiert sah sie sich um. Sie lag in ihrem Bett. Sie hatte ihr Pyjama an – noch immer oder schon wieder, das wusste Ella nicht so genau. Ein flüchtiger Blick aus dem Fenster sagte ihr, dass es dunkel war. Ein weiterer Blick auf die Uhr sagte ihr, dass es drei Uhr morgens war. Das Letzte, woran sie sich erinnern konnte, war das Bad, und dann …?

Verdammt noch mal, was ging hier eigentlich vor?

Panisch sprang Ella aus dem Bett – und wurde von einem jähen Schmerz ergriffen. Kraftlos sank sie auf das Bett zurück. Ihr Körper schmerzte noch mehr als vor dem Bad. Hätte sie es nicht besser gewusst, Ella hätte geschworen, sie habe einen ausgewachsenen Muskelkater – doch *wovon* sollte sie den haben?

Nachdenklich massierte sie ihren Unterschenkel und strich dabei unbewusst auch über den Gips auf dem anderen Bein. Abrupt hielt sie inne – was war *das*?

Ella tastete ihren Gips gründlich ab – der untere Teil war eindeutig feucht!

Ach ja, … sie hatte gebadet – vielleicht war sie unvorsichtig gewesen, und der Gips war auf diese Art und Weise nass geworden. Vielleicht war sie gar eingeschlafen in der Wanne – wäre nicht das erste Mal passiert.

Gedankenverloren betrachtete sie ihr Gipsbein, als etwas, das dort nicht hingehörte, ihre Aufmerksamkeit erregte. Ella schlug ihr eingegipstes Bein über das andere Knie, um die Unterseite des Gipses besser inspizieren zu können. Prompt fand sie ihre Vermutung bestätigt – an der unteren Seite vom Gips haftete Schmutz. Doch nicht etwa Staub oder irgendwelche Fussel, nein, es handelte sich vielmehr um ein erdiges Etwas von draußen.

Was hatte *das* denn nun wieder zu bedeuten?

Wie vom Donner gerührt, saß Ella auf ihrem Bett und starrte in den Mondschein hinaus, welcher ihr ganzes Zimmer auf fast schon unheimliche Weise zu erhellen schien. Na ja, wenigstens brauchte sie so kein Licht anzumachen. Während Ella über diese seltsamen Erkenntnisse und ihre Gedächtnislücken nachdachte, meldete sich auf einmal ihr Magen – gegessen hatte sie dem Anschein nach also nichts!

In der Hoffnung, Ablenkung zu finden, machte sie sich auf den Weg in die Küche, um ihren Magen zu beruhigen. Auf dem Weg ins untere Geschoss stellte Ella erstaunt fest, dass auch die restliche Wohnung – auf beinahe gespenstische Weise – vom Mondschein ausgeleuchtet wurde. Klar und deutlich konnte sie sich orientieren, ohne eine zusätzliche Lichtquelle zu benötigen. Ella konnte sich nicht erinnern, so etwas schon einmal erlebt zu haben. Im Vorbeigehen warf sie unbewusst einen Blick auf Lillys Mondkalender – morgen Nacht sollte Vollmond sein.

Na, nun war ja alles klar – oder nicht?

Hervorgerufen durch eine gehörige Portion Selbstironie, wurde Ella plötzlich von einem regelrechten Lachkrampf übermannt. Aber sicher doch, angesichts des bevorstehenden Vollmondes war ja völlig klar, was mit ihr los war. Morgen Nacht würde sie zur Wolfsfrau mutieren, was denn sonst!

Doch der Hunger war ihr fürs Erste dennoch vergangen. Unverrichteter Dinge begab Ella sich auf den Weg zurück in ihr Zimmer und hoffte inständig, beim nächsten Mal nicht in der Psychiatrie wach zu werden!

Im Morgengrauen kehrte Nat in sein Hotel zurück. Die Jagd war mehr als erfolgreich gewesen – er war zum Platzen voll. Was auch immer kommen mochte, für die nächsten eineinhalb Wochen brauchte er seine Vorräte nicht mehr anzurühren! Ein Umstand, der sein Gewissen wahrhaft beruhigte.

Demnach konnte er sich nun den nächsten Schritt vornehmen – er kontaktierte dieses andere Hotel wegen eines Zimmers. Sehr zu seiner Freude, teilte ihm eine freundliche Frauenstimme mit, dass es kein Problem darstellte, ab dem kommenden Abend ein Zimmer für ihn zu reservieren. Nach dem Gespräch genehmigte Nat sich zwei Stunden Schlaf, ehe er aus seinem alten Hotel auscheckte und sich auf den Weg zu Ella machte. Sie hatte sich noch nicht wieder bei ihm gemeldet, und er wollte nur … nun ja, nach dem Rechten sehen war wohl der richtige Ausdruck. Er wollte einfach sicherstellen, dass es keinen Grund zur Sorge gab.

Nat fuhr ein paar Mal an ihrer Wohnhausanlage vorbei und scannte die Umgebung, konnte jedoch keinerlei Gefahr erkennen. So weit, so gut, das Hotel erwartete ihn erst im Laufe des Abends. Und bis dahin vor Ellas Wohnung zu warten machte wenig Sinn. So würde er nur selbst Gefahr laufen, sich der Versuchung ihres Duftes nicht widersetzen zu können. Also beschloss Nat kurzerhand Versäumtes nachzuholen.

Sein erster Ausflug durch die Umgebung war ja nicht sonderlich erfolgreich gewesen. Da er nun einen ganzen Tag Zeit hatte, konnte er folglich einen zweiten Versuch unternehmen, sich die Stadt genauer anzusehen – und vor allem einzuprägen. Nat machte sich also auf den Weg zum größten Friedhof der Stadt – der sich durch seine Nähe und Abgeschiedenheit praktisch anbot –, parkte dort seinen Volvo, bestieg eine Straßenbahn und spielte die nächsten Stunden Tourist.

Doch hätte Nat ruhig mehr Zeit dafür einplanen können – oder anders ausgedrückt, seine Geduld sollte hart auf die Probe gestellt werden!

Während seiner gesamten Besichtigungstour hatte Ella sich nicht ein einziges Mal gemeldet. Auch nicht am Abend, als er sein neues Hotelzimmer bezog – oder tags darauf. Geschweige denn am darauf folgenden Tag. Die Stunden verstrichen – nichts von Ella. Die Tage zogen dahin – nichts von Ella.

Immer wieder patrouillierte Nat durch die Gegend, um sicherzugehen, dass alles in Ordnung war. Lächerlicherweise musste er sich eigens für diese Zwecke sogar ein paar neue Winterjacken zulegen. Zwar liebte er seinen alten, ledernen Kapuzenmantel, doch war dieses Teil weder unauffällig, noch half es, Nats extravagante Ausstrahlung zu verbergen. Im Gegenteil, fast hätte er dank des Haders einen alten Mann ‚um die Ecke' gebracht. Der Alte hatte seinen Hund – sofern der Zwergpinscher dieser Bezeichnung gerecht wurde – spätabends Gassi geführt, als Nat ihm an einer Ecke über den Weg gelaufen war. Beinahe wäre dem Mann das Herz stehen geblieben. Er sah Nat mit vor Schreck geweiteten Augen an und stammelte nur: „Nicht jetzt, nicht jetzt! Was soll denn nur aus meiner kleinen Trixi werden, wenn du mich jetzt schon zu dir holst?"

Nat hatte es vorgezogen, sich wortlos aus dem Staub zu machen. Er hatte keine Ahnung gehabt, wovon der Alte gesprochen haben mochte, doch war ihm Ähnliches noch mal passiert. Dabei hatte ihn eine alte Frau angeschrien, er solle gefälligst abhauen, ihre Zeit sei noch lange nicht gekommen! Langsam war Nat auch die Bedeutung des Ganzen klar geworden. Ein Zwei-Meter-Riese, der schier lautlos um die Ecke biegt und einen schwarzen Kapuzenmantel trägt, welcher ihn fast völlig verhüllt – diese Menschen hatten ihn tatsächlich für Gevatter Tod gehalten!

Was für ein seltsames Volk diese Blutspender doch waren!

Um solchen unerwünschten Ereignissen zukünftig aber vorzubeugen, hatte Nat beschlossen sich anders einzukleiden – unauffälliger, sozusagen etwas angepasster an seine menschliche Umgebung. So zog er nun – wieder einmal – in seiner neuen ‚Tarnkleidung' durch die Nachbarschaft und konnte, zum Glück, nichts Ungewöhnliches feststellen.

Einzig und allein dieser eine Mensch tauchte ein paar Mal auf der Bildfläche auf. Der, den er schon einmal bei Ella gesehen hatte. Zwar ging keinerlei Gefahr von ihm aus, aber nach seinem zweiten Besuch wollte Nat trotzdem wissen, was es mit diesem

Mann auf sich hatte. Also verfolgte er ihn eine Zeit lang – was sich als recht unterhaltsam erwies.

Obwohl der Kerl wie ein Mann aussah und sich auch wie einer kleidete, bewegte er sich grazil wie eine Frau. Sein Weg führte über eine Parfümerie und ein paar Schuhgeschäfte zur Kosmetikerin und schließlich in einen Feinkostladen. Nat war schlichtweg fasziniert von diesem Geschöpf. Doch was dieser Mensch mit Ella zu schaffen hatte, war ihm weiter unklar. Kurzerhand beschloss Nat, dieses eigentümliche Exemplar Mensch kennenzulernen. Dank seiner vampirischen Überzeugungskraft hatte er Herbert – so nannte sich der Mensch – schnell zu einem erfrischenden Bier eingeladen. Und noch schneller herausgefunden, dass es sich um Lillys Geschäftspartner handelte, der nun deren Arbeit weiterführte – was ihn wiederum in Ellas Wohnung führte, die gleichermaßen Lillys Büro war. Nat entlockte diesem Herbert noch einige belanglose Informationen über Ella, ehe er plötzlich einen schnellen Rückzug für angebracht hielt – gerade noch rechtzeitig, um dem nächsten spontanen Kuss auszuweichen.

Na ja, immerhin wusste Nat nun, was es mit dem femininen Gehabe auf sich hatte! Und einmal mehr wunderte er sich über das seltsame Gebaren der Spezies Mensch.

Und dann, nach gefühlten Wochen – die natürlich nur einige wenige Tage gedauert hatten –, wurde die schier unerschöpfliche Geduld seitens Nat endlich belohnt. Ella sandte ihm eine Kurzmitteilung. Dem Anschein nach wollte sie ihn wohl auf Abstand halten, um nicht zu sagen, gänzlich abwimmeln. Aber da hatte sie die Rechnung ohne den Wirt gemacht.

Über das Telefon konnte Ella nicht an Nats Gedanken herankommen, also brauchte er sie auch nicht zu blockieren. Wie töricht von ihm, dass er das in seiner anfänglichen Aufregung glatt verdrängt hatte. Ein Fehler, den Nat nun schnell und schmerzlos wieder ausbügeln konnte – indem er das nächstliegende tat und Ella anrief.

Ja, zugegeben, er hatte seine betörende Vampir-Stimme ins Spiel gebracht, und ja, die Macht der Liebe hatte ihn wohl auch ein klein wenig unterstützt, aber … in zwei Tagen hatte er ein Date mit Ella!

Da war ein bisschen Tricksen doch allemal zu rechtfertigen!

Währenddessen hatte Ella Gott sei Dank einmal nichts erlebt in den vergangenen Tagen! Die seltsamen Ereignisse *davor* hatten ohnehin für ein ganzes Leben gereicht.

Was das alles zu bedeuten hatte war Ella immer noch nicht klar geworden. Vermutlich war sowieso alles nur Einbildung gewesen. Hirngespinste, verursacht durch ... keine Ahnung wodurch – vielleicht durch den Schock, Nat geküsst zu haben? Oder Spätfolgen der Narkose? Doch je weniger sie darüber nachdachte, desto weniger konnte sie sich damit verrückt machen – falls sie das nicht ohnehin schon war! Jedenfalls beschloss Ella keinen unnötigen Gedanken mehr an diese ‚Episoden' zu verschwenden. Natürlich hatte sie sich auch nicht in einen Werwolf verwandelt – wenngleich Ella diese Vorstellung nach wie vor erheiterte. Wäre zumindest mal etwas anderes gewesen, den Mond anzuheulen!

Aber andererseits, vielleicht waren die vergangenen Tage auch nur deshalb so ruhig gewesen, weil Ella nicht alleine war?

Herbert war täglich für ein paar Stunden in Lillys Büro gewesen. In der Faschingszeit herrschte wieder Hochbetrieb für die kleine Event-Firma, sodass er alle Hände voll zu tun hatte.

Doch er wirkte auch so irgendwie von der Rolle – noch mehr als gewöhnlich. Also, eigentlich war es Ella erst bei seinem dritten Besuch so richtig aufgefallen. Er betonte sein Äußeres noch mehr und bewegte sich – sofern das überhaupt möglich war – noch schwuler als üblich. Seine Bewegungen erinnerten Ella irgendwie an einen Schmetterling. Ja, er tänzelte regelrecht durch die Gegend, wie ein Ballettänzer über die Bühne.

Als Herbert einmal ihren skeptischen Blick aufschnappte, rechtfertigte er sich mit den Worten ‚der Frühling naht!' – Ella hatte schon befürchtet er würde ein Gedicht rezitieren! Doch scheinbar sah Herbert sich durch Ellas verständnislosen Augenaufschlag dazu ermutigt, eine weitere Rechtfertigung vom Stapel zu lassen „Ach, du weißt doch, wie das ist! Wenn man einem so *unglaublich* attraktiven Mann begegnet, schwebt man einfach auf einer rosaroten Wolke durchs Leben!"

Oh ja, ... das war mehr, als Ella hören wollte!

Von diesem Moment an ging sie Herbert wieder bewusst aus dem Weg. Über sein Liebesleben wollte sie ganz gewiss nicht informiert werden! Ebenso weigerte sie sich, Herbert als Grund für die wiedergekehrte Stille zu betrachten. Denn schließlich hätte das ja auch bedeutet, dass ohne seine Anwesenheit die seltsamen Geschehnisse zurückkommen würden – und daran wollte sie lieber nicht denken.

Wie gut doch, dass sie die geborene Verdrängungskünstlerin war!

Nur bei einem Thema wollte das nicht so ganz funktionieren. Dabei hätte sie gerade über *dieses* Thema nichts lieber als den Mantel des Schweigens gehüllt – oder noch besser, des Vergessens!

Aber es wollte sich einfach nicht aus ihrem Bewusstsein verdrängen lassen. Immer wieder kehrten ihre Gedanken ungebetenerweise dazu zurück – es war die reinste Meuterei. Was sie auch tat, Ella musste andauernd an *ihn* denken. An den unglaublichsten Mann, den sie jemals getroffen hatte.

*Nat!*

Von Schuldgefühlen geplagt, hatte sie sich immerhin dazu durchgerungen, ihm eine Entschuldigungs-SMS zu schicken. Na ja, mit Entschuldigung im eigentlichen Sinne hatte es freilich nichts zu tun gehabt. Eher hatte Ella ihm mitgeteilt, dass sie dank ihres Gipsbeines vorübergehend keine Fototermine wahrnehmen würde.

Aber der Kerl war hartnäckiger als ein Schwarm Mücken. Hatte sie doch postwendend zurückgerufen und wollte wissen, wann sie denn ihren Gips loswerden würde.

Hinterhältig, wie Ella veranlagt war, hatte sie ihre Chance gewittert – warum sollte sie ihn nicht anflunkern und sich so noch etwas Zeit verschaffen? Nats Geschäftstermin konnte ihn ja wohl nicht ewiglich in Wien halten!

Das Problem war nur, dass Ellas Gehirn dieses Vorhaben nicht an ihre Stimme weitergeleitet hatte. Noch ehe sie sich darüber im Klaren war, hatte sie Nat schon erzählt, dass sie in zwei Tagen Abnahmetermin hätte. Als ob das nicht gereicht hätte, hatte sie sich dann auch noch für denselben Abend mit Nat verabredet. Zum Fototermin – in ihrer Wohnung!

Was um alles in der Welt hatte sie sich nur dabei gedacht?

In zwei Tagen war bereits morgen, und Ella war alles andere als bereit, um Nat gegenüberzutreten und dieses verflixte Foto zu knipsen. Schon gar nicht in ihren eigenen vier Wänden – dem Ort, an dem das Verhängnis seinen Lauf genommen hatte!

# Kapitel 10

Herbert bot sich an, um Ella ins Spital zu fahren, was diese jedoch herzlich dankend ablehnte. Zum einen wollte sie nicht seiner ‚Frühlingsstimmung' ausgesetzt sein und zum anderen hatte sie einen dringenden Termin zu erledigen. Alleine. Ohne Herbert oder sonst jemanden. Also ließ Ella sich von einem Taxi ins Spital fahren.

Ungeduldig veranlagt, wie Ella nun einmal war, war sie bereits um 7 Uhr 30 vor Ort, in der Hoffnung, die Erste sein zu können. Diesen Gedanken hatten wohl auch einige andere gehegt. Dennoch hatte Ella Glück und konnte nur eine Stunde später das Krankenhaus wieder verlassen – ohne Gips, dafür mit dem Gefühl wiedergewonnener Freiheit!

Kaum hatte das Taxi Ella zu Hause abgesetzt – denn U-Bahn-Fahren war etwas, das sie in hundert Jahren nicht freiwillig machen würde –, marschierte sie auf direktem Wege in die Garage zu ihrem Auto. Der alte Ford Mustang war ebenfalls ein Erbstück ihrer Mutter. Der einzig *wahre* Luxus, den Elvira May sich gegönnt hatte. Als Ella hinter dem Steuer Platz nahm, überkam sie eine plötzliche Welle der Wehmut.

Wieder einmal!

Instinktiv musste Ella an ihre Mutter denken und wie sehr diese ihren ‚kleinen Mustang' geliebt hatte. In doppelter Hinsicht, denn Elvira hatte auch ihre Tochter gerne so genannt. Ein trauriges Lächeln schlich sich auf Ellas Lippen, als sie an die Worte ihrer Mutter dachte ... *wild wie ein Löwe, unzähmbar wie ein Mustang, und dennoch sanft wie ein Lämmchen ...* das waren Elviras Lieblingsworte gewesen, wenn es darum ging, ihre Tochter zu beschreiben. Wobei sie damit natürlich auf die Pferde angespielt hatte und nicht auf den alten Ford. Doch für Ella machte dies keinen wesentlichen Unterschied. Mustang blieb Mustang, ob mit einem PS oder mit zweihundert, dieser Name stand in direkter Verbindung zu ihrer Mutter.

Ella straffte die Schultern und bemühte sich, wieder in die Gegenwart zurückzukehren. Noch einmal tief durchgeatmet, dann ließ sie den Motor an. Der wichtige Termin, den sie nun zu erledigen hatte, führte sie auf den Friedhof. Ein längst überfälliger Besuch am Grab der Mutter.

Als Ella den Zentralfriedhof erreichte, parkte sie wie immer am Tor neun – also nicht am Haupteingang. Zwar dauerte es von dort aus etwas länger, bis sie zur letzten Ruhestätte ihrer Mutter gelangte, doch Ella genoss es, durch die Reihen der Gräber zu spazieren. Und als Bonus war es an der Hinterseite des Friedhofes auch leichter, einen Parkplatz zu finden. Es war noch früher Vormittag, als Ella die Pforten des Friedhofes durchschritt. Zudem war es mit knapp zehn Grad unter null und eisigem Wind nicht gerade gemütlich im Freien. Weshalb auch kaum jemand am Friedhof unterwegs war. Doch Ella machte all dies nichts aus, ganz im Gegenteil.

Wenn irgendwie möglich, hatte sie immer versucht zu ruhigeren Zeiten auf den Friedhof zu kommen. Früh morgens oder spät abends waren ihre bevorzugten Zeiten. Und manchmal hatte sie sich auch nachts dort aufgehalten. Mehr als einmal hatte sie sich quasi einsperren lassen und dann die ganze Nacht am Grab ihrer Mutter gesessen. In der Früh war sie einfach wieder rausspaziert, als wäre nichts gewesen. Genau genommen hatte sie auch *das* von ihrer Mutter geerbt.

Als Elvira damals die Raben-Studie gemacht hatte, hatte sie auch des Öfteren nachts auf den Friedhöfen fotografiert. Zwar mit Genehmigung, doch das Prinzip war das gleiche gewesen. Und Klein Ella war natürlich stets dabei – und wie sie diese ‚Friedhof-Picknicks' geliebt hatte als Kind! Man konnte also durchaus sagen, dass Ella immer schon anders war als die anderen Kinder. Während ihre Klassenkameraden an den Wochenenden die Großeltern am Land besucht hatten, hatte sie mit Spannung der nächsten Friedhofs-Tour entgegengefiebert – oder ähnlichen, nicht weniger ungewöhnlichen, Unternehmungen.

Während Ella nun langsam die Reihen der Gräber entlangschlenderte, genoss sie die Stille und die kalte Luft. Der Boden war bedeckt von gefrorenem Schnee, sodass jeder ihrer Schritte ein zaghaftes Knirschen verursachte. Abgesehen von dem vereinzelten ‚Krah' eines Raben, das einzige Geräusch weit und breit. Ella allerdings konnte weder das eine noch das andere hören, da die Stöpsel der Kopfhörer ihre Gehörgänge mit Musik von der Außenwelt abschirmten. Betont langsam spazierte sie nun durch die Reihen, machte sogar extra einen kleinen Umweg. Am liebsten wäre Ella ewig so weitergegangen. Es war dermaßen gut, endlich wieder *richtig* gehen zu können – wann sie wollte, wo sie wollte und vor allem ohne lästigen Gips! Sie fühlte sich beinahe wie neu geboren!

Fast eine Stunde lang schlenderte Ella so durch die Gegend, ehe sie schließlich das Grab ihrer Mutter erreichte. Ein schlichter Grabstein, auf dem in zart geschwungener Schrift nichts weiter als *E. M.* geschrieben stand. Es war der Wunsch ihrer Mutter gewesen, dass nur ihre Initialen den Grabstein zieren sollten, und Ella hatte sich daran gehalten. Auch gab es keine Blumen oder sonstigen Grabschmuck, einzig und allein ein ewiges Licht flackerte an der Seite des Steins.

Ella ließ sich am Kopf des Grabes nieder, sodass sie sich mit dem Rücken an den Grabstein lehnen konnte. Wieder einmal hatte es begonnen zu schneien. Diesmal war der Winter wirklich ungewöhnlich hartnäckig für diese Gegend. Während nun die Schneeflocken um sie herum tänzelten, schloss Ella die Augen und hielt ihr Gesicht in die eisige Brise. Wie sehr hatte sie es doch in den letzten Wochen vermisst hierherzukommen! Sie inhalierte die kalte Winterluft und vertiefte sich in ein gedankliches Zwiegespräch mit ihrer Mutter. Es gab ja so viel zu erzählen.

*„Sie nur, wer uns besuchen kommt!"*
*„Tatsächlich, sie ist es!"*
*„Sollen wir sie jetzt ansprechen?"*
*„Nein ... sie muss uns ansprechen!"*
*„Was, wenn sie sich nicht traut?"*
*„Wir müssen ihr Zeit geben!"*
*„Aber wir haben schon so lange gewartet!"*

*„So hab doch Geduld!"*
*„Aber was, wenn sie uns einfach ignoriert?"*
*„Hab Vertrauen! Sie wird sich uns öffnen!"*
*„Und wenn sie nicht an uns glaubt?"*
*„Oh, das wird sie schon – früher oder später!"*

Ella öffnete die Augen und blickte beinahe verträumt gen Himmel. Vivaldis ‚Vier Jahreszeiten' drangen über die Kopfhörer sanft an ihr Gehör. Ihre Mutter hatte klassische Musik geliebt, was vielleicht mit ein Grund war, weshalb Ella stets deren Klassiksammlung lauschte, wenn sie die Mutter besuchte. Ella konnte nicht sagen, wie lange sie am Rande des Grabes gesessen hatte, doch es lag bereits eine feine Schneeschicht auf ihrem Mantel. Aber auch so hatte sie fast das Gefühl, eingeschlafen gewesen zu sein. Zumindest hatte sie das Gefühl, einen Traum gehabt zu haben. Ella streckte sich einmal kurz durch und richtete ihren Blick nach vorne. Zwei Raben saßen, etwa einen Meter vor ihr, am Grabdeckel und beäugten sie.

Einige Sekunden lang betrachteten die drei Geschöpfe einander. Auf einen zufälligen Passanten mochten Ella und die Raben den Eindruck erwecken, als würden sie sich gegenseitig mustern. Ella wog den Kopf von einer Seite zur anderen und sah auf die Tiere – und diese schienen es ihr gleichzutun. Irgendwie belustigt von der scheinbaren Inspektion der Vögel, nahm Ella die Kopfhörer ab und streckte den Tieren vorsichtig eine Hand entgegen.

*„… reagiert sie denn nicht?"*
*„Na ja, … sieh nur! Siehst du?"*
*„Ah, toll, sie reicht uns die Hand – ganz was Neues!!"*
*„Nein, doch nicht das! Ich meine ihren Gesichtsausdruck!"*
*„Ich weiß nicht, was du meinst! Sieht so aus wie immer!"*
*„Nein, eben nicht! Siehst du nicht ihren Blick?"*
*„Na ja, … jetzt, wo du es sagst … meinst du …?"*
*„Ja, ja, ganz sicher, es ist so weit. Sie kann uns endlich verstehen!"*

Paralysiert saß Ella am Grab und starrte mit weit aufgerissenen Augen auf die zwei Raben vor ihr. Hatte sie tatsächlich gerade eine Unterhaltung zwischen zwei Raben mit angehört? Und auch noch verstanden? Na, wenn das kein Zeichen war. Oh ja, ganz eindeutig, jetzt war es so weit.

Der Wahnsinn hatte sie endgültig eingeholt!

Wie sonst sollte es möglich sein, dass sie plötzlich Tiere sprechen hörte? Immerhin war sie ja nicht Dr. Dolittle! Aber, … hatte sich dieses – bestimmt durch irgendeine paranoide Wahnvorstellung verursachte – Gespräch nicht auch noch um Ella selbst gedreht?

Also wie krank war sie denn bitte, wenn das eigene Gehirn auch noch solch egozentrische Einbildungen produzierte?

Wie in Trance saß Ella unverändert am selben Fleck, unfähig sich auch nur einen Millimeter zu bewegen. Nach dem spontanen Gedankenchaos reduzierte sich ihr Gehirn nun lediglich auf einen einzigen Gedanken. Dieser jedoch zog eine regelrechte Endlosschleife in ihrem Kopf.

*Warum ich, warum habt ihr gerade mich ausgesucht?*

Ella hatte ihren gedanklichen Vorwurf an niemanden Bestimmten gerichtet, sondern einfach nur an das Universum im Allgemeinen. Doch die Raben fühlten sich angesprochen.

*„Oh nein, mein liebes Kind, wir haben dich keineswegs ausgesucht. Wir wurden dir vom Schicksal zugewiesen!"*

Die absolut unerwartete Antwort traf Ella wie ein Schlag ins Gesicht. Ihre Augenbrauen schossen noch eine Spur höher, als diese ohnehin schon waren. Instinktiv formulierten ihre Gedanken eine Frage, die zwar an sie selbst gerichtet war, doch auch von den Raben gehört wurde.

*„Du hast doch gerade nicht wirklich zu mir gesprochen?"*

*„Doch, Ella, das habe ich!"*

Dies war der Moment, in dem Ella vom Grab herunterrutschte. Dieses Vieh kannte auch noch ihren Namen? Was für eine Art von Wahnvorstellung war *das* denn bitte?

*„Hab keine Angst, Ella, wir sind dir in Freundschaft zugetan."*

Verzweifelt sah Ella sich um. Weit und breit keine Menschenseele zu sehen. Panisch klammerte sie sich an das Grab.

Was zum Teufel war hier eigentlich los?

„*Ich kann euch nicht hören! Menschen können nicht mit Tieren reden! Das kann nicht sein! Ich bin verrückt! Jawohl, völlig verrückt!*"

„*Nein, Ella, du bist bei bester geistiger Gesundheit.*"

„*Verrückt!*" Ella hielt sich mit beiden Händen die Ohren zu, als würde das etwas bringen, und versuchte sich auf einen einzigen Gedanken zu konzentrieren. „*Verrückt, verrückt, verrückt ...*"

„*So hör doch, Kindchen, wir sind real! Genauso real, wie das Grab deiner Mutter hier ist!*"

Das war zu viel. Aus lauter Verzweiflung war Ella den Tränen nahe. „*Was weißt du denn schon von meiner Mutter!*", fauchte sie das Tier instinktiv in ihren Gedanken an.

„*Oh mein Schätzchen, wir wissen mehr über Elvira, als du es tust! Genau aus diesem Grund sollten wir auch über dich wachen.*"

Ella funkelte den Raben an. Zu Verzweiflung und Panik gesellte sich nun auch noch Ärger. Und dieser Ärger baute sich mit rasantem Tempo auf.

Mein Schätzchen?

Was glaubte dieser impertinente Vogel denn, wer er war?

Dieses aufgeplusterte Federvieh hatte kein Recht, so mit ihr zu reden, und schon gar nicht über ihre Mutter!

Dass sie sich tatsächlich über die Ausdrucksformen eines *Raben* beschwerte, bekam Ella gar nicht mehr so richtig mit. Ebenso, wie ihr entfallen war, dass dieser Vogel ihre Mutter beim Namen genannt hatte.

„*Du weißt überhaupt nichts, du dummer Vogel! Und lass gefälligst meine Mutter aus dem Spiel!*", herrschte sie das Tier wieder in Gedanken an.

„*Ich verstehe deine Ängste, doch du kannst uns vertrauen. Wir sind deine Freunde. Wir wollen dir nichts Böses, ganz im Gegenteil. Deine Mutter wollte es so. Sie persönlich hat mich damals als deinen Wegbegleiter ...*"

„Halt die Klappe! Hör endlich auf mit mir zu reden!", schrie Ella den Vogel nun förmlich an. „Ich will das alles nicht hören! Ich habe nicht darum gebeten, mit Tieren sprechen zu können. Ich will das nicht! Ich will nicht irre sein. Ich will ganz normal sein. Himmelherrgott, ist das denn zu viel verlangt?"

*„Aber du bist normal! Ella, glaube mir, du bist keineswegs irr. Doch deine Mutter hatte so etwas schon vorausgesehen, weshalb ich dich auch im Auge behalten sollte, nachdem sie leider so früh von uns gegangen ist …"*

Mittlerweile kullerten Ella Tränen der Wut über die Wangen. Sie war am Ende, völlig fertig mit den Nerven. In einem letzten Versuch, ihren Verstand zu retten, kreischte sie den Raben fast schon hysterisch an. *„Hör auf von meiner Mutter zu reden, als ob du sie gekannt hättest! Lass mich endlich in Ruhe, verschwinde aus meinem Kopf! Ich kann dich nicht hören, das ist alles nur Einbildung. Jawohl! Ich bin einfach nur erschöpft und hatte einen zu lebhaften Tagtraum, aber ich-kann-dich-nicht-hören!"*

Als würde es ihre Theorie unterstützen, hielt Ella sich wieder die Ohren zu und wiederholte die letzten Worte einem Mantra gleich *„… kann-dich-nicht-hören, kann-dich-nicht-…"*

*„Oh Ella, nicht doch, Kleines. Lass deinem Verstand ruhig ein wenig mehr Zeit. Ich komme dich bald einmal besuchen, und dann reden wir in Ruhe über das Geheimnis …"*

*„NEIN!"*, fuhr Ella dazwischen und sprang mit einem Satz auf. Langsam wich sie von dem Grabstein zurück und somit auch von den beiden Raben. *„Nein, nein, nein! Verdammt noch mal, nein! Ich will nichts mehr hören. Aus, Schluss damit. Lasst mich einfach nur in Frieden!"*

Ohne einen weiteren Gedanken an die beiden Tiere zu verschwenden, drehte Ella sich um und lief, so schnell sie konnte, dem Ausgang entgegen.

*„Na bitte, sie glaubt nicht an uns!"*
*„Du bist zu ungeduldig. Das wird schon noch. Das arme Kind braucht nur mehr Zeit!"*
*„Zeit! Davon hatte sie nun wirklich schon genug! Und wie lange wird sie dann erst brauchen, um …?"*
*„So lange sie eben dazu braucht! Sie zu bedrängen wäre ganz falsch. Wir müssen den Dingen ihren Lauf lassen!"*
*„Na, wenn du dich da nur mal nicht irrst!"*

# *Kapitel 11*

Nat freute sich wie ein kleiner Junge auf den kommenden Abend. Endlich konnte er Ella wiedersehen! Die Enthaltsamkeit der vergangenen Tage durchzustehen war ganz und gar nicht einfach gewesen. Doch Nat hatte – im Gegensatz zu seinen Brüdern und auch den meisten anderen Vampiren – einen entscheidenden Vorteil: Er *konnte* warten!

Nat *wusste* einfach, dass gewisse Dinge ihre Zeit brauchten und dass man den Verlauf dieser Dinge nicht beschleunigen konnte. Wenn doch, dann endete dies meist in einer, mehr oder weniger, großen Katastrophe. Natürlich musste man auch die erforderliche Geduld aufbringen, um diese, scheinbar endlosen, Wartezeiten aushalten zu können – und genau daran scheiterte es bei den meisten.

Nat jedoch besaß diese seltene Gabe.

Seine Art und Weise, die Zusammenhänge und Abläufe gewisser Geschehnisse vor allen anderen erkennen zu können, verlieh ihm sozusagen die Fähigkeit, über den Dingen zu stehen.

Während andere noch die Einzelheiten zusammensuchten, konnte Nat bereits das gesamte Bild erkennen. Das Wissen, dass seine Zeit – früher oder später, aber mit Bestimmtheit – kommen würde, machte es ihm leicht, sich in der notwendigen Geduld zu üben.

Selbstverständlich hatte Nat nicht immer diesen Weitblick.

Manchmal konnten sich seine Instinkte auch regelrecht verstecken – wie es im Fall der Rebellen gewesen war. Zu seiner Verteidigung sei jedoch gesagt, dass es natürlich weitaus einfacher war, die wahre Liebe zu erkennen, als einen dubiosen Rebellenführer zu entlarven. Aber wie dem auch sei, in wenigen Stunden würde seine Geduld, fürs Erste wenigstens, belohnt werden. Doch gab es da noch eine Kleinigkeit, über die Nat sich klar werden musste, *bevor* er sich mit Ella traf.

Denn die Frage des ‚geringeren Risikos' galt es noch zu klären: Sollte Nat seine Gedanken blockieren und Gefahr laufen, sich mit der Wahrheit zu verplappern, *oder* sollte er einfach auf gut

Glück seinen Gedanken freien Lauf lassen und riskieren, dass Ella in ihm lesen konnte?

Nun, dieses Dilemma zu klären war gar nicht so einfach, doch Nat musste sich entscheiden. Er hatte ausführlich die Vor- und Nachteile gegeneinander abgewogen und war schließlich doch zu einem positiven Ergebnis gekommen.

Nat würde seine Gedanken nicht blockieren.

Eigentlich wäre diese Entscheidung gar nicht so schwer gewesen, hätte Nat von vornherein auf seine Instinkte gehört. Denn auch in diesem Fall besaß er einen unsagbaren Vorteil, war er doch von Natur aus ein Diplomat. Zudem hatte er immer schon viel – für seine Rasse jedenfalls – mit Menschen zu tun. Er war es schlicht gewohnt zu überlegen, die Worte vorsichtig zu wählen und nicht gleich den erstbesten Einfall hinauszuposaunen – und dieses Prinzip galt auch für seine Gedanken. Nat konnte, wenn es darauf ankam, überdies seine Gedanken ziemlich gut kontrollieren, sodass er auch ohne Blockade nicht gleich jedes Geheimnis preisgab.

Also hatte er eigentlich nichts zu befürchten!

Denn, was er über Ella dachte, konnte sie ruhig wissen – das war bestimmt kein Geheimnis. Und den Rest, den würde er einfach so gut wie möglich aus seinen Gedanken raushalten. Die Macht der Liebe würde ihm schon zur Seite stehen!

Tja, und sollten alle Stricke reißen, konnte er Ella noch immer durch körperlichen Einsatz irritieren: Eine ‚unabsichtliche‘ Berührung da, ein ‚zufälliger‘ Körperkontakt dort – alles, was sie *dann* noch in seinem Kopf finden würde, das würde *ihre* Gedanken mit Sicherheit von den seinen ablenken!

Ella hingegen hatte im Moment andere, schwerwiegendere Probleme zu bewältigen. Am Friedhof war sie nur mehr in ihren Wagen gesprungen und hatte Gas gegeben. Seitdem fuhr sie ziel- und planlos durch die Gegend.

Das Fahren hatte in gewisser Weise eine beruhigende Wirkung auf Ella, also gönnte sie dem Mustang einen anständigen Auslauf. Schließlich musste das Auto die letzten Wochen die Garage hüten. Also rauf auf die Autobahn und einfach drauflosgefahren! Stundenlang war sie kreuz und quer umhergefahren, und nur ein einziges Mal hatte sie gehalten. Es war wohl eher dem Zufall zu verdanken, dass sie überhaupt bemerkt hatte, dass der Tank bereits auf Reserve lief!

Denn ihre Gedanken konnten sich auf nur ein einziges Thema konzentrieren: War sie nun verrückt oder nicht? Na ja, eigentlich war Ella nach reiflicher Überlegung zu der Überzeugung gelangt, *definitiv* verrückt zu sein. Alles andere schien den Gesetzen der Logik nach einfach nicht möglich!

Ihre Stimmung machte die Berg- und Talfahrt ihrer Gedanken kompromisslos mit. War Ella zu Beginn ihrer Fahrt ins Blaue noch in Tränen aufgelöst, so wurde sie bald von Wut übermannt. Und je endgültiger ihre Meinung wurde, desto mehr sackte ihre Stimmung zu ‚ich hab mich damit abgefunden, dass ich völlig irre bin' ab. Bis sie schließlich überhaupt immer teilnahmsloser wurde. Ella saß einfach nur mehr hinter dem Steuer und lenkte. Die Welt um sie herum verschwamm zusehends.

War sie nun durch eine Ortschaft gefahren oder nicht? – Keine Ahnung!

War die Ampel rot oder grün gewesen? – Keine Ahnung!

War denn überhaupt eine Ampel da?

Völlig automatisiert steuerte Ella ihren Mustang einem undefinierten Ziel entgegen, in ihrem Kopf nichts als Leere. Wie sie es geschafft hatte, in diesem Zustand unfallfrei zu bleiben? – Keine Ahnung!

Erst als langsam die Dämmerung einsetze, kehrte auch Ella wieder aus ihrer geistigen Abwesenheit zurück. Das Erstaunen war einigermaßen groß, als sie sich kurz vor der tschechischen Grenze wiederfand!

Wie war sie nur hierhergekommen? Ella wollte es gar nicht wissen! Ohne lange zu überlegen, begab sie sich auf den Heimweg. Diesmal wenigstens mit ein wenig mehr aktiver Teilnahme am Straßenverkehr! Dennoch stellte Ella beinahe einen neuen Geschwindigkeitsrekord auf. Als notorische Schnellfahrerin hatte sie zwar ständig Strafzettel zu begleichen, doch an diesem Nachmittag schien sie regelrecht über die Straßen zu fliegen. Dank einer wohl höheren Macht schien sie auch noch unsichtbar zu sein für die Radarkontrollen, sonst hätte Ella sich an diesem Tag nicht nur von ihrem Verstand verabschiedet, sondern wohl auch von ihrem Führerschein.

Schließlich war es bereits dunkel, als der Mustang wieder in der Garage geparkt wurde. Ella stapfte in die Wohnung hinauf und schmiss sich im Dunkeln auf die Wohnzimmercouch. Sie fühlte sich völlig erledigt, körperlich wie auch geistig. Und das, obwohl sie im Endeffekt gar nicht mal so lange unterwegs war, wie sie angenommen hatte.

Regungslos saß Ella einfach nur da und starrte an die Decke. Was um alles in der Welt sollte denn nur aus ihr werden?

Nach einer guten halben Stunde Nichtstun raffte Ella sich mühselig auf. Sie schleppte sich ins Vorzimmer, verstaute Mantel und Stiefel und holte sich im Anschluss etwas zu trinken aus der Küche.

Sie trank ein paar Schlucke und blieb dabei unbewusst vor der Terrassentüre stehen. Geistesabwesend starrte sie einige Minuten in die Dunkelheit hinaus.

Obwohl der Vollmond bereits wieder im Abnehmen war, wirkte der Himmel wie hell erleuchtet. Von dem magischen Funkeln angezogen, öffnete Ella die Türe und ging auf die Terrasse. Eigentlich wolle sie unter dem Balkon stehen bleiben, da dies der einzige schneefreie Platz war. Doch ein Blick Richtung Himmel belehrte sie eines Besseren. Solch eine sternenklare Nacht hatte sie hier überhaupt noch nie erlebt.

Den Kopf staunend nach oben gerichtet, schritt sie vorsichtig bis ans Ende der Terrasse. Der Anblick, der sich Ella bot, war wirklich atemberaubend. Millionen von Sternen schienen um die Wette zu leuchten, einer heller als der andere. Ella hatte das Gefühl, in ein Meer aus Diamanten zu blicken.

Fasziniert von diesem Wunder der Natur, war sie viel zu abgelenkt, um die beiden Raben zu bemerken, die sich nur ein paar Meter neben ihr am Geländer niederließen.

*„So, hier sind wir!"*
*„Genau richtig, wie mir scheint."*
*„Das ist sie also?"*
*„Ganz genau, das ist die herzallerliebste Ella!"*

In diesem Moment drehte Ella den Kopf zur Seite und funkelte die beiden Vögel mit hasserfüllten Augen an. *„Das darf doch nicht wahr sein!"*, knurrte sie die Tiere in Gedanken an.

*„Aber hallo, da ist wohl jemand wütend!"*
*„Wahrscheinlich kann sie Raben nicht leiden!"*

Wären die beiden Vögel nicht so von sich eingenommen gewesen, hätten sie möglicherweise das immer bedrohlicher werdende Funkeln in Ellas Augen bemerkt. So jedoch erwischte sie Ellas Attacke völlig unvorbereitet. Sie holte mit Schwung aus und schüttete den restlichen Inhalt ihrer Cola-Flasche über die Tiere. *„Richtig erkannt, ihr zwei Dummschwätzer, ich kann Raben tatsächlich nicht leiden!"*, fauchte sie die beiden gedanklich an. *„Und jetzt haut ab, verschwindet, lasst euch bloß nie wieder in meiner Nähe blicken!"* Um ihren Worten mehr Nachdruck zu verleihen, klopfte sie noch mit der leeren Flasche gegen das Geländer.

Fluchtartig flatterten die Raben in die Höhe und retteten sich in Nachbars Kirschbaum. Keine halbe Minute später kam ihnen jedoch die mit Schnee vollgestopfte Flasche nachgeflogen, sodass sie sich gezwungen sahen, noch weiter wegzufliegen, um ihr Gefieder von dem klebrigen Zeug zu befreien. Nachdem sie es endlich geschafft hatten, das Schlimmste rauszuputzen, flogen sie weiter in ein schützendes Waldstück – um Federn gegen Fell zu tauschen.

*„Warum um alles in der Welt haben wir uns bitte für Raben entschieden?"*, maulte Balthasar vor sich hin. *„Diese dämlichen Vögel bringen doch nur Unglück!"* Frustriert versuchte er die Reste des Getränkes aus seinem schwarz glänzenden Fell zu lecken. *„Und außerdem und überhaupt"*, richtete er seine Worte nun an seine Begleiterin, *„was war das denn eben? Die Kleine konnte uns doch nicht wirklich hören, oder?"*

„*Zu Frage Nummer eins: Wir brauchten etwas Unauffälliges, das fliegen kann, also einen Vogel, einen heimischen natürlich!*", erklärte Valentina pragmatisch und aufs Äußerste gelangweilt, während sie sich ebenfalls hingebungsvoll der Fellpflege widmete. „*Und zu Frage Nummer zwei – selbst ein blindes Huhn findet mal ein Korn!*" Valentina strahlte wie gewohnt Gelassenheit und Zuversicht aus. Von so einem lächerlich winzigen Zwischenfall würde sie sich doch nicht aus der Ruhe bringen lassen!

„*Aber, eines tut mir trotzdem schon leid*", säuselte sie mit süßlicher Ironie in der Stimme, während sie nun behutsam an Balthasars Fell weiterputzte. „*Es ist doch wirklich eine Schande, dass wir ausgerechnet diejenige mit dem meisten Potenzial umbringen müssen, findest du nicht?*"

Ella war fuchsteufelswild und frustriert zugleich. Sie saß mittlerweile wieder auf der Wohnzimmercouch und zerfloss in ihrer Art von Selbstmitleid.

Was wollten diese Viecher denn ständig von ihr?

Reichte es nicht, dass sie bereits auf dem Weg in die Klapsmühle war?

Hatten diese Raben Spaß daran, immer wieder aufs Neue Salz in ihre Wunden zu streuen?

Sie war doch kein verdammtes Denkmal, das jeder einmal gesehen haben musste! *Sieh nur, das ist Ella – der Mensch, der mit Raben sprechen kann!*

Wirklich ausgesprochen toll!

Während sie ernsthaft in Erwägung zog, sich gleich selbst in die Psychiatrie einweisen zu lassen, läutete es plötzlich an der Türe. Die Ereignisse des Tages hatten Ella natürlich ganz vergessen lassen, dass sich ja noch Besuch angesagt hatte. Doch auch jetzt, als es läutete, verschwendete Ella noch keinen Gedanken daran. Völlig ahnungslos, wer denn noch etwas von ihr wollen könnte, öffnete sie die Türe – und erstarrte noch im selben Augenblick.

Vor ihr stand Nat. Geheimnisvoll wie eh und je, lehnte er am Türrahmen und blickte erwartungsvoll auf sie hinab. Verdammt und zugenäht! Diesen Halbgott von Mann konnte sie jetzt auf gar keinen Fall gebrauchen!

Doch Ella hatte im Grunde nie eine Chance gehabt!

Noch bevor sie überhaupt Luft holen konnte, um etwas zu sagen, hatte er schon einen Schritt auf sie zugemacht. „Hallo, schöne Frau, hier bin ich also – ganz zu Ihren Diensten!"

Von der ersten Sekunde an hatte er sie vollends überrumpelt. Langsam, aber stetig drängte er sie nun in ihre eigene Wohnung zurück und verschaffte sich dadurch Zutritt – fast so, als hätte er ihre Gedanken erraten! Er redete und redete, und seine Stimme klang so ... sinnlich!

Doch Ella hörte längst nicht mehr auf seine Worte.

Sie fand sich mitten im Vorzimmer wieder. Während Nat die Wohnungstüre hinter sich zuzog und sich seines schweren Mantels entledigte, lauschte Ella nur dem Klang seiner Stimme.

Und erst sein Duft!

Ella sog eine Brise von ihm ein. Mein Gott, was roch dieser Mann doch gut!

Wie ein liebeskranker Esel starrte sie ihn völlig verzückt an und ließ ihn einfach weiterreden, während sie selbst ihren eigenen Gedanken nachhing.

Und die schweiften gehörig vom Thema ab.

Denn, ob Ella sich nun dessen im Klaren war oder nicht, die Macht der Hormone hatte auch sie fest im Griff. Sie konnte einfach nicht umhin, sich Nats erotischer Ausstrahlung bewusst zu werden. Noch nie zuvor hatte ein Mann derart männlich auf Ella gewirkt. Nat übte eine Faszination auf sie aus, der sie einfach nicht widerstehen konnte.

Doch, sie *wollte* es im Moment auch gar nicht.

Von den Hormonen dazu verleitet, begann sich in Ellas Gedanken eine frivole Idee zu formen.

War sie nicht ohnehin auf dem Weg in die Irrenanstalt?

Würde ihr Leben dann nicht sowieso – für die nahe Zukunft zumindest – vorbei sein?

Verdammt noch mal, was kostete denn schon die Welt? Sollte man nicht die Chancen, die sich einem boten, nützen? In der Psychiatrie würde sie so einem Leckerbissen von Mann sicherlich nicht mehr begegnen – außerdem, *was* hatte sie denn jetzt noch zu verlieren?

Ein zufriedenes Lächeln formte sich auf Ellas Lippen. Sie lehnte sich an die Wand hinter ihr und senkte die Augenlider. Betont langsam ließ sie ihren Blick über Nat gleiten. Schwarze Stiefel, dunkle Jeans, weißes Hemd, die Arme seitlich abgestützt, lehnte er keine zwei Meter vor ihr an der Kommode. Mit einem verschmitzten Grinsen und einem unglaublich sexy Funkeln in den Augen sah er ihr direkt ins Gesicht.

Oh ja, dieser Mann war allemal eine Sünde wert!

Seine sinnlichen Lippen bewegten sich unaufhörlich, und Ella hatte alle Mühe, ihr Gehör wieder auf Empfang zu schalten.

„... mich denn haben?", war alles, was sie von seinen Worten aufschnappen konnte. Sie neigte ihren Kopf leicht zur Seite und schenkte Nat einen koketten Augenaufschlag, ohne jedoch selbst ein Wort zu sagen. Sie lächelte ihn lediglich verheißungsvoll an und zog die Augenbrauen fragend in die Höhe.

Nat hatte schwer mit sich zu kämpfen. Seine Taktik, quasi mit der Tür ins Haus zu fallen, war gewissermaßen unnötig. Ella hörte ihm ohnehin nicht zu. Sie schien in ihrer eigenen Gedankenwelt gefangen zu sein. Innerhalb weniger Minuten hatte ihre Mimik von völlig gelähmt zu eigenartig verträumt gewechselt, und nun hatte er beinahe das Gefühl, sie flirtete mit ihm. Was hätte Nat in diesem Augenblick gegeben, Ellas Gedanken einsehen zu können!

Wenigstens zeigte sie dadurch keinerlei Interesse an seinen eigenen Gedanken. Obwohl sich in seinem Kopf sowieso alles nur um sie drehte, was ja auch gut war so – oder aber auch wieder nicht! Denn Nats Gedanken wuchsen sich unwillkürlich in erotische Fantasien aus. Fantasien, die er *so* in diesem Moment nicht haben wollte. Doch sein Geist – und auch sein Körper – waren da anderer Ansicht.

Zu allem Überfluss vernebelte auch noch ihr verführend sinnlicher Duft zusehends seine Sinne. Sollte er sich nun dem Zwang der Hormone ergeben oder um seine Beherrschung kämpfen? Durch diesen innerlichen Zwiespalt etwas verunsichert, entglitt Nat der Faden seiner – ohnehin einseitigen – Unterhaltung. Er begegnete Ellas fragendem Blick mit amüsierter Zurückhaltung, während er fieberhaft überlegte, was er denn eigentlich gerade gesagt hatte.

„Okay, … du hast mir dann also nicht zugehört …", begann Nat langsam.

Ella schüttelte nur andeutungsweise den Kopf, ohne ihn dabei aus den Augen zu lassen.

„… nun, … halb so dramatisch …", versuchte Nat Zeit zu gewinnen, doch ihr Blick hatte nun etwas ganz und gar Lustvolles an sich, das sein inneres Gleichgewicht zusehends durcheinanderbrachte.

„… also, … wegen des Fotos …"

In diesem Moment machte Ella einen Schritt auf ihn zu, und noch einen und noch einen. Erst als sich ihre Körper beinahe berührten, hielt sie inne.

Nat schluckte. Atmung und Pulsschlag beschleunigten unweigerlich. Es kostete ihn alle Kraft, nicht die Fassung zu verlieren.

„… nun, wie schon gesagt, hier bin ich …" Nicht nur ihr Duft brachte ihn fast um den Verstand, als sie sich provokativ sanft gegen ihn lehnte. Auf der verzweifelten Suche nach Halt gruben Nats Finger sich in das Holz der Kommode hinter ihm.

„… ähm … was ich wissen wollte, war …" Das überraschte Lächeln auf seinem Gesicht erstarrte restlos, als sich ihre Hände auf seine Brust legten. Langsam, quälend langsam glitten Ellas Fingerspitzen die Knopfleiste seines Hemds entlang. Nat hätte beinahe vergessen zu atmen. Er krallte sich regelrecht in die Kommode und unternahm einen letzten verzweifelten Versuch, seine Beherrschung zu bewahren.

„… nun also, wegen des Fotos …"

Ihre Finger glitten sanft an seinen Hals hinauf, strichen federleicht über die markanten Ecken seines Gesichts, umrundeten kaum spürbar seine Ohren und fanden ihren Weg zurück entlang seines Haaransatzes.

„… habe … ich … dich … vorhin gefragt, … wo du mich denn haben willst?"

Plötzlich, ohne Vorwarnung, packte Ella Nat am Kragen und zog sein Gesicht zu ihrem herab.

Nur noch ein Atemzug trennte sie voneinander, als sie innehielt und mit einem leidenschaftlichen Glühen in den Augen zu ihm aufsah.

„Hier und jetzt!", hauchte Ella verführerisch an Nats Lippen und ließ ihren Worten sogleich Taten folgen.

# Kapitel 12

*„Unglaublich! Einfach unglaublich."*

Ella war noch gefangen im Rausch der Sinne, als Nats Stimme sie abrupt in die Wirklichkeit zurückholte. Vorsichtig öffnete sie die Augen. Sie befanden sich im Wohnzimmer, und obwohl es dunkel war, konnte Ella glasklar sehen.

*„Was für eine Frau!"*

Und leider auch hören! Zaghaft riskierte Ella einen Blick nach unten. Der Anblick entlockte ihr unweigerlich ein Grinsen. Die Arme seitlich von sich gestreckt, die Augen geschlossen, mit einem zufriedenen Lächeln auf den Lippen, schien Nat sich völlig verausgabt zu haben – und das, obwohl er unter ihr lag!

Ella lächelte still in sich hinein. Ja, sie hatte selbst nicht gewusst, dass sie zu solcher Leidenschaft fähig sein konnte! Deshalb war es auch irgendwie lustig, seine Gedanken hören zu können. Besonders in dieser Situation. Na, zum Glück konnte er nicht die ihren hören! Obwohl … es gab eigentlich nichts zu verbergen. Ella schüttelte provokant ihre Lockenmähne und sah verschmitzt auf den vor sich hinträumenden Nat hinab. Ja, wenn es nach ihr ginge, konnte er ruhig wissen, dass sie gerade den besten Orgasmus ihres Lebens gehabt hatte!

*„Na, wenn das so ist, dann haben wir ja schon was gemeinsam!"*

Ellas Lächeln fror augenblicklich ein. Was war das gewesen? Hatte sie etwa laut gesprochen? Wie konnte er … wenn sie doch gar nicht …? Wahrscheinlich nur ein weiteres Anzeichen für ihren Wahnsinn.

*„Und was für ein Wahnsinn!"*

Gebannt starrte Ella auf Nat hinab. Die Augen weiterhin geschlossen wurde sein Lächeln nun immer breiter. Beinahe regungslos lag er unter ihr. Nur seine Hände entwickelten ein unerwartetes Eigenleben, indem sie langsam an ihre Hüften wanderten und, … das Nächste, was Ella sah, waren Nats vor Lust nur so sprühende Augen – über ihr!

*„He, das ist mein Wahnsinn, also ist das auch mein Spiel!"*, dachte Ella, nichts ahnend, dass sie ihre Gedanken längst nicht mehr für sich behielt.

Nat drückte ihre Arme sanft auf die Couch, während seine Lippen begannen, eine glühende Spur über ihren Körper zu ziehen. *„Falsch, meine Schöne, jetzt ist es auch* mein *Spiel!"*, hallte seine sinnliche Stimme durch ihren Kopf. *„Oder dachtest du ernsthaft, dass das schon alles war?"*

Nat wusste nicht nur, was er wollte, er wusste scheinbar auch ganz genau wie er es bekam! Und so fühlte Ella sich zum zweiten Mal an diesem Abend völlig überrumpelt von ihm. Sie wollte dementieren, wollte wieder die Oberhand gewinnen, wollte wieder selbst die Spielregeln bestimmen – doch gegen die Macht der Hormone war sie absolut chancenlos. Gnadenlos verfolgte Nat sein Ziel, leidenschaftlich forderte er ein, was ohnehin sein war. Und so war es nur eine Frage der Zeit, bis Ellas störrischer Geist ihrem verräterischen Körper folgte und sich der Versuchung hingab.

Einige Zeit später war es Nat, der die friedlich schlummernde Ella neben sich betrachtete. Zärtlich strich er eine rote Locke aus ihrem Gesicht und lächelte vor sich hin. Wer hier wen verausgabt hatte, war ja nun wohl geklärt!

Verträumt ließ er die Locke erneut durch seine Finger gleiten. Wie schnell doch alles gegangen war. Im einen Moment hatte er sich noch gewünscht Ellas Gedanken hören zu können, und im nächsten war es tatsächlich so! Kaum hatten sie sich geliebt, waren auch Geist und Seele zu einer Einheit verschmolzen. Zwei zusammengehörige Hälften hatten sich gefunden und zu einem Ganzen vereint! Ja, so sollte sich Liebe anfühlen!

Doch Nat konnte nicht umhin, sich bei all seiner Glückseligkeit auch der Tragweite des Geschehens bewusst zu werden. Denn hatten sich zwei Liebende einmal körperlich vereinigt, so galt ihr Bund als besiegelt. Auf ewig dein, ohne Zeremonie, ohne Schnickschnack. So war es eben bei den Vampiren! Und genau hier lag das Problem, dessen Lösung Nat noch nicht einmal annähernd überdacht hatte.

Ella war weder Vampir, noch wusste sie über die wahre Liebe Bescheid!

Also, wie um alles in der Welt konnte er nur so egoistisch sein und sie einfach an sich binden, ohne dieses winzige Detail *vorher* mit ihr zu klären!

Doch ... genau genommen hatte *er* das ja gar nicht!

Nat spielte noch immer mit Ellas Locken, als sich das verträumte Lächeln auf seinen Lippen in ein verschmitztes Grinsen wandelte. Ja, nicht *er* hatte seine Kontrolle verloren, vielmehr war *sie* doch über ihn hergefallen!

Was hätte er denn tun sollen? Sich wehren? Das, wonach er sich am meisten sehnte, einfach verleugnen?

Ja, das wäre wohl die *richtige* Entscheidung gewesen! *Er* war der Vampir, *er* kannte die Konsequenzen. Er hätte einfach über den Dingen stehen müssen, hätte *stärker* sein müssen! Und doch hatte er Schwäche gezeigt. Hatte seinen Verstand hinter seine Gefühle gestellt.

Aber andererseits ... *wenn* seine Entscheidung so falsch war, warum hatte die wahre Liebe sie dann nicht verhindert?

„*Wer verhindert was?*", erklangen Ellas verschlafene Worte unvermittelt in Nats Kopf. Er konnte gerade noch rechtzeitig seine Gedanken bändigen, ehe er womöglich unangenehmere Fragen hätte beantworten müssen. Obwohl sie ja eigentlich genau *darüber* hätten sprechen sollen, aber ... eines nach dem anderen. Ella jedenfalls schien noch nicht wirklich wach zu sein. Langsam streckte sie sich und blinzelte ihn sodann auch vorsichtig an. Zuerst schenkte sie Nat noch ein verliebtes Lächeln, doch im nächsten Augenblick hatte sie die Realität wieder, und sie setzte sich mit einem Ruck auf.

„Was ... wie ... warum ... ah ja ... du und ich ... natürlich, deshalb!"

Nat schmunzelte vor sich hin. „*Ja, ich sehe schon, du verlierst nicht gerne den Überblick – geschweige denn die Kontrolle!*"

„*Wage es nicht, mich zu verarschen!*", knurrte Ella automatisch zurück.

„*Wieso? Laufe ich dann Gefahr, dass du mich noch mal vernaschst?*"

*„Träum weiter, du ... wieso kannst du überhaupt meine Gedanken hören?"*

Nats Gesichtsausdruck nahm nun etwas ernstere Züge an. *„Ella, wir beide müssen uns einmal unterhalten."*

*„Oh ja, das müssen wir!"* Mit einem Satz sprang sie von der Couch und kramte am Boden herum. *„Wo sind nur deine verdammten Klamotten ... ah, da sind sie ja."* Stückweise warf sie Nat sein Gewand zu. Gespannt verfolgte er, wie Ella anschließend ihr eigenes Gewand zusammensuchte, und begann sich anzuziehen.

*„Was ist? Nicht ansehen, anziehen!"*, zischte sie ihn an.

Nat war leicht irritiert. *„Was wird das denn, wenn ..."*

*„Nicht reden – anziehen!"*, unterbrach Ella genervt.

*„Aber wir müssen uns unterhalten!"*, protestierte Nat.

„Himmel, Herrgott noch mal, ziehst du dich jetzt endlich mal an!", fauchte sie ihn in gesprochenen Worten an. *„Oder glaubst du tatsächlich, dass ich mich ernsthaft mit dir unterhalten kann, solange du da splitterfasernackt vor mir liegst?"*, fügte sie in Gedanken noch dazu.

Nat lachte lauthals auf. *„Na, wenn das so ist ...!"*

Ella funkelte ihn zornig an. „Hör auf in meinen Gedanken zu lesen!"

*„Verstehe! Wenn du es tust, ist es lustig, und wenn ich es tue, ist es ... nervig? Unhöflich? Gemein?"* Nat fand sichtlich Spaß an dieser Unterhaltung. Doch so unberechenbar wie Ella war, wollte er den Bogen nicht zu sehr überspannen. Also begann er so ganz nebenbei sich anzuziehen.

Als Ella dies bemerkte, entspannte sie sich ein wenig. „Sagen wir einfach, ich kann keine weitere Stimme mehr in meinem Kopf gebrauchen! Meine Gedanken sind ab sofort tabu für dich!" *Reicht schon, wenn ich mich mit Vögeln unterhalten muss!*

Nat zeigte keinerlei Reaktion auf ihren gedanklichen Nachsatz. Innerlich atmete sie auf. Na, wenigstens das wäre geschafft. Sie hatte ihre Gedanken erfolgreich vor ihm in Sicherheit gebracht.

Nat hingegen war schlichtweg fasziniert. Als wäre es die natürlichste Sache der Welt, hatte Ella ihm den Zugang zu ihren Gedanken verwehrt. Für einen Menschen eine wahrlich meisterhafte Leistung. Doch gleichzeitig lächelte er im Stillen in sich hinein, hatte sie doch keine Ahnung, welche Folgen diese Blockade mit sich brachte!

Aber andererseits, Ella war menschlich – welche weltbewegenden Geheimnisse konnte sie schon preisgeben?

Dennoch war Nat gespannt, die ‚wahrhaftige' Ella kennenzulernen, was natürlich nicht bedeutete, dass er diesen Vorteil für sich nutzen wollte. Schließlich wusste er ja auch um die Kehrseite der Medaille Bescheid! Ella allerdings schien sich, wenn auch ungeahnt, freiwillig ins Verderben stürzen zu wollen. Ohne Umschweife eröffnete sie das Wort.

„Also, sprechen wir doch einfach Klartext: Das mit uns beiden hat keine Zukunft!"

Nun war Nat doch ein wenig überrascht, aber er konnte seine eigenen Gedanken gerade noch im Zaum halten. Lediglich sein Blick verriet seine Verwunderung.

„Lass mich bitte zuerst ausreden!", versuchte Ella möglichen Einwänden vorzubeugen. Sie atmete noch einmal tief durch. Wie sollte sie es denn nur formulieren?

„Weißt du, es liegt nicht an dir – ich bin der Grund, warum wir nicht zusammen sein können." Irritiert über ihre eigenen Worte, hielt Ella kurz inne. – *Zusammen sein? Natürlich nicht, davon war nie die Rede!*

„Na, wie auch immer, es ist ja nicht so, dass ich nichts für dich empfinde – ganz im Gegenteil!" Da war es schon wieder – das waren nicht die Worte, die Ella eigentlich auszusprechen gedachte. Die Verwirrung stand ihr deutlich ins Gesicht geschrieben, doch ließ sie sich nicht davon abhalten, ihren Text weiter vorzutragen.

„Ich glaube sogar, dass ich mich tatsächlich in dich verliebt habe …" – *Verliebt? Was soll der Blödsinn?*

„… aber trotzdem sollten wir lieber nicht zusammen sein …" *Wovon rede ich eigentlich?*

„… bleiben wir doch lieber bei den Fakten. Wir hatten fantastischen Sex, aber das war's dann auch schon. Punkt. Aus. Ende!" – *Na, das klingt schon besser!*

„Ich muss meinen Weg einfach alleine gehen – da kann ich dich nicht mit hineinziehen!" *Mehr brauchst du nicht zu wissen!*

„Die Psychiatrie wird auch so schon schlimm genug werden, da kann ich mich nicht auch noch um ein gebrochenes Herz kümmern!" *Das geht ihn nun aber wirklich nichts an!*

„Das Traurige ist, dass ich echt geglaubt habe, du bist der Richtige für mich – aber ich bin es leider nicht für dich. Ich bin verrückt, ich höre Stimmen, spreche mit Raben – ich wäre nur eine Belastung für dich, nichts weiter!" *Was soll das denn bitte werden?* Statt Verwirrung zeichnete sich nun schiere Panik in ihrem Gesicht ab. Warum nur konnten ihre Lippen nicht dieselben Worte formulieren, die ihr Gehirn produzierte?

„Ich … ich … ich …" Verzweifelt brach Ella ab. Plötzlich übermannt von einer regelrechten Flut an unterschiedlichen Gefühlen, konnte sie sich der Tränen nicht länger erwehren.

Was verdammt noch mal war nun schon wieder los mit ihr? War sie mit einem Fluch belegt worden?

Warum erzählte sie Nat Sachen, die sie sich nicht einmal selbst eingestehen wollte? Und weshalb fühlte es sich so *richtig* an, ihm all dies zu beichten?

Nun wiederum lag es an Nat, sich überrumpelt zu fühlen, denn das hatte er nicht gerade erwartet. Die wilde, starke, selbstsichere, zu allem fähige Ella sank wie ein Häufchen Elend neben ihn auf die Couch. Dort, wo sie sich noch vor Kurzem so leidenschaftlich geliebt hatten, geriet nun beider Welt ins Wanken. Nat schloss seine Arme sanft um die schluchzende Ella – eine Geste, die ihm reichlich unzulänglich vorkam. Doch was konnte er sonst schon tun?

Während Ella also sein Hemd nass heulte, versuchte Nat zu verstehen, was hier gerade geschehen war. Wenn er es richtig mitbekommen hatte, so war der springende Punkt der, dass sie sich für verrückt hielt und sich deshalb als nicht gut genug für ihn erachtete – was für ein Blödsinn!

Aber warum hielt sie sich nur für verrückt?

Stimmen hören, mit Raben sprechen? Ja, was nur hatte es damit auf sich?

Langsam aber doch verebbte Ellas Schluchzen. Dennoch wagte sie es nicht, Nat in die Augen zu sehen. Stattdessen ließ sie sich weiter von ihm halten und lauschte ungeniert seinen Gedanken. Was man nicht alles tut, nur um nicht über die eigenen nachdenken zu müssen!

Nat war sich dessen natürlich bewusst, doch er spann seine Gedanken weiter. Wenngleich er sich keinen Reim auf Ellas Sorgen machen konnte – und sie ihm scheinbar auch keine weiteren Hinweise geben wollte. Doch je länger er darüber nachdachte, desto klarer erschien ihm das Bild. Mit einem Mal erhellte sich seine Miene.

Aber natürlich! Warum das Gehirn sich auch immer in die Ferne leiten lässt, wo doch die Lösung so gut wie stets in der Nähe liegt!

Für Ella war es ja nichts *gänzlich* Neues, andere Stimmen im Kopf zu haben. Sie konnte ja auch mit ihren Freundinnen schon auf mentaler Ebene kommunizieren. Wenn es also schon Menschen gab, die tatsächlich solche Fähigkeiten miteinander teilten, dann konnte es doch möglich sein, dass diese sich mit der Zeit veränderten. Wenn Ella also wirklich mit Raben gesprochen hatte, so war dies vielleicht nur eine Weiterentwicklung ihrer bereits bestehenden mentalen Fähigkeiten.

Hervorgerufen höchstwahrscheinlich durch Nat selbst! Na großartig! Gab es denn nichts, wofür er nicht verantwortlich war?

„Glaubst du das wirklich?", meldete Ella sich nun völlig unerwartet zu Wort. Doch, wie Nat schnell merkte, spielte sie nicht auf seine letzten Gedanken an, sondern auf seine eben aufgestellte Theorie. Von dieser, bisher völlig außer Acht gelassenen, Möglichkeit neu motiviert hob Ella nun doch den Kopf und strahlte Nat regelrecht an.

„Wenn das tatsächlich möglich wäre … aber natürlich könnte das sein, also … aber sicher, mit den Mädels hat sich das ja auch weiterentwickelt und dann, … dann bin ich ja am Ende doch nicht verrückt! Nun, zumindest nicht verrückter, als ich ohnehin schon war!" Verzückt wandte Ella den Blick von Nats Gesicht ab und starrte gedankenverloren an ihm vorbei.

Und wieder einmal verschlug es Nat die Sprache. Diese Frau war noch unberechenbarer als das Wetter! Einen derartigen Verschleiß an emotionalen Regungen hatte er noch nie erlebt! Kaum hatte er die eine Ella durchschaut, sah er sich mit einer völlig anderen Seite ihrer selbst konfrontiert – wie sollte er da jemals mithalten können?

Ella ihrerseits war nicht länger an Nats Gedanken interessiert. Sie war nun ganz und gar damit beschäftigt, das Für und Wider der hoffnungsvollen These abzuwägen. Und je mehr sie darüber nachdachte, desto logischer erschien ihr diese Variante. Womöglich konnten Lilly und Betty ja mittlerweile auch mit Tieren sprechen?

Was war sie doch blöd gewesen! Damals, als sie und die Mädels ihre besondere Fähigkeit bemerkten, hatten sie sich ja auch nicht gleich für die Psychiatrie eingeschrieben.

Obwohl ihr ein Stein vom Herzen fiel, seufzte Ella aus einem anderen Grund. Ja, *damals* hatte sie eben ihre Freundinnen um sich und musste nicht alleine gegen Windmühlen kämpfen – so wie jetzt. Doch Ella spann ihre Überlegungen noch ein wenig weiter – war das womöglich gar der Grund, warum ihr Unterbewusstsein sie quasi gezwungen hatte, sich Nat anzuvertrauen? Auch das erschien ihr mit einem Mal mehr als logisch. Musste sie ihr Leid mit jemandem teilen, um zu erkennen, was dahintersteckte? Allem Anschein nach, ja.

Aber warum hatte sie ihm dieses peinliche Liebesgeständnis gemacht?

Langsam fokussierte Ella ihren Blick wieder auf Nat. In seinem Gesicht spiegelte sich amüsiertes Erstaunen wider. Doch ansonsten saß er einfach nur da, hielt sie im Arm und betrachtete sie stillschweigend. Und tatsächlich fand Ella in diesem Moment die Antwort auf ihre Frage, tief verborgen in ihrem Inneren – und genau dort sollte sie auch bleiben, sicher verwahrt bis in alle Ewigkeit. Denn, ob nun verrückt oder nicht, sie war nicht dafür geschaffen, in einer Beziehung mit einem anderen Menschen zu leben. Das hatte sie in ihrer Vergangenheit schon oft genug unter Beweis gestellt. Nat hingegen war in der Tat etwas Besonderes, und er verdiente ebensolches. Und Ella würde ihm das nicht geben können, weder jetzt noch in zehn Jahren. Demnach gab es nur eine Lösung für dieses Problem.

Besser ein schnelles Ende als ein langes Leiden – das war sie ihm schuldig.

Ohne Vorwarnung sprang Ella aus Nats Armen und lief ins Vorzimmer hinaus. Kurz darauf kam sie mit seinem Mantel und den Stiefeln wieder, legte beides vor ihm ab, gab ihm einen zärtlichen Kuss und forderte ihn auf zu gehen.

Noch ehe Nat reagieren konnte, war sie wieder aus dem Zimmer verschwunden, nur um wenig später wieder aufzutauchen und ihren Rausschmiss erneut geltend zu machen.

„Komm schon, ich mein es ernst – raus mit dir! Es ist spät, und ich hab noch eine Menge zu tun.

„Wir sind noch nicht fertig!", protestierte Nat, während er sich unwillig die Stiefel anzog.

*„Doch, sind wir!"*, entgegnete Ella ungeduldig.

*„Nicht im Geringsten!"*, konterte Nat nun ebenso auf mentaler Ebene. *„Da gibt es noch so einiges, das wir zu besprechen haben …"*

*„Aber ganz sicher nicht mehr heute!"*, unterbrach Ella mit Bestimmtheit. *„Es ist mitten in der Nacht – was immer du mir noch so Wichtiges zu sagen hast, es wird warten können!"* Sie griff sich Nats Mantel, legte ihm diesen über den Arm und bugsierte ihn anschließend zur Tür. *„Komm schon, Großer, raus mit dir – raus, raus, raus! Und keine Angst wegen deines Fotos, das holen wir schon noch nach! Also dann, gute Nacht!"*

Kaum auf der Türschwelle gelandet, drehte Naht sich fassungslos um. Doch alles, was er zu sehen bekam, war die Wohnungstüre, die vor seiner Nase ins Schloss fiel – und hinter ihr verschwunden blieb seine Gefährtin.

Verdammt aber auch, diese Frau brachte ihn derart aus dem Konzept, … ein Grund mehr, sie zu lieben!

# Kapitel 13

Kaum hatte Ella die Türe hinter sich geschlossen, war sie erleichtert und traurig zugleich.

Ersteres, weil sie nun endlich wieder alleine war und Ordnung in ihr verkorkstes Leben bringen konnte. Und Letzteres, weil Nats Gedanke noch in ihrem Kopf hallte. Der verrückte Kerl liebte sie!

Verdammt aber auch, was hatte sie da nur wieder angerichtet!

Doch ein Problem nach dem anderen. Nat musste jetzt warten, zuerst galt es, ihr eigenes Leben wieder auf die Reihe zu kriegen. Und Ella wusste genau, wer ihr dabei helfen würde: Ihr schwarz gefiederter ‚Freund' vom Friedhof war genau der Richtige für diesen Job! Außerdem fühlte sie sich dort wenigstens nicht ganz so alleine, auch wenn ihre Mutter nur im Geiste bei ihr weilen konnte.

Doch zuallererst brauchte Ella eine Dusche. An ihrem ganzen Körper schien Nats Geruch zu haften! Ach, wie wunderbar dieser Mann doch roch! So sinnlich, maskulin und, ... ja, würde es eine Geruchsrichtung für geheimnisvoll geben, auf Nat träfe sie zu. Er war einfach die vollendete Versuchung! Was das Problem auch wieder auf den Punkt brachte – dieser Duft lenkte Ella ab. Für ihre ‚Mission' brauchte sie jedoch einen klaren Kopf.

Wasser und Duschgel ließen sie in diesem Punkt nicht im Stich. Womit Ella aber nicht gerechnet hatte, war, dass Nats Duft sich regelrecht in der ganzen Wohnung ausbreiten würde! Als würde er sie verfolgen, schwebte in jeder Ecke ein Hauch von ihm. Es war zum Aus-der-Haut-Fahren!

Schleunigst schlüpfte Ella in frisches Gewand und machte sich auf den Weg nach draußen. Ohne darüber nachzudenken, ging sie auf die Straße, und ging und ging ... und fiel schließlich in leichten Laufschritt. Sie fühlte sich wahrhaftig befreit. Endlich konnte sie wieder richtig durchatmen!

Ella lief die ganze Strecke bis zum Zentralfriedhof, ein Weg, für den sie mit dem Auto ungefähr zehn Minuten brauchte – sofern der Verkehr Tempo siebzig zuließ und sie von keiner roten

Ampel ausgebremst wurde! Noch nie zuvor war sie auf die Idee gekommen, diese Strecke zu laufen, schon gar nicht mitten in der Nacht! Aber in dieser Nacht war wohl so manches *anders!*

Ella absolvierte ihren nächtlichen Lauf in beinahe rasantem Tempo, was sie doch ein wenig überraschte. Immerhin musste sie, dem Gips sei Dank, einige Wochen gänzlich auf Sport verzichten. Dennoch freute sie sich über die offensichtlich schnelle Regeneration.

Gewohnterweise schlug Ella den gleichen Weg ein, den sie sonst mit dem Auto fuhr. Doch erst als sie direkt auf die Friedhofsmauer zulief und ‚ihren' Eingang schon vor Augen hatte, wurde ihr bewusst, dass dieser um drei Uhr früh natürlich verschlossen sein würde. Und die Mauer war ein wenig zu hoch, um einfach so darüberzuspringen … oder auch nicht? Noch während Ella darüber nachdachte, beschleunigte ihr Körper wie von selbst. Sie nahm Anlauf, sprang … und im nächsten Moment landete sie federleicht auf der anderen Seite der Mauer.

Wow! Was mit ein bisschen gutem Willen doch alles möglich war!

Aber Ella hatte keine Zeit zum Trödeln. Im Laufschritt ging es ohne Umschweife weiter bis zum Grab ihrer Mutter. Dort angekommen, sah sie sich jedoch dem nächsten Problem gegenüber: Wie sollte sie denn nun diesen Raben finden?

*„Suchst du etwa nach mir?"*

Erschrocken fuhr Ella herum. Vor ihr ließ sich ein Rabe am Grabstein ihrer Mutter nieder und neigte keck seinen Kopf. Kleine schwarze Augen sahen sie neugierig an.

*„Himmel noch eins, jag mir nicht so einen Schrecken ein!"*, entfuhr es Ella.

*„Freut mich, dass du es dir doch noch anders überlegt hast!"*, entgegnete der Rabe freundlich.

*„Ja, hab ich wohl!"*, fuhr Ella leicht verlegen fort. *„Außerdem … na ja, ich wollte mich bei dir entschuldigen. Ihr habt mich kalt erwischt, ich war einfach noch nicht so weit! Wenn du das bitte auch deinem gefiederten Freund ausrichten würdest – ich hoffe, das Cola hat euren Federn nicht zu sehr geschadet!"*

Der Rabe hob seinen Kopf und betrachtete Ella einen Augenblick lang schweigend. Dann sah er einmal nach links und einmal nach rechts, ehe er in die Höhe flatterte, um sich anschließend auf Ellas Schulter wieder niederzulassen. „Cola? Federn? Mein Kind, wovon redest du denn nur?"

Verwundert runzelte Ella die Stirn. „Na heute ... also eigentlich schon gestern Abend, wart ihr doch bei mir auf der Terrasse, du und dein Freund!"

„Nein, Ella, das waren wir nicht!"

„Nicht? Seltsam ... ich war mir so sicher!"

„Nein, wir waren es ganz gewiss nicht, Ella. Unsere letzte Begegnung war genau hier. Und auch Rokko – das ist übrigens mein Partner – war die ganze Zeit über am Friedhof! Deine Besucher waren wohl Fremdlinge!"

„Na, wie auch immer!", wechselte Ella das Thema, ehe sie es sich doch noch einmal anders überlegen konnte. „Ich weiß nun, dass ich nicht verrückt bin. Ich kann mich mit dir unterhalten, weil sich meine Fähigkeit des Gedankenlesens wohl weiterentwickelt hat. Und du erzählst mir jetzt alles, was du darüber zu wissen glaubst – wirklich alles, verstanden? Ich verspreche auch mich zu benehmen. Also, raus mit der Sprache!"

„Ella, Liebes, setz dich doch erst einmal", begann der Rabe vorsichtig. „Was ich dir zu sagen habe, mein Kleines, ist doch etwas komplexer, als du vermutest!"

Nachdem Ella sich am Grab ihrer Mutter niedergelassen hatte, flatterte der Rabe auf ihren Schoß, machte es sich dort bequem und begann sodann seine Geschichte zu erzählen.

„Am besten fangen wir noch einmal ganz von vorne an, am besten an dem Tag, an dem wir beide uns zum ersten Mal begegneten ..."

Es folgte eine winzige Pause, als suchte das Tier nach den rechten Worten. Doch bald schon waren diese gefunden, und die Geschichte nahm ihren Lauf.

„... nun, es war der Tag deiner Geburt, als auch ich das Licht der Welt erblickte – obschon meine Zeit eigentlich noch gar nicht gekommen war. Meine Eltern hatten unser Nest am Grundstück deiner Mutter gebaut. Mutter und Vater lebten schon sehr lange dort und hatten eine enge Beziehung zu deiner Mama – die sich nach meiner Geburt noch vertiefte.

*Hierzu musst du wissen, dass ein Raubvogel unser Nest angegriffen hatte. Erbarmungslos hatte er alle Eier aufgepickt und meine Geschwister eins nach dem anderen getötet. Es war purer Zufall, dass ich aus dem Nest gefallen bin und so dem sicheren Tod entrinnen konnte. Doch war es noch zu früh zum Schlüpfen. Die Brut war gerade mal in der Halbzeit, aber die schützende Hülle um mich herum war bei dem Absturz zerbrochen. Meine Eltern waren am Boden zerstört – sechs Eier, und keines würde überleben!*

*Doch dann kam Elvira, deine Mutter. Sie erkannte das Unglück und reagierte sofort. Sie nahm mich mit in euer Haus, baute mir eine Art Brutkasten und rettete dadurch mein Leben! Von jenem Tag an war mein Schicksal mit dem deinen verstrickt.*

*Doch bevor ich fortfahre, sollte ich dir noch etwas erklären. Deine Mutter hat nicht zufällig von dem Angriff auf unser Nest erfahren. Meine Eltern hatten in ihrer Verzweiflung um Hilfe gerufen, und Elvira war als Erste zur Stelle. Ja, Ella, glaub es ruhig, auch deine Mutter hatte die Fähigkeit, mit Tieren zu kommunizieren. Sie war eine wirklich ganz ungewöhnliche Frau – aber dazu später!*

*Mit Elviras einzigartiger Hilfe konnten mich meine Eltern tatsächlich aufpäppeln. Während dieser Zeit unterhielten sich unsere Eltern viel und lange, und es stellte sich heraus, dass Elvira eine gewisse Sorge um ihr eigenes Kind, also um dich hatte. Du seist etwas ganz Besonderes, hatte sie immer gesagt. Sie machte sich große Sorgen um deine Zukunft, ihre größte Angst jedoch war, dass sie nicht mehr bei dir sein könnte, wenn du mit dem Familiengeheimnis konfrontiert werden würdest. In diesem Punkt erkannten meine Eltern nun die Chance, ihre Dankbarkeit, für meine Rettung, unter Beweis zu stellen.*

*Sie unterbreiteten Elvira das Angebot, ein Leben lang über euch zu wachen.*

*Nun, wir Raben können ein erstaunlich hohes Alter erreichen, dennoch fand ich es – ohne meine Eltern beleidigen zu wollen – an der Zeit, selbst etwas zu dieser Dankbarkeit beizutragen. Ich war zu jenem Zeitpunkt schon längst flügge und ein langes Leben stand vor mir. Nachdem deine Mutter so feinfühlig war und mir den Namen Destiny gab, erbot ich mich, selbst an deiner Seite zu wachen. Ich versprach deiner Mutter, mein ganzes Leben lang immer in deiner Nähe zu bleiben. Und sollte tatsächlich der bedauernswerte Fall eintreten, den sie so sehr fürchtete, so würde ich das Familiengeheimnis an dich weitergeben.*

*Ich muss sagen, es überraschte mich selbst, wie erleichtert deine Mutter doch über mein Versprechen schien. Nun, zu jenem Zeitpunkt kannte ich ja auch noch nicht alle Einzelheiten besagten Geheimnisses. Nach und nach wurde ich sodann in selbiges eingeweiht. Und je mehr ich erfuhr, desto sicherer war ich mir, dieses Versprechen nie zu brechen. Im Fall der Fälle wollte ich deine Freundin sein, die dir hilft die schwere Last des Schicksals zu tragen.*

*In den folgenden Jahren überschlugen sich dann die Ereignisse ein wenig. Zuerst der tragische Tod deines Vaters, die darauf folgende Reiselust deiner Mutter, bis ihr schließlich hier in Wien sesshaft wurdet – und ich, mehr oder weniger, immer mit dabei. Du kannst dir nicht vorstellen, was für ein Abenteuer das für mich kleinen Raben war. Noch heute betteln mich die Jungen an, ihnen die spannenden Geschichten aus jener Zeit zu erzählen – aber verzeih, ich schweife schon wieder vom Thema ab.*

*Also, hierorts angekommen, trennten sich unsere Wege dann ein wenig. Es ging euch gut, es gab keinen Anlass zur Sorge. Elvira gab mir auf diesem Friedhof hier ein neues Zuhause – nah genug, um in Kontakt bleiben zu können. Die Jahre zogen ins Land, und es geschah nichts Ungewöhnliches.*

*Du wurdest groß, und deine Entwicklung gab auch weiterhin keinerlei Grund zur Besorgnis. Dennoch wurde Elvira, je älter du wurdest, zusehends unruhiger.*

*Und dann trat das befürchtete Unglück ein.*

*Der Schock über den Tod deiner Mutter war vermutlich der erste Auslöser. Doch waren die Auswirkungen zu gering, um dir richtig bewusst zu werden. Oder besser gesagt, das Schicksal hat dir zwei neue Freundinnen beschert und dadurch den eigentlichen Grund deiner plötzlichen Fähigkeit verschleiert.*

*Weitere zehn Jahre zogen ins Land, ohne dass großartige Veränderungen in dein Leben traten – bis du schließlich IHN getroffen hast …"*

Augenblicklich war Ella wieder ganz bei der Sache. Bis hierher hatte sie Destinys Worten brav und sittsam gelauscht. Sie hatte sich gezwungen, nicht nach jedem Satz zu unterbrechen und den Raben nach dem Ausgang seiner Geschichte zu fragen – was nebenbei bemerkt gar nicht so einfach war, da Ella nicht gerade für ihr geduldiges Wesen berühmt war. Aber nun war Schluss mit lustig.

„*Woher weißt du von Nat?*", zischte sie das Tier auf ihrem Schoß an.

„*Ah, so nennt sich der edle Prinz also!*"

Ella glaubte zu träumen. „*Ich rate dir, mich nicht zu verarschen, Vögelchen! Raus mit der Wahrheit – sofort!*"

„*Ruhig Blut, Ella!*", beruhigte Destiny. „*Horch in dich hinein, Kleines! Du kennst die Antwort auf deine Fragen!*"

„*Wovon verdammt noch mal redest du eigentlich?*" Ella sah den Vogel skeptisch an. Sie hatte das Gefühl, der Rabe kicherte vor sich hin, doch da sprach Destiny auch schon weiter.

„*Ella, es gibt Millionen von Männern, und du hattest in den letzten zehn Jahren genug Bekanntschaften – warum gerade denkst du sofort an Nat, wenn ich bloß von IHM spreche?*"

„*Na weil er eben der Neueste ist!*", antwortete Ella gereizt.

„*Das ist nicht der Grund, und das weißt du auch! Hör auf dein Herz, Ella. Seit du diesem Nat das erste Mal in die Augen gesehen hast, versucht es dir die Antwort zuzuflüstern.*"

„*Okay, ... sprich weiter!*", entgegnete Ella nun beinahe verlegen.

„*Ella, hast du es denn nicht bemerkt? Seit jenem Tag in den Karpaten, als du zum ersten Mal auf diesen Nat getroffen bist, hast du ganz langsam begonnen dich zu verändern. Anfangs waren es nur Impulse, plötzliche Eingebungen, Gefühle, die dich auf unerklärliche Weise begleitet haben. Später haben dich eben diese Emotionen in die Vergangenheit entführt, zu deiner Mutter – das Schicksal hat versucht dir den Weg zu weisen, doch du konntest ihn nicht deuten.*

*Dann bist du erneut auf Nat getroffen. Nur ihr beide, ganz allein und eure Herzen haben sich gegenseitig erkannt! Von diesem Moment an hat sich das Schicksal erbarmungslos in dein Leben gemischt, hat dir eine Veränderung nach der anderen hingeworfen – du hast wahrscheinlich noch nicht einmal die Hälfte davon realisiert. Ella, all dies ist keineswegs Zufall, es ist dein Schicksal, es ist dir vorherbestimmt. Und es ist genauso gekommen, wie deine Mutter es erwartet – oder befürchtet – hat. Sie hatte immer vermutet, dass die Begegnung mit der wahren Liebe auch deine wahren Gene zum Vorschein bringen würde ...*"

Ella sank immer mehr in sich zusammen. Am liebsten wäre sie auf und davon gerannt – doch sie konnte es nicht. Es war, als ob eine unsichtbare – aber gewiss masochistische – Macht sie hier gefangen hielt. Obwohl … gefangen war nicht der richtige Ausdruck dafür. Denn tief in ihrem Innersten spürte Ella, dass sie genau hier sein sollte. Nur so konnte sie erfahren, was verdammt noch mal eigentlich mit ihr los war!

Doch andererseits jagte ihr genau *das* plötzlich eine Heidenangst ein! Wie paralysiert hörte sie also weiter zu, was Destiny zu erzählen hatte.

„*… Ella, seit dein Herz im Einklang mit dem von Nat schlägt, ist es nicht mehr von der Hand zu weisen. Dass du mit Tieren sprechen kannst, ist nur eins von vielen Dingen. Denk doch mal über meine Worte nach!*

*Wie bist du hierhergekommen?*

*Wann hast du zuletzt gegessen?*

*Wann hast du zuletzt eine ganze Nacht durchgeschlafen?*

*Erinnere dich an deine Gedächtnislücken – was hast du wirklich gemacht? Und warum sperrt sich deine Erinnerung dagegen?*

*Seit du mit Nat vereint bist, überschlagen sich die Ereignisse – es geht einfach alles viel zu schnell. Zu schnell für deinen sensiblen Geist, um auch alles aufnehmen und verarbeiten zu können.*

*Zu viele Dinge passieren hier gleichzeitig – doch gemeinsam werden wir die Sache durchstehen, Ella.*

*Ich bitte dich nur um eines – vertrau mir, Kleines!*

*Vor dir liegt noch ein langer, harter Weg, aber du wirst es schaffen! Danach wird dich ein faszinierendes Leben erwarten. Ein Leben, das dir deine Mutter zwar ersparen wollte, doch gegen das Schicksal ist eben kein Kraut gewachsen.*

*Also mein Liebes, mach dich bereit! Es ist an der Zeit, dich mit der Wahrheit vertraut zu machen … obwohl … wenn ich es mir recht überlege … ja, genau, vielleicht sollten wir das doch besser deiner Mutter überlassen!*"

# Kapitel 14

Ella hatte es nicht gewagt, die Bedeutung von Destinys Worten zu hinterfragen. Irgendwie war sie gar nicht mehr so sicher, ob sie *überhaupt* wissen wollte, was das alles zu bedeuten hatte. Also trottete Ella, gehorsam wie nie zuvor in ihrem Leben, hinter der Rabendame her.

Destiny flog mit ein wenig Abstand voraus in Richtung Ellas Wohnung – wenigstens daraus hatte der Vogel kein Geheimnis gemacht. Ella war ganz froh, dass der Rabe ihr ein wenig räumliche Distanz ließ. So konnte sie wenigstens in Ruhe ihre Gedanken sortieren.

Obgleich, wollte sie denn *überhaupt* über diese skurrilen Ereignisse nachdenken?

Vielleicht sollte sie sich doch weiter einreden einfach nur ein wenig irre zu sein – und fertig. Vielleicht sollte die Vergangenheit schlicht dort bleiben, wo sie war. Oder wohl eher *so bleiben*, wie sie Ella in Erinnerung hatte!

Doch, hier musste Ella sich eingestehen, dass sie den Punkt der letzten Umkehr bereits hinter sich gelassen hatte. Es gab kein Zurück mehr. Und es hatte keinen Sinn zu zaudern. Sie hatte diesen Pfad gewählt, nun musste sie ihm auch bis zum Ende folgen. Für den Anfang jedoch folgte Ella erst einmal einem Raben namens Destiny – wenn das mal keine Ironie des Schicksals war!

Weit schneller, als Ella lieb war, fand sie sich in ihrer Wohnung wieder. Mittlerweile war der Morgen angebrochen, und die zaghaften Strahlen der aufgehenden Sonne taten Ella fast schon weh in den Augen. Ohne sich Gedanken über so alltägliches wie Hunger, Durst oder gar Müdigkeit zu machen, marschierte sie schnurstracks zur Terrasse, um Destiny einzulassen. Die Rabendame flatterte sogleich herein und ließ sich auf Ellas Schulter nieder.

„*Also mein Liebes, fahren wir nun fort*", begann Destiny ohne Umschweife. „*Du hast doch hoffentlich noch die alten Bücher deiner Mutter?*"

*„Woher …? Ach vergiss es einfach!"* Es gab wohl nichts, dass dieser Rabe nicht wusste! *„Diese antiken Schmöker waren das Heiligste meiner Mutter. So etwas werfe ich doch nicht in den Müll!"*, lautete Ellas patzige Antwort stattdessen.

*„Nun, das hätte ich auch nicht erwartet! Also dann, lass uns diese Bücher holen!"*, frohlockte Destiny nun regelrecht.

Genervt verdrehte Ella die Augen und stapfte widerwillig voran in ihr Zimmer. Was wollte dieser Vogel jetzt bitte mit Mutters verstaubter Gedichte- und Geschichten-Sammlung? Wusste diese Destiny wirklich, was sie tat? War am Ende gar der Rabe irre? Nein, so viel Glück konnte Ella nicht haben! In ihrem ganz privaten Reich angekommen, öffnete sie ihren vierteiligen Wandschrank und deutete auf das oberste Fach.

*„Bitte, dort sind sie!"*, teilte sie dem Raben mit.

Destiny geriet allein durch den Anblick der Bücher in helle Aufregung. *„Na los, worauf wartest du – runter damit!"*

Skeptisch sah Ella zwischen Vogel und Büchern hin und her. Schließlich holte sie die kleine Trittleiter aus dem Kasten, bestieg diese und holte eines der Bücher herunter. Sorgsam trug sie das schwere Teil zu ihrem Bett, legte es dort ab und sah abwartend zu Destiny. Aufgeregt flatterte diese zum Bett und beäugte zuerst das Buch, danach Ella.

*„Na los, hol die anderen!"*

*„Was … alle?"* Ungläubig starrte Ella den Vogel an. *„Ich soll alle sechs hier runterhieven?"*

*„Ja, was dachtest du denn? Los, los, nun mach schon!"*

Ella seufzte frustriert. Diese Bücher hatten alles andere als Taschenbuchformat. Sie sahen fast so aus wie das klassische Zauberbuch aus einem Film – riesig groß, unglaublich dick und dank des Ledereinbands auch noch genauso schwer, wie man vermuten mochte! Murrend holte Ella eines nach dem anderen herunter. Wenn das die Mühe nicht wert war, dann konnte dieser Vogel um sein Leben fliegen!

Nachdem alle sechs Wälzer am Boden nebeneinanderlagen, setzte Ella sich auf die Bettkante – was zum Geier tat sie hier nur? Mit einem Raben in alten Büchern schmökern? Na, wenn das mal nicht den Freifahrtschein in die Klapse einbrachte! Doch Destiny schien ganz in ihrem Element. Begeistert flatterte sie von einem Buch zum nächsten, ehe sie sich nach Ella umsah.

„*Na komm schon, Kindchen, schlag auf, und lies darin!*", forderte sie diese ungeduldig auf.

Ella schüttelte verständnislos den Kopf. „Destiny ... was soll das? Da stehen doch bloß steinalte Gedichte drin."

Der Rabe wiegte den Kopf von einer Seite zur anderen. „*Kleines, vertrau mir! Schlag ein Buch auf!*"

Ella konnte die Zuversicht des Vogels zwar nicht teilen, doch kam sie seiner Bitte nach. Sie schnappte das ihr am nächsten liegende Exemplar und schlug wahllos eine der dicken, alten Seiten auf. Die Schrift auf den vergilbten Seiten war so verblasst, dass Ella Schwierigkeiten mit dem Entziffern hatte. Zudem ergaben die wenigen Buchstaben, die sie erkennen konnte, keinen Sinn. Doch plötzlich saß der Rabe vor dem Buch und pickte mit seinem Schnabel am Rand des Blattes herum.

„He, lass das, du machst ja alles kaputt!", rief Ella bestürzt.

Doch Destiny ließ sich nicht beirren. „*Keine Angst, mein Kleines! Hab ich dir nicht gesagt, du musst mir vertrauen?*"

Fassungslos beobachtete Ella, wie der Rabe seinen Schnabel um die ganze Seite herumgleiten ließ. Sanft, aber mit Nachdruck arbeitete sich der Vogel voran, und was dann folgte, übertraf Ellas Vorstellung. Destiny hatte das Papier gewissermaßen gespalten, und zum Vorschein kamen zwei weitere, in fein säuberlicher Handschrift beschriebene Seiten. Beinahe triumphierend hob der Rabe seinen Kopf.

„*So, das wäre geschafft! Ein uralter Trick, um Geheimnisse zu bewahren. Hast dich wohl nie gefragt, warum die Seiten gar so dick sind, oder?*"

Ella jedoch starrte regungslos auf die eben freigelegten Seiten. Die Handschrift, die sie darauf sehen konnte, war ohne Zweifel die ihrer verstorbenen Mutter.

„*Bitte Kleines, spann mich nicht länger auf die Folter!*", meldete sich eine ungeduldige Destiny.

„Ich dachte, du weißt, was hier drinsteht?", sprach Ella wie betäubt.

„*Nun, Liebes, ich kenne den Inhalt dieser Bücher, doch kann ich dir nicht sagen, was hier geschrieben steht!*"

„*Was?*"

„*Ella, ich habe gewiss einige erstaunliche Fähigkeiten, doch Lesen gehört definitiv nicht dazu! Also würdest du jetzt bitte vorlesen, was hier steht. Schließlich weiß ich sonst nicht, mit welchem Buch wir beginnen müssen!*"

Also begann Ella zu lesen.

„*… wunderbarer Tag – und erst dieser wunderbare Mann! Er heißt Ruben, und ja … er ist es! Ich kann es gar nicht glauben …*"

„Halt, stopp, das ist das falsche", unterbrach Destiny. „*So wird das wohl nichts. Ella, Liebes, sieh dir bitte einmal die Einbände an. Hier muss doch irgendwo ein Hinweis auf die Reihenfolge sein.*"

Ella fühlte sich plötzlich wie vor den Kopf gestoßen. Was um alles in der Welt hatte das zu bedeuten? Hatte ihre Mutter tatsächlich ein geheimes Tagebuch geführt? Wenn ja, dann warum? Und weshalb sollte Ella gerade jetzt darin lesen?

Teilnahmslos erfasste Ella, was auf den Buchhüllen stand, und übermittelte ihre Erkenntnisse dadurch an die Rabendame neben ihr. Sie selbst registrierte gar nicht, was sie las, bis Destiny plötzlich aufgeregt vor ihrem Gesicht herumflatterte.

„*… so hilf mir doch mal!*"

Und schon steckte der Rabe seinen Schnabel wieder zwischen zwei Buchseiten. „*Es ist mir wieder eingefallen! Ich kann mich jetzt an die Reihenfolge erinnern. Weißt du, Elvira war es enorm wichtig, dass du auch wirklich ganz von vorne beginnst.*" Und schon wurden die nächsten beiden Seiten entzweit. „*Wenn du mir nur bei ein paar Seiten helfen würdest – dann kannst du ruhig schon mal mit dem Lesen beginnen!*"

Wortkarg wie nie zuvor kam Ella der Aufforderung nach. Ruck, zuck hatten die beiden zwei der dicken Wälzer komplett bearbeitet. Es war fast so, als hätten die Seiten nur darauf gewartet, voneinander getrennt zu werden! Ella wollte noch weitermachen, doch die Rabendame konnte ihre Geduld nicht länger im Zaum halten.

*„So, das reicht einmal! Den Rest mach ich schon alleine, während du liest! Also bitte ..."* Destiny schlug mit dem Schnabel die erste Seite des vor ihr liegenden Buches auf. *„... lass nun hören, was deine Mutter zu sagen hat!"*

In der Zwischenzeit, nicht weit entfernt, dachte Nat über den Sinn des Lebens nach. Zugegeben, ein etwas seltsamer Zeitvertreib für einen Vampir. Doch dieser eine hatte so einiges zu verarbeiten – und vor allem auf die Reihe zu kriegen. Aber es lag auch schlicht in seiner Natur, sich die Dinge so lange durch den Kopf gehen zu lassen, bis das Ergebnis stimmig schien – so war es immer schon gewesen. Seine praktisch veranlagten Brüder hatten diese eigenwillige Art der Problemlösung zumeist belächelt. Dennoch konnte Nat mit seiner Taktik normalerweise den anderen ein Schnäppchen schlagen.

Doch sein aktuelles Rätsel erwies sich zusehends als harte Nuss! Zumal hier viel zu viele Faktoren zusammenspielten – die noch dazu alle keinen rechten Sinn ergaben!

Nat fühlte sich jetzt schon erschöpft – auch wenn er diesen Zustand im Prinzip gar nicht erreichen konnte. Nach seinem Rauswurf bei Ella hatte er unnötig viel Zeit mit Schlaf verschwendet, und nun war es bereits heller Morgen. Mit einem Gläschen 0-positiv machte er es sich nun auf dem Bett bequem. Während er an seinem Frühstück nippte, schloss Nat die Augen und rief die Ereignisse aus seiner geistigen Datenbank ab – was hatte das Schicksal nur mit ihm vor? Schritt für Schritt sammelte er die Fakten.

Ella war seine wahre Liebe – eindeutig positiv!

Ella war aber auch menschlich – natürlich!

Dennoch verfügte sie über die Fähigkeit der mentalen Kommunikation. Erst nur mit ihren Freundinnen, dank der wahren Liebe nun auch mit ihm – so weit alles logisch!

Nun der interessante Teil, denn plötzlich funktionierte ihre mentale Fähigkeit auch mit Tieren – bloßer Zufall?

Nein, nichts im Leben passierte ‚zufällig'! Viel eher schon waren die ‚Hormone' dafür verantwortlich. Das Zusammentreffen mit ihrer wahren Liebe hatte Ellas Fähigkeit gewissermaßen verbessert – ja, das klang einleuchtend!

So weit, so gut. Aber wie sollte er dies alles Ella plausibel machen?

Einige der Fakten hatte sie sich ja schon aus seinen Gedanken geklaut. Doch war da noch die klitzekleine Kleinigkeit mit dem ... Rassenunterschied zu erklären. Ella *darüber* in Kenntnis zu setzen würde kein Honiglecken werden – eher das Gegenteil war zu befürchten. Bei ihrer emotionalen Wendigkeit und ihrem Talent, ihn wie einen Idioten im Regen stehen zu lassen, konnte er wohl froh sein, wenn er Ella bis zu ihrem Lebensende *überhaupt* etwas erklären konnte! Aber es musste einen Weg geben!

Doch, warum schenkte gerade ihm das Schicksal eine derartige Herausforderung?

Welch höheren Sinn mochte es haben, dass ausgerechnet ihm, dem feinfühligen Diplomaten, die widerspenstigste aller Schönheiten bestimmt war?

Plötzlich manifestierte sich ein ganz neuer Gedanke in seinem Kopf. Ein Gedanke, den Nat fast nicht zu denken wagte.

Ella konnte in die Gedanken von *Tieren* vordringen. Gewiss konnte sie ihre Fähigkeit bei *allen* Tieren anwenden, also auch bei ... schwarzen Leoparden? Abrupt setzte Nat sich auf.

Konnte das tatsächlich das fehlende Glied in der Kette sein?

Konnte *das* womöglich der Weg zum Sieg sein?

Es klang beinahe schon zu weit hergeholt, doch ... nein, das wäre fast schon *zu* einfach! Aber was, wenn *doch*?

Rein theoretisch bestünde die Möglichkeit. Nur ein Tier oder ein anderer Wandler könnte in dessen Gedanken eindringen – oder eben jemand mit der Fähigkeit, mit Tieren zu kommunizieren!

Aber konnte dieser jemand wirklich Ella sein? *Seine* Ella?

Plötzlich lief Nat ein kalter Schauer über den Rücken. Die richtige Frage lautete nicht, konnte, sondern *musste* es ausgerechnet

Ella sein, seine einzig wahre Liebe! Denn traf die Vermutung zu, dann war dies ein Himmelfahrtskommando für sie. Schließlich war sie trotz allem menschlich. Also wie um alles in der Welt sollte sie den Vampiren helfen und gleichzeitig am Leben bleiben?

Das konnte doch wohl nicht wahr sein!

War das Schicksal wirklich so grausam? Ließ es die Brüder ein halbes Jahrhundert eine aussichtslose Fehde führen, um dann mit einem menschlichen Opfer alles zu ihren Gunsten zu wenden?

Nein, das war unmöglich! Irgendetwas stimmte hier nicht. Das Schicksal konnte doch wohl nicht von Nat erwarten, seine wahre Liebe in Gefahr bringen zu wollen. Dieses Risiko war er nicht bereit einzugehen!

Doch konnte er sich gegen seine Brüder, seine Familie, ja sogar seine ganze Rasse stellen?

Nat seufzte resigniert, denn auch diese Antwort lautete: Nein!

Wie Nat es auch drehte und wendete, er saß in der Klemme. Denn, dass Ella das bislang fehlende Glied in der Kette war, dessen fühlte er sich mittlerweile leider immer sicherer. In sein dramatisches Puzzle passte dieses kleine Detail auf tragische Weise wie angegossen. Es war so einfach, dass es schon fast wieder genial war und zugleich zu zufällig, um nicht vorherbestimmt zu sein.

Also musste es auch einen Weg geben, wie Ella den Vampiren von Nutzen sein konnte und unbeschadet aus der Sache wieder herauskam. Und ehe Nat diesen Weg gefunden hatte, würde er sich gar nicht erst den Kopf darüber zerbrechen, wie er das am Ende alles seiner Gefährtin beibringen sollte.

# Kapitel 15

*Mai 1614*
*Es reicht! Ich habe endgültig genug von diesem Leben!*
*Gerade musste ich miterleben, wie Vater und Mutter gemeuchelt wurden – wozu ertragen wir all diese Leiden, wenn wir dann erst recht von den eigenen Leuten ermordet werden?*
*Nein! Ich will mit dieser fiesen Bande nichts mehr zu tun haben!*
*Doch, wenn ich ihnen den Rücken kehre, werden sie mich dann suchen und womöglich auch töten? Ich kann doch nicht als wandelnde Zielscheibe durchs Leben gehen!*
*Nein, ich werde den mir bestimmten Weg hier und jetzt verlassen!*
*Ich werde nicht in die Fußstapfen meiner Ahnen treten!*
*Ich werde die Vergangenheit hinter mir lassen und die Geschichte meiner Zukunft neu schreiben.*
*Von diesem Tage an entsage ich all meinen genetischen Pflichten wie auch den damit verbundenen Privilegien. Von heute an bin ich, Elena Martinez, ein ganz normales Mädchen – ein Mensch wie jeder andere auch …*

Kopfschüttelnd blätterte Ella um. Was sollte das denn nun wieder? War das so etwas wie eine Familienchronik? Elena Martinez, diesen Namen hatte ihre Mutter früher einmal erwähnt. Demnach musste es sich wohl um eine ihrer Vorfahrinnen handeln. Doch … die Handschrift … also Ella hätte wirklich geschworen, dass dies die Schrift ihrer eigenen Mutter war. Aber … das war gänzlich unmöglich, es sei denn, … aber weshalb sollte ihre Mutter die *komplette* Familienchronik *neu* geschrieben haben?

Noch dazu auf so geheimniskrämerische Art und Weise?
Also das machte doch alles keinen Sinn!

Viel eher schon glichen sich die Handschriften einfach nur auf verblüffende Art und Weise. Man musste ja nicht gleich in alles zu viel hineininterpretieren! Also machte Ella sich daran die nächste Seite der vermeintlichen Familienchronik zu lesen!

*Juni 1614*
*Mein neues Leben ist bereits eine ganze Woche alt – und mir geht es ausgezeichnet!*
*Ich habe mir vorgenommen, die wichtigsten Schritte und Ereignisse meiner persönlichen Umstrukturierung schriftlich festzuhalten.*
*Meinem Wissen nach hat noch nie zuvor jemand gewagt, unseren Leuten einfach so den Rücken zu kehren und ein Leben ganz und gar gegen unsere Prinzipien zu führen.*
*Ich mag ja durchaus noch ein Teenager sein, aber ich war mir noch nie einer Sache so sicher wie dieser.*
*Ich werde es schaffen!!!!*
*Fürs Erste habe ich vor hier in heimatlichen Gefilden zu bleiben – ich weiß noch nicht genau, wie ich meinen Lebensunterhalt bestreiten soll, aber ich habe mir vorgenommen, meine Umgebung zu beobachten!*
*Mal schauen, wie die Menschen so leben …*

Skeptisch blickte Ella auf, sah zu Destiny, welche weiter eifrig Seiten entzweite, und dann wieder in das Buch. Wo sollte das Geschwafel bitte hinführen? Hoffentlich kam jetzt nicht ans Tageslicht, dass sie von einem Haufen Guerillakämpfer abstammte!

Obwohl, … die daraus resultierende Vorstellung erheiterte Ella. Vergnügt kicherte sie in sich hinein. In ihrer Fantasie machte Ella diese Elena gerade zur Amazonenkriegerin – würde vielleicht auch erklären, warum sie selbst so eine wilde Ader hatte!

Sichtlich amüsiert widmete Ella sich dem nächsten Eintrag.

*Juli 1614*
*Ich fühle mich elendiglich!*
*Es ist schlimmer, als ich befürchtet hatte, viel, viel schlimmer!*
*Diese Schmerzen – mein ganzer Körper wehrt sich gegen diesen Fraß!! Es ist einfach nur furchtbar – ich weiß nicht, wie ich das jemals überstehen soll!!!*
*Ich bin am Ende … die Siedlung muss ich jedenfalls verlassen …*

*August 1614*
*Ich war so schwach, hatte einen Rückfall – habe ein Schaf getötet – ich bin nichts als ein Monster – niemals werde ich ein anständiger Mensch sein …*

*Oktober 1614*
*Erneut diese Schmerzen – noch unerträglicher – es tut so weh!!! Aber diesmal muss ich stark bleiben …*

*Dezember 1614*
*Ich sterbe!!! Mein Gott, diese Höllenqualen – wie soll ich das nur überleben!!! Mein Körper braucht dringend Blut – was zum Teufel hab ich mir nur dabei gedacht …*

*Januar 1615*
*Ich habe einen Menschen attackiert – um Himmels willen, was hab ich nur getan? Seit ich denken kann, ernähre ich mich von Tieren – und nun das – wie konnte ich nur so etwas tun – ich muss noch weiter gen Süden, weiter ins Gebirge …*

*Mai 1615*
*Ich bin wahnsinnig geworden – alles um mich herum ist ROT – rote Bäume, rote Wiesen, rote Sonne, roter Regen … kleine rote Tropfen – sie sprechen zu mir – locken mich – doch ich lass mich nicht in Versuchung führen, nein …*

*August 1616*
*Heute ist mein zweiter Jahrestag – genau 24 Monate ist es her, seit ich den letzten Tropfen Blut zu mir genommen habe!*
*Und es geht mir tatsächlich wieder gut.*
*Zwar bin ich noch immer geschwächt von der ganzen Tortur, aber den ersten und wichtigsten Schritt habe ich geschafft: Mein Körper kann ohne Blut existieren!*
*Wie ich herausgefunden habe, gibt es Nahrungsmittel, die dezent metallisch schmecken – du meine Güte, ich habe tatsächlich so etwas wie einen Geschmackssinn entwickelt – jedenfalls scheinen die darin enthaltenen Stoffe gewisse Parallelen zum Blut zu haben. Und das Beste daran, ich kann mich damit über Wasser halten.*
*Also wage ich mich nun an Schritt Nummer zwei: Ich begebe mich wieder in die Zivilisation zurück – doch diesmal bin ich vorsichtiger. Ehe ich mich noch mal unter die Menschen wage, probiere ich mein Glück in der Tierwelt …*

Zweifelnden Blickes blätterte Ella zur nächsten Seite. Zugegeben, die Geschichte hatte was Spannendes, aber ziemlich an den Haaren herbeigezogen war das doch schon alles. Oder sollte sie jetzt wirklich glauben, dass sie einer Blut trinkenden Guerilla-Sekte entstammte?

Ella schauderte. Allein der Gedanke daran war unsäglich ekelerregend. Was kam wohl als Nächstes – mutierte diese Urururururoma am Ende gar zur Vampirjägerin? Oder stammte sie doch von einer Horde Werwölfen ab?

Obwohl ... wenn dies hier tatsächlich von Ellas Vorfahrin geschrieben worden war, dann bestätigte dieses unglaublich abstrakte Werk immerhin eines: Der Wahnsinn lag schon seit Generationen in der Familie! Ob Destiny wohl *das* gemeint hatte, als sie von den *wahren Genen* gesprochen hatte? Himmel, wo sollte das alles noch enden!

*August 1617*
*Ich habe ein weiteres Jahr durchgestanden!*
*Ich bin so glücklich – ich kann es kaum in Worte fassen!*
*Die letzten 12 Monate waren eine sehr interessante Erfahrung für mich.*
*Ich habe mich diversen Herden angeschlossen und sie begleitet.*
*Meine Ernährung habe ich für den Anfang der der Tiere angepasst – scheinbar kann ich doch nur die metallischen Substanzen aus der Nahrung herausschmecken, also ist es doch egal, was ich zu mir nehme.*
*Doch vor allem macht es mir ungeheuren Spaß, mit den Tieren zu leben und der Verlockung ihres Blutes anstandslos widerstehen zu können!*
*Ich bin so stolz auf mich!*
*Doch, ehrlicherweise muss ich gestehen, ich habe nicht all meinen Privilegien entsagt. Die Kommunikation mit der Tierwelt kann ich nicht aufgeben, es ... nun ich bringe es einfach nicht übers Herz.*
*Diesen armen Geschöpfen widerfährt so viel Kummer und Leid, und ich bin ihre einzige Verbindung zum Rest der Welt.*
*Niemand schert sich einen Deut um sie – weil sie ja auch kaum einer verstehen kann –, und gerade deswegen denke ich, brauchen sie mich.*
*Ja, ich glaube, ich werde mein zukünftiges Dasein den Tieren widmen!*
*Doch davor muss ich noch den letzten – und wohl schwersten – Schritt schaffen: Ich muss unter den Menschen bestehen ...*

*April 1622*
*Seit fünf Jahren lebe ich nun schon in einer kleinen Gemeinschaft am Fuße der Anden. Und es ist unglaublich!!! Unser Dorf besteht aus 20 Leuten, und ich komme wunderbar zurecht – obwohl, gut, ich muss ehrlich sein: Diese Menschen halten mich leider für eine Gesandte des Himmels. Sie haben mitbekommen, wie die Lamas auf mich reagieren – seitdem bin ich die Schutzpatronin ihres Viehs!*
*Es scheint, als wäre ich noch nicht vorsichtig genug …*

*März 1632*
*Das Leben unter den Menschen ist doch nicht so einfach!*
*Nicht etwa wegen ihres Blutes, nein, dem kann ich dank meiner vegetarischen Vorgeschichte wunderbar widerstehen.*
*Ja, ich habe über die Jahre hinweg sogar wieder etwas an Gewicht zugenommen. Der Trick mit den eisenhaltigen Nahrungsmitteln funktioniert immer besser!*
*Dennoch musste ich das Dorf verlassen.*
*Ich habe doch ganz vergessen, dass Menschen ja altern …*

Ob sie es nun wollte oder nicht, ob sie den Inhalt nun glaubte oder nicht, Ella war dem Bann dieser wahnwitzigen Geschichte voll und ganz erlegen. Völlig gefesselt las sie nun Eintrag um Eintrag, ohne auch nur die geringste Notiz vom Rest der Welt zu nehmen – oder gar zu bemerken, dass die Zeitspanne der Geschichte sich schon bald über ein Menschenleben hinaus erstreckte!

*Januar 1633*
*Ich lebe nun in einer 150 Seelengemeinde. Bin als Stallmagd untergekommen bei wohlhabenden Leuten.*
*Bisher läuft alles gut – sie nahmen mich auf als eine der Ihren.*
*Es ist fast schon zu schön, um wahr zu sein …*

*November 1643*
*Es ist wieder einmal an der Zeit zu gehen.*
*Die Problematik des Alterns habe ich gewiss unterschätzt. Ich hätte nicht gedacht, dass das so viel Aufwand macht. Und wie schnell doch die Zeit*

*vergeht – zehn Menschenjahre sind ja schon eine halbe Ewigkeit!*
*Ich muss mir eine bessere Taktik überlegen ...*

*März 1683*
*Das mit dem Älterwerden ist ironischerweise mein Hauptproblem!*
*Was habe ich alles probiert – und im Endeffekt musste ich doch wieder gehen. Länger als ein, zwei Dekaden kann ich einfach nicht unter denselben Menschen weilen.*
*Zudem werde ich meine Heimat nun doch verlassen – ich ziehe Richtung Norden ...*

*Februar 1693*
*Verdammt – im Norden leben weit mehr Blutsauger, als mir recht ist!*
*Bereits zehn Mal bin ich umgezogen – aus Angst, erkannt zu werden!*
*Ich muss mich besser vorbereiten – muss krisenfester werden.*
*Ich glaube, ich werde den Kontinent wechseln ...*

*Dezember 1743*
*Ich wage zu behaupten es nun endgültig geschafft zu haben!*
*Mein System: Umzug alles 15 Jahre, nie zweimal den gleichen Ort oder denselben Namen!*
*Zwar ist nicht abzustreiten, dass dies mit einigem Aufwand verbunden ist, aber es ist die Mühe durchaus wert.*
*Zudem habe ich mich nun vollends integriert. Nicht einmal meine eigenen Leute nehmen mich noch wahr – natürlich versuche ich nach wie vor ihnen aus dem Weg zu gehen.*
*Doch verspüre ich nun keine Angst mehr. Ich bin gewappnet!!!*
*Ja, ich habe das Unmögliche geschafft: Ich bin nicht länger der Wolf im Schafspelz – ich bin tatsächlich zum Schaf geworden ...*

*Mai 1800*
*Es geht mir ausgezeichnet – mittlerweile genieße ich mein neues Leben sogar!*
*Deshalb möchte ich hier noch einmal auf mein altes Leben zu sprechen kommen – sozusagen ein letzter Rückblick, um mich gebührend, aber endgültig von meinem früheren Ich zu verabschieden.*
*Bereits seit dem Tag meiner Geburt unterschied ich mich vom Rest meiner Rasse.*

*Ich musste mit Tierblut aufgezogen werden, da ich alles andere nicht vertragen habe – man führe sich die Ironie dieser Tatsache vor Augen: ein Vampir, der allergisch war auf Menschenblut!*
*Als Einzige unserer Rasse lebten wir im Süden des amerikanischen Kontinents – um mein Defizit nicht publik machen zu müssen. Ja, selbst meinen Eltern war die Allergie ihres einzigen Kindes ungeheuerlich!*
*Doch trotz der Isolation fanden uns die Rebellen – es war mein Geburtstag, als meine Eltern vor meinen Augen in Flammen aufgingen. Ihre Ermordung wurde nicht etwa in Auftrag gegeben, sie waren einfach zur falschen Zeit am falschen Ort!*
*Nur weil diese Blutsauger sich nicht an die neue Zeit anpassen wollten, mussten meine geliebten Eltern mit dem Leben bezahlen.*
*Wollte ich tatsächlich weiter Mitglied dieser Gesellschaft sein?*
*Wollte ich in einem Atemzug mit Mördern genannt werden?*
*Meine Antwort lautete: Nein!*
*Was sollte ich in einer Gemeinschaft, der ich mich ohnehin nie völlig zugehörig fühlte – die mich gewiss als genetisches Fehlprodukt betrachten würde?*
*Doch um sicher zu sein, musste ich komplett untertauchen.*
*Die Vampirin in mir musste sterben, um als Mensch weiterleben zu können ...*

Zwar war sich Ella der seltsamen Worte, die sie las, durchaus bewusst, doch war sie zu gefangen in der Geschichte, als dass sie sich Zeit genommen hätte, darüber nachzudenken!

Wie besessen nahm sie sich ein Buch nach dem anderen vor, bis sie sich plötzlich an der Stelle wiederfand, die ihr bisheriges Leben auf den Kopf stellen sollte!

*Dezember 1980*
*Ab heute bin ich Elvira May, Studentin an der Universität von Alaska.*
*Warum ich das erwähne?*
*Ich bin verliebt!!!!*
*Welch wunderbarer Tag – und erst dieser wunderbare Mann!*
*Er heißt Ruben, und ja, er ist es! Ich kann es gar nicht glauben, aber ich habe tatsächlich meine wahre Liebe gefunden.*
*Und er ist durch und durch menschlich – nie hätte ich so etwas für möglich gehalten ...*

Geschockt starrte Ella auf das vergilbte Foto unter dem Eintrag. Es war dasselbe Bild, das sie aus einem der alten Fotoalben kannte, das angeblich einzige, das ihre Mutter mit ihrem Vater zeigte!

Plötzlich zog der gesamte Inhalt der Bücher wie in Zeitraffer durch Ellas Kopf. Mit einem Schlag wurde ihr die ganze Tragweite des eben Gelesenen bewusst!

Aber ... das konnte doch unmöglich ... möglich sein!

Panisch rechnete Ella nach, überlegte verzweifelt, ob sie nicht doch wo was überlesen hatte, oder falsch interpretiert, oder ...

*„Nein, mein Liebes, du bist auf dem rechten Weg!"*, meldete sich Destinys Stimme in ihrem Kopf. *„Doch du musst weiterlesen, Kleines. Lass dich nicht beirren. Folge dem Pfad deiner Mutter bis ans Ende!"*

*September 1981*
*Ein Wunder ist geschehen – Ruben und ich bekommen ein Baby!*
*Ich kann mein Glück nicht fassen!!!*
*Doch bei all der Freude muss ich auch realistisch bleiben: Ruben weiß nichts von meiner Vergangenheit!*
*Er hat nicht den leisesten Schimmer, dass die Mutter seines Kindes eine über 500 Jahre alte Ex-Vampirin ist!*
*Und ich habe keine Ahnung, wie ich das die nächsten Jahrzehnte weiter vor ihm verheimlichen soll – denn das werde ich ganz gewiss tun. Ich habe mit diesem Leben ein für alle Mal abgeschlossen, und solange ich existiere, soll niemand jemals darüber erfahren ...*

Mehrere Fotos zeigten Elvira in unterschiedlichen Phasen ihrer Schwangerschaft – an ihrer Seite stets ein freudestrahlender Ruben ...

*1. April 1982*
*Es ist ein Mädchen!!!*
*Sie soll den Vornamen ihrer Großmutter bekommen und den Nachnamen ihres Vaters tragen: Elisabeth Mayer – du bist mein schönstes Wunder ...*

Darunter ein vergrößertes Familienfoto: die glückliche Mutter und der stolze Vater, mit Baby Ella auf dem Arm!

*August 1982*
*Unser Leben ist geradezu perfekt!*
*Ella – Ruben gefällt diese Abkürzung besser – ist ein kleiner Schatz!*
*Dennoch plagen mich Gewissensbisse: was, wenn ich meine Gene weitergegeben habe?*
*Nur weil ich mich vor 368 Jahren dazu entschieden habe, als Mensch zu leben, heißt das noch lange nicht, dass auch mein Körper der eines Menschen geworden ist.*
*Ja, ich sehe aus wie ein Mensch, ich benehme mich wie einer, esse, trinke, schlafe wie einer, ja, ich rieche sogar wie ein echter Mensch – doch meine Erbanlagen sind gewiss nicht menschlich geworden.*
*Was also, wenn ich mein Kind zu einem Leben im Schatten verdammt habe?*
*Vielleicht sehe ich auch nur zu schwarz! Vielleicht hat sie ja Glück und hat nur die Gene ihres Vaters geerbt …*

Hier hatte Elvira einige Babyfotos von Ella eingeklebt – stets mit dabei ein kleiner Rabe!

*Januar 1983*
*Warum immer ich?*
*Was habe ich verbrochen, um so vom Schicksal misshandelt zu werden?*
*Ruben wurde gebissen!*
*Es ist so entsetzlich, ich kann es kaum in Worte fassen!*
*Die Rebellen haben die Stadt überfallen – sind eingefallen wie eine Horde Heuschrecken – haben alles gebissen, was nicht schnell genug flüchten konnte – mein Gott, was wollen diese Monster denn noch?*
*Gibt es nicht mehr genug Verräter in den eigenen Reihen, sodass sie nun auch noch unschuldige Menschen konvertieren müssen?*
*Ich hab solche Angst – was soll denn nun aus uns werden?*
*Was soll ich denn nur mit Ruben machen – ich kann nicht wieder das Leben eines Vampirs führen.*
*Ich werde das meinem Kind nicht antun – ich werde Ella nicht in den Schatten führen, solange sie ein Leben im Licht führen kann …*

*März 1983*
*Es wird schlimmer!*
*Ruben hat sich verändert – er ist nicht nur zum Vampir konvertiert, er ist auch noch einer von ihnen geworden.*
*Ich erkenne ihn kaum noch wieder!*
*Der liebenswerte, charmante Romantiker, der sich als meine wahre Liebe entpuppte, ist nicht mehr!*
*Dieser Mann ist ein gewalttätiges, blutrünstiges Monster geworden, und meine Angst ist größer denn je!*
*Was soll ich denn nur tun?*
*Ich kann ihn nicht einfach verlassen – er würde uns suchen und ... nein, ich will es mir gar nicht vorstellen, was er dann mit uns anstellen würde ...*

*Mai 1983*
*Ich bin eine Mörderin, eine gottverdammte heuchlerische Killerin, denn ich habe meinem Kind den Vater genommen!*
*Aber was hätte ich denn sonst tun sollen?*
*Sollte ich zulassen, dass er sein eigen Fleisch und Blut tötet?*
*Ja, er hat unsere kleine, wehrlose Tochter attackiert!*
*Mein Gott, dieses Monster wollte unser kleines Baby zerfleischen!*
*Wie konnte das nur passieren?*
*Diese verfluchten Rebellen sind schuld! Ja, nicht ich habe Ruben auf dem Gewissen, sondern diese ... diese ... es ist einfach zu schrecklich!*
*Mein Gott! Ich bekomme dieses Bild nicht mehr aus meinem Kopf – das Tier in mir hat sich ihm an die Gurgel geschmissen, ihn gebissen, verbluten lassen – alle glaubten, er fiel einem Grizzly zum Opfer.*
*Ja, es klingt furchtbar, und es war mit Abstand das Grausamste, das ich je tun musste – aber ich musste doch mein Kind schützen ...*

Ella war fassungslos, sprachlos, schockiert, wie vor den Kopf gestoßen – es gab keinen passenden Ausdruck, um ihre Gefühle zu beschreiben. Sie konnte es nicht glauben, wollte es einfach nicht wahrhaben. Wenn dies alles tatsächlich stimmen sollte, ...

Diese Zeilen widerlegten schlichtweg ihr ganzes Leben!

Siebenundzwanzig Jahre lang hatte sie ein Märchen gelebt, nichts als eine Lüge, um die Wahrheit zu vertuschen. Eine Wahrheit, die allerdings noch unglaublicher klang, als das verrückteste Märchen es jemals zustande bringen mochte!

Warum konnte diese Wahrheit denn nicht weiter in der Vergangenheit ruhen?

Zu Ellas Erstaunen gab es auch darauf eine Antwort.

*April 1998*
*Heute ist Ellas 16. Geburtstag!*
*Ich sehe der Zukunft mit gemischten Gefühlen entgegen.*
*Doch eines nach dem anderen.*
*Wie es scheint, ist mein kleines Wunder vollkommen menschlich.*
*Sie zeigt nicht auch nur den geringsten Ansatz, meine Gene erhalten zu haben – was mich zunächst einmal enorm beruhigt.*
*Ella ist zu einem ganz normalen Teenager herangewachsen – nun ja, so normal sie halt mit mir als Mutter werden konnte!*
*Doch, noch ist die Sache mit den Genen nicht gebannt.*
*Eine Vermutung nimmt immer konkretere Formen an und wächst sich allmählich zur Befürchtung aus: Die wahren Gene schlummern nur vor sich hin, warten auf den richtigen Moment, um geweckt zu werden!*
*Ich bin 584 Jahre alt – kein Alter für jemanden wie mich. Doch lebe ich ein anstrengendes Leben, das – für jemanden wie mich – trotz allem jede Menge Gefahren birgt.*
*Was also, wenn die wahre Herkunft bei meiner Tochter an die Türe klopft und ich nicht mehr da bin, um ihr den Weg zu weisen?*
*Dieses Risiko kann ich nicht eingehen. Keine Angst, Ella, ich werde dich in der Stunde deines Schicksals nicht alleinelassen ...*

*Dezember 1998*
*Meine geliebte Tochter!*
*Wenn du diese Zeilen liest, dann werde ich nicht mehr unter den Lebenden weilen – aber keine Angst, ich habe meinen Tod weder geplant noch vorhergesehen, dies ist eine reine Vorsichtsmaßnahme meinerseits!*
*Ich will nur sichergehen, dass du das Vermächtnis meiner Ahnen aus vertrauensvoller Quelle erfährst: von mir selbst!*

*Ja, mein kleiner Mustang, die Welt ist längst nicht so, wie sie scheint! Vampire sind nicht bloß erfundene Figuren aus der Mythologie, sie sind so real wie Regen und Sonnenschein – und du stammst zur Hälfte von einem ab!*
*Du bist ein Wunder der Evolution, meine kleine Löwin, und das nicht nur für mich. In meinen ganzen 584 Jahren habe ich noch nie gehört, dass Mensch und Vampir Kinder zeugen können. Doch bist du der lebende Beweis dafür – deine Existenz könnte unserer Rasse womöglich den Weg in die Zukunft ebnen!*
*Doch fürchte dich nicht, mein tapferes Mädchen – das Schicksal ist dir besser gesonnen als mir.*
*Ella, meine geliebte kleine Ella, wenn du diese Zeilen liest, dann hat sich auch meine Vermutung bestätigt: Die Gene meiner Ahnen sind aus ihrem Schlummer erwacht und haben Besitz von dir ergriffen!*
*Ich hätte dir ein durch und durch menschliches Leben gegönnt, doch ist dir nun wohl ein anderes Dasein bestimmt. Du bist nicht länger Teil der Gesellschaft, in welcher du aufgewachsen bist – die Gene deiner Vorfahren breiten sich in dir aus, und du kannst es lediglich akzeptieren: Der Mensch in dir ist nicht länger, mein Kind, von nun an bist du eine von uns, eine Vampirin, wie ich es einst war!*
*So schließt sich wohl der Kreis – das Leben, das ich an jenem Tage des Jahres 1614 hinter mir gelassen habe, hat dich nun eingeholt!*
*Wie ich mir da so sicher sein kann, fragst du dich?*
*Lass mich dir eine einzige Frage stellen: Wie lautet SEIN Name?*
*Hattest du von der ersten Sekunde an das Gefühl, den Richtigen gefunden zu haben, ohne überhaupt zu wissen, wer er denn eigentlich war oder woher er kam?*
*Herzlichen Glückwunsch, mein kleiner Mustang – du bist deiner wahren Liebe begegnet! Eine Begegnung, die nicht nur deine Hormone geweckt hat, sondern auch die in dir schlummernden Vampir-Gene!*
*Mag sein, dass du mich nun verurteilst, mich vielleicht sogar hasst – doch ich konnte dir nicht von Anfang an die Wahrheit sagen.*
*Wozu hätte ich dich auf ein Leben vorbereiten sollen, dessen ich mir nicht einmal sicher war, ob es überhaupt jemals eintreffen würde?*
*Auch wenn ich mich zu einem menschlichen Dasein entschieden hatte, so musste ich doch weiter das Geheimnis um unsere Existenz wahren!*
*Die Welt ist einfach nicht bereit für die Wahrheit.*

*Falls ich falsch gehandelt habe, so tut es mir aufrichtig leid – doch ich habe immer nur das Beste für dich gewollt!*
*Ich kann nur noch einmal betonen, dass du keine Angst haben musst, vor dem, was auf dich zukommt.*
*Vampir zu sein, hat nichts mit dem zu tun, was du aus diversen Büchern kennst – wir sind eine zivilisierte, organisierte Spezies, die eine genetisch bedingte Schwäche für rote Blutkörperchen hat!*
*Leider gibt es aber auch in unseren Reihen schwarze Schafe – hüte dich vor den Rebellen! Sie sind nichts anderes als Verräter, die sich wohl gerne als Herrscher über das gesamte Universum sähen!*
*Doch möchte ich an dieser Stelle das Wort an meine treue Freundin Destiny übergeben. Sie wird dir alle Fragen beantworten, dich unterstützen und dir helfen, wo sie nur kann. Ich weiß schon, sie ist ja nur ein Rabe – aber einer, der dich seit dem Tage deiner Geburt kennt.*
*Schenke Destiny dein Vertrauen, sie wird dir eine ebenso ergebene Freundin sein wie mir!*
*Nun mach es gut, meine kleine, wilde Löwin – und vor allem mach es deiner wahren Liebe nicht zu schwer.*
*Denk immer daran, er folgt auch nur dem Ruf der Hormone, er kann genauso wenig dagegen an wie du.*
*Hab Vertrauen, mein Kind – und du wirst ein glückliches, langes Leben voller Liebe erfahren.*
*Und vergiss nicht, ich mag zwar nicht mehr an deiner Seite sein, doch erst wenn du nicht mehr an mich denkst, werde ich dich wirklich verlassen!*
*Deine, dich immer liebende Mutter!*

# Kapitel 16

Mittlerweile war es weit nach Mitternacht. Ella hatte den kompletten Tag mit Lesen verbracht. Immer wieder hatte sie einzelne Passagen nachgelesen, in der Hoffnung, vielleicht doch etwas falsch verstanden zu haben. Doch dem war nicht so.

Destiny sorgte schon dafür, dass auch die letzten winzigen Zweifel über das Gelesene beseitigt wurden. Stundenlang hatte sie Ella über das Vampir-Sein aufgeklärt. Hatte ihr alles anvertraut, was sie jemals zu diesem Thema in Erfahrung bringen konnte. Ella war so perplex gewesen, dass sie einfach nur noch stillschweigend zugehört hatte.

Zum ersten Mal in ihrem Leben war sie so *richtig* sprachlos!

Und wirklich Zeit zum Nachdenken hatte Ella ja auch noch nicht gehabt. Bisher wurde sie nur mit Informationen gefüttert, doch den Verarbeitungsvorgang hatte sie noch lange nicht begonnen. Und die Rabendame war noch lange nicht fertig mit ihren Ausführungen!

Doch Ella war es. Sie konnte einfach nicht mehr. Seit, ... ja seit beinahe vierundzwanzig Stunden war sie nun im Dauereinsatz. Sie hatte keine Minute geschlafen, doch fühlte Ella sich auch keineswegs müde. Sie war topfit, allerdings bloß körperlich. Ihr Geist war restlos erschöpft, dank der Informationsflut, die sie erhalten hatte. Ella brauchte eine Pause. Nein, was sie wirklich brauchte, war Abstand. Zeit alleine, um all die befremdlichen Neuigkeiten in Ruhe zu überdenken. Was sie aber noch dringender brauchte, war eine belebende Dusche, denn in ihrem Kopf summte es bereits wie in einem Bienenstock!

Destiny zeigte sich verständnisvoll. Die kleine Rabendame hatte ein großes Herz, und so ließ sie Ella mit ihren Gedanken alleine. Die wichtigsten Details waren ohnehin angesprochen worden, und was den Rest betraf, nun ja, gut Ding brauchte eben Weile!

Kaum war der Rabe zur Terrassentür hinausgeflogen, sprang Ella unter die Dusche. So heiß wie nur erträglich ließ sie das Wasser auf sich herunterregnen. Fast augenblicklich entspannten sich ihre Muskeln, und ein wohliges Gefühl innerer Wärme durchströmte Ella. Lediglich ihr Gehirn wollte sich nicht anpassen. Unaufhörlich versuchte es, die ihm anvertrauten Informationen zu sortieren.

Nun, objektiv betrachtet hatte es ja auch keinen Sinn, sich noch länger davor zu drücken. An wirkliche Ruhe war ohnehin nicht zu denken, solange sie diese Gedanken nicht auf die Reihe brachte.

Also konnte Ella auch gleich damit beginnen, sich den Kopf über ihre Zukunft zu zermartern.

Obwohl, ... also *so* furchterregend hatte sich Destinys Definition darüber auch wieder nicht angehört. Und doch klang es in Ellas Ohren einfach unfassbar. Genau genommen fühlte sie sich im Moment weder als Mensch noch als Vampir – sonder viel eher als Frankensteins Monster!

Wo sollte das alles bloß hinführen?

Würde sie in Zukunft hinter jedem Blutstropfen herlechzen?

Nein, das ganz sicher nicht. Ella versuchte tief in sich hineinzuhören, aber den Wunsch nach Blut konnte sie nicht finden – noch nicht jedenfalls! Doch Destiny ließ anklingen, dass dies möglicherweise auch gar nicht der Fall war. Ella war immerhin gänzlich menschlich aufgewachsen. Und nur weil das Vampir-Gen plötzlich die Macht an sich riss, musste dies nicht zwangsläufig bedeuten, dass auch ihre bisherigen Körpereigenschaften mutierten. Schließlich trug sie ja schon seit ihrer Geburt beide Gene in sich. Im Gegensatz zu sich verwandelnden Menschen musste Ellas Körper keinen Kampf gegen eine körperfremde Substanz führen. Bei ihr wechselten lediglich die Machthaber die Position.

Doch mit hundertprozentiger Sicherheit wusste das niemand. Denn Ella war und blieb ein Prototyp. In der jahrtausendealten Geschichte der Vampire hatte es noch nie eine erfolgreiche Fortpflanzung zwischen beiden Spezies gegeben – allein schon aus dem Grund, weil es für die Vampire schlicht keinen Sinn ergab, sich bewusst mit einem Blutsauger zu paaren. Doch die Wege der wahren Liebe schienen unergründlich zu sein, und Ella war der lebende Beweis dafür!

Doch was hatte das alles nun für Ella selbst zu bedeuten?

Fragen, nichts als Fragen – der Bienenstock war längst wieder zurückgekehrt, nur dass diesmal noch mehr Bienchen in Ellas Kopf herumsummten. Es nutzte nichts, sie musste hier raus, musste an die frische Luft. Ja, eine kalte Brise war jetzt genau das Richtige.

Gesagt, getan, fand Ella sich wenig später in der Garage wieder. Ohne darüber nachzudenken, setzte sie sich hinter das Steuer ihres Mustangs und fuhr aufs Geratewohl drauflos. Wohin ihre Fahrt gehen sollte, das wusste sie selbst nicht. Ella wollte einfach nur weg!

Doch war ihr Ziel wirklich so undefiniert, wie sie dachte?

Ohne sich selbst darüber im Klaren zu sein, steuerte Ella einen ganz bestimmten Ort an. Es waren wohl ihre Instinkte, die sie leiteten, oder doch ihr Unterbewusstsein?

Oder waren es am Ende gar die beiden Vögel, die Ellas Mustang von Anfang an folgten?

Balthasar war frustriert, Valentina einfach nur gelangweilt. Die Kontaktaufnahme mit dieser Menschenfrau war das Eintönigste, das sie je durchstehen mussten. Wie auch schon beim ersten Mal hatten sie die äußere Hülle eines Vogels gewählt. Diesmal jedoch entschieden sie sich für das Federkleid der Taube. Der Fauxpas mit den Rabenfedern war keiner Wiederholung wert.

Seit den frühesten Morgenstunden harrten sie nun bereits vor Ellas Wohnung aus, ohne auch nur das geringste Lebenszeichen von ihr zu erkennen. Dann endlich tauchte sie doch noch auf, aber das Glück war nicht auf der Seite der beiden Vampire.

Ella hatte eine für Blutspender unerwartete Schnelligkeit und Wendigkeit an den Tag gelegt, welche die beiden Vampire für einen winzigen Augenblick ins Staunen versetzte. Dadurch verpassten sie dann leider ihre einzige Chance, sich ihr zu nähern.

Denn kaum war der Rabe – den sie zugegebenermaßen auch nicht bemerkt hatten – in die Wohnung geflogen, hatte die kleine Blutspenderin auch schon wieder alle Eintrittspforten geschlossen.

Nun blieb Balthasar und Valentina nichts anderes übrig, als draußen zu warten, bis sich die nächste Möglichkeit bot. Doch es geschah nichts! Den ganzen Tag und die halbe Nacht verbrachten Mensch und Rabe in ein und demselben Zimmer. Bewegten sich keine Spur! Ja nicht einmal ein Fenster wurde gekippt – dann hätten die Vampire zumindest den Raben mental ausspionieren können.

Wobei, was mochte der schon für Geheimnisse haben? Und wie blöd waren diese Menschen erst, wenn sie sich schon Raben als Haustiere hielten?

Valentina war schon bald so genervt, dass sie anordnete, nur noch die Ausgänge im Auge zu behalten. Ihre ach so einfache Idee erwuchs sich nun in eine zermürbende Folter. Und das war etwas, was sie dann doch lieber anderen angedeihen ließ!

Als sie schon glaubte auf dem Baum vor dem Haus festgefroren zu sein, meldete Balthasar Bewegung. Der Rabe war davongeflattert. Valentina zog kurz in Erwägung, dem Tier zu folgen – doch versprach sie sich eigentlich nichts von den Gedanken eines Friedhofsgeiers. Und nur wenig später kam dann auch endlich das Objekt der Begierde zum Vorschein.

Sofort hefteten die beiden Vampire sich auf ihre Fersen – von nun an sollte sich das Blatt zu ihren Gunsten wenden!

Valentinas genial einfacher Plan war es, Ella in den Zoo zu lotsen und sie dort einen kleinen Unfall mit einer Raubkatze erleiden zu lassen. Einen tödlichen Unfall selbstverständlich! Doch während sie ihre liebreizende Stimme in Ellas Kopf einschleuste, drangen Gedankenfetzen derer selbst an Valentinas Gehör.

Augenblicklich war der Plan vergessen!

Valentina glaubte zu träumen. Das war ja fast schon zu gut, um wahr zu sein. Was sich hier erbot, war nicht bloß die Aussicht auf Vergeltung, nein, hier öffnete sich eine ganz neue Variante. Eine mit Aussicht auf jede Menge Spaß! Und Valentina war zu lange in der Gestalt einer Katze durchs Leben gegangen, als dass sie jetzt dem Spieltrieb hätte widerstehen können. Ja, wie jede anständige Katze würde auch sie erst noch ein bisschen mit ihrer Beute spielen, ehe sie ihr den finalen Todesbiss gönnte!

Als wäre es das normalste aller Dinge, parkte Ella ihren Wagen vor den Toren des Zoos. Dass es drei Uhr früh war, irritierte sie nicht im Geringsten. Zu ihrer Verteidigung sei gesagt, dass ihr eigentlich gar nicht bewusst war, wo sie war oder was sie hier suchte. Erst als Ella sich vor dem – natürlicherweise verschlossenen – Tor wiederfand, wurde sie sich dieses Umstandes bewusst. Doch dann ließ sich eine weiße Taube genau vor ihr nieder und beäugte sie.

„*Um diese Zeit so ganz alleine noch unterwegs? Du wirst dich doch nicht verirrt haben?*"

Ella glaubte, diese liebliche Stimme schon einmal gehört zu haben doch, ... das musste wohl Einbildung sein.

„*Keine Sorge, mein Täubchen, ich bin aus gutem Grund hier!*", versuchte Ella sich nicht nur herauszureden, sondern auch selbst darüber klar zu werden, was sie hier denn eigentlich tat. Langsam begann sie die Mauer entlangzuschlendern, gefolgt von der Taube.

„*Du kannst unsere Worte also verstehen*", stellte die Taube nachdenklich fest. „*Bist du deshalb hier?*" Sie flatterte auf die Mauer hinauf. „*Du willst dich mit den Zootieren unterhalten, stimmt's? Bist wohl noch nicht lange ein Tierflüsterer, oder?*"

Abrupt blieb Ella stehen und sah zu der Taube auf. Skeptisch betrachtete sie einen Moment lang das Tier. Hatte dieser kleine Parasitenteppich etwa gar den Nagel auf den Kopf getroffen?

Warum auch nicht?

Da drinnen gab es alle möglichen Tiere ... außerdem musste Ella irgendwo in Ruhe nachdenken ... vielleicht konnten ihr die Tiere ja wirklich irgendwie helfen ... es war mitten in der Nacht, außer ihr war niemand hier … und, hatte sie nicht plötzlich bemerkenswerte körperliche Fähigkeiten … wenn sie also einfach über die Mauer springen würde …! Kaum gedacht, spazierte Ella auch schon im Inneren des Zoo-Geländes umher!

„*Alle Achtung, das ist doch sehr … ungewöhnlich, würde ich mal sagen!*" Die Taube hatte nun wieder aufgeschlossen und flatterte neben Ella her.

„*Glaub mir, ich dachte bis vor Kurzem auch noch nicht, dass ich zu so etwas fähig wäre!*", antwortete Ella völlig automatisch.

„*Dann hat sich dein Leben also verändert?*"

„*Das kannst du laut sagen! Wenn ich doch nur wüsste, was ich jetzt machen soll!*" Seltsamerweise fühlte Ella sich in Gegenwart dieses Vogels wohl.

„*Vielleicht kann ich dir helfen …?*", bot sich die Taube an.

„*Ich wüsste nicht, wie! Ich meine … nichts für ungut, aber du bist eine Taube, ein Vogel. Wie solltest du verstehen können, wie ich mich fühle?*" Dieses Tier hatte etwas an sich, dem Ella einfach nicht widerstehen konnte!

„*Versuch es einfach!*", sprach die Taube ermutigend.

Ella dachte kaum einen Augenblick lang darüber nach. Ja, was sollte schon passieren? „*Weißt du, da lässt du dich einmal mit einem gut aussehenden Mann ein – und am nächsten Tag erfährst du, dass du ein Vampir geworden bist!*" Und schon schüttete Ella, ohne mit der Wimper zu zucken, dieser Taube ihr Herz aus – und es tat irgendwie auch noch gut!

„*Nun, da kann ich dir tatsächlich nicht weiterhelfen. Aber ich kann dir die Fledermäuse empfehlen – die kennen sich auf diesem Gebiet aus!*"

„*Ach ja, können die mir sagen, wie es ist, wenn man mutiert ist? Wie man sich fühlt, wenn man plötzlich zu … zu … zu einem Monster geworden ist?*", antwortete Ella patzig.

„*So … du siehst dich als Monster*", stellte die Taube ungerührt fest. „*Aber, … sind wir das nicht alle – mehr oder weniger?*"

Nun war Ella doch etwas irritiert. „*Wie meinst du das?*"

„*Vielleicht betrachtest du das von der falschen Seite. Nimm doch nur uns Tiere. Mehr als die Hälfte von uns fällt – aus menschlicher Sicht – irgendwie in die Kategorie Monster. Doch sehen wir Tiere uns auch so?*

*Sieht die Gazelle den Geparden als Monster – nur weil er sie jagt, um zu überleben? Denk mal darüber nach – fressen oder gefressen werden! Vielleicht, ... nein, ich bin mir sicher: Du solltest mit den Raubkatzen sprechen!"* Und schon war die Taube auf und davon!

Nachdenklich hielt Ella inne. Was wollte ihr diese Taube eigentlich sagen?

Was für ein eigenartiges Geschöpf die doch war! Schade, dass sie weg war. Nein, vielmehr noch: Ella fühlte sich regelrecht *alleine*, ohne diese eigentümliche Taube! Also machte sie sich – ohne weiter darüber nachzudenken – auf die Suche nach den ‚Monstern' aus dem Tierreich.

Auf ihrem Weg durch den Zoo begegnete Ella allen möglichen Monster-Anwärtern. Bären, Wölfen, Eisbären, ganz zu schweigen von Krokodilen und anderen Reptilien, die Ella nur zu gerne in diese Kategorie steckte – auch wenn sie gewiss nicht dort hingehörten. Und jedes einzelne dieser Tiere sprach zu ihr – als wollten sie Ella zum Bleiben bewegen. Doch *sie* fühlte sich von keinem einzigen *angesprochen*!

Sie konnte keine Gemeinsamkeiten fühlen, nichts, das sie mit diesen Geschöpfen verbinden mochte – bis sie die Raubkatzen-Gehege erreichte.

Obwohl Ella seit Neuestem über ausgezeichnete Nachtsichtigkeit verfügte, konnte sie im ersten Moment rein gar nichts erkennen, als sie ihre Nasenspitze an eines der Gehege drückte. Denkbar erschrocken war sie, als dann wie aus dem Nichts ein ausgewachsener Löwe an das Gitter des Geheges sprang und sie anbrüllte.

*„Was suchst du hier?"*, knurrte eine männliche Stimme gefährlich in ihrem Kopf. Wieder hatte Ella den Eindruck, diese Stimme zu kennen, doch sie war zu erschrocken, als dass sie weiter bei dem Löwen verweilen wollte. Hastigen Schrittes ging sie weiter.

*„Na, kannst du dich nicht entscheiden?"*

Ella konnte ihn hören, jedoch nicht sehen. Er klang wie der Löwe vorhin, doch weniger aggressiv.

*„Was ist mit dir – suchst du ein Kätzchen zum Spielen?"*, raunte diese Stimme dafür umso bedrohlicher in Ellas Kopf – und plötz-

lich tauchte aus der Dunkelheit ein Gepard vor ihr auf, schlich lautlos am Gitter entlang und funkelte sie mit glühenden Augen an.

*„Nichts für ungut, tut mir leid!"*, stammelte Ella. Schnell bog sie um die Ecke – irgendwie waren diese Tiere hier unheimlich.

*„So viele Miezekätzchen und noch immer keines für dich dabei?"* Erschrocken drehte Ella sich um. Hinter ihr lief ein riesig anmutender Tiger am Gitter auf und ab – und wieder glaubte sie, diese Stimme schon einmal gehört zu haben. Die Raubkatze schenkte ihr ein beherztes Fauchen. *„Entscheide dich – oder sollen wir dir diese Bürde abnehmen?"*

*„He, ich wollte euch nicht stören – tut mir wirklich leid!"* Ella bemühte sich ruhig zu bleiben. Immerhin waren die Tiere ja alle hinter Gitter. Selbst wenn sie wollten, sie *konnten* sie nicht fressen!

Langsam setze sie ihren Weg fort – ohne zu bemerken, dass hinter ihr der Tiger über das Gehege sprang, sich im Zuge dessen in eine menschliche Gestalt wandelte und lautlos in die entgegengesetzte Richtung davonging.

Ohne es zu wissen, steuerte Ella nun direkt auf das Jaguar-Gehege zu. Frischen Mutes wagte sie sich wieder bis ans Gitter vor – und wieder konnte sie nichts erkennen. Aber aus einem unerklärlichen Grund fühlte sie sich hier wohl – und dann war plötzlich wieder diese vertraute Stimme in ihrem Kopf.

*„Sei unbesorgt, die Jungs wollten nur spielen!"*

Ella konnte noch immer nichts sehen – nichts außer einem Paar Augen, das irgendwo ganz hinten im Gehege leuchtete. Wie gebannt starrte sie auf die zwei Punkte, magisch angezogen von dieser liebreizenden, einschmeichelnden, ja beruhigenden Stimme.

*„Sie haben sich nur einen Spaß mit dir gemacht – ist im Tierreich nicht anders als bei euch …!"*

Langsam – ganz langsam – bewegten sich die zwei leuchtenden Punkte nun auf Ella zu, doch die Gestalt nahm immer noch keine Formen an. Ella konnte nur vermuten vor einem Raubtier-Gehege gelandet zu sein. Denn trotz all der Lieblichkeit, welche diese Stimme ausstrahlte, war Ella der gefährliche Unterton nicht entgangen: So konnte einfach nur eine Raubkatze klingen.

*„… wenn Jungs spielen, dann kann es schon mal wild hergehen!"*

„*Ja, wirklich sehr witzig, mich so zu schrecken!*" Ella hatte ihr altes Selbstvertrauen wieder zurückgewonnen. „*Könnt ihr nicht miteinander spielen – so wie normale Raubkatzen?*"

„*Sei nicht ungerecht – auch unsere Jungs freuen sich über eine kleine Abwechslung im Alltag!*"

„*Abwechslung? So nennst du das? Habt ihr Raubkatzen in letzter Zeit nichts zu fressen bekommen, oder seid ihr von Grund auf bösartige ... hinterhältige ...*"

„*Monster?*"

„*... Ungeheuer, wollte ich eigentlich sagen*", murmelte Ella irritiert. Die Augen befanden sich nun direkt vor ihr, doch immer noch sah sie nur Schwarz ... nein, das Schwarz hatte Flecken ... und mit einem Mal sah Ella glasklar. Vor ihr stand das schönste Geschöpf, das sie je gesehen hatte, ein wahres Prachtexemplar eines ... schwarzen Panthers?

„*Willst du mich beleidigen?*" Anmutig und stolz präsentierte sich das Tier nun vor Ellas Augen. „*Siehst du nicht, dass ich ein Jaguar bin?*" Unschlüssig betrachtete Ella die Großkatze. „*Ist das nicht ein und dasselbe?*"

„*Du meinst, weil sowohl Jaguar als auch Leopard Schwärzlinge hervorbringen, sind wir das Gleiche?*"

„*Woher soll ich denn wissen, dass ihr euch unterscheidet?*", murrte Ella zurück.

„*Nun, von dir hätte ich mir das schon erwartet ... oder willst du etwa behaupten, dass auch Mensch und Vampir* dasselbe *sind, nur weil sie auf den ersten Blick gleich aussehen?*"

Das hatte gesessen!

Innerlich wie äußerlich erstarrt sah Ella auf die Jaguardame vor ihr. „*Woher ... wieso ... weshalb ...?*" Nicht einmal gedanklich brachte sie einen vollständigen Satz auf die Reihe. Mit geschmeidiger Eleganz ließ sich der Jaguar nun vor ihr nieder.

„*Unterschätze niemals ein Tier – erst recht nicht eines, das selbst zur Gruppe der Jäger zählt!*"

„*Aber wie, ... also ... verdammt noch mal! Das ist einfach zu viel auf einmal!*" Ella konnte den Wald vor lauter Bäumen nicht mehr sehen.

*"Nun, du musst wohl noch so einiges lernen – aber weder jetzt noch hier!"*, sprach die liebliche Stimme. *"Geh nach Hause, ruh dich aus – und wenn du mir vertraust, dann triff mich heute Nacht wieder!"*

*"Gerne!"* Ella fühlte sich tatsächlich erleichtert. Sie wusste nicht, warum, doch dieser Jaguar hatte instinktiv voll ins Schwarze getroffen – vielleicht ein Wink des Schicksals. *"Dann komme ich nach Einbruch der Dunkelheit wieder hier..."*

*"Nein!"*, unterbrach der Jaguar. *"Nicht hier, sagte ich! Ich kenne da ein wunderbares Waldstück, dort werden wir uns treffen!"*

*"Sag mal, spinnst du? Ist dir entgangen, dass du in einem Gehege gefangen bist? Du hast selbst gesagt, dass du ein Jaguar bist – und kein Vogel oder so, also ..."*

*"Vertraust du mir?"*, unterbrach der Jaguar erneut.

*"Ja, ... ich denke schon!"* Ella konnte nicht sagen, warum, doch es war so. Sie fühlte sich in Gegenwart dieses Tieres einfach ... *sicher* und *beschützt!*

*"Dann triff mich morgen Nacht im Laaer Wald. Mach dir keine Gedanken über das Wie – ich habe meine Beziehungen! Und jetzt geh, bevor es hell wird und man dich entdeckt!"*

Balthasar hatte am Ausgang – gut getarnt als Taube – gewartet, bis Ella fortgefahren war.

Anschließend machte er sich auf den Weg zum Jaguar-Gehege.

*"Gut gemacht, mein Lieber, du warst wirklich gut!"*, begrüßte Valentina ihn schon von Weitem. *"Die Böse-Katze-gute-Katze-Nummer funktioniert doch immer wieder – sie war wie Wachs in meinen Händen!"*

*"Dann werden wir sie also wieder treffen?"*

*"Natürlich! Morgen Nacht, mein lieber Balthasar, werden wir herausfinden, wie sehr die kleine Ella mir tatsächlich vertraut!"*

# Kapitel 17

Ella erreichte die Wohnung bei Tagesanbruch. Obwohl in ihrem Kopf Tausende von Gedanken herumschwirrten, hatte sie vorläufig genug von alledem. Sie hatte einfach keinen Nerv mehr, um auch nur einen einzigen dieser Gedanken weiterzuverfolgen. Was sie brauchte, war Abstand, alles ein wenig überschlafen und dann die Sache systematisch angehen. Nun, das riet zumindest ihr Verstand.

Doch Ella wusste genau, dass sie noch nie mit *System* an etwas herangegangen war. Dennoch, ein paar Stunden Schlaf würden ihr auf jeden Fall guttun!

Vier Stunden später fuhr Ella erschrocken in die Höhe. Es dauerte einige Sekunden, bis sie erkannte, dass sie im Bett in ihrem Zimmer lag. Sie hatte tief und fest geschlafen, doch war ihr Schlaf überschattet von dunklen und grauenerregenden Träumen. In ihrem Unterbewusstsein hatte Ella einfach alles zusammen gemixt: Ihre Mutter war der Rabe, sie selbst war der Jaguar, und am Höhepunkt kam auch Nat vor – sozusagen als Dessert, nachdem der Jaguar den Raben verspeist hatte.

Ella war nicht nur von ihrem Albtraum angewidert, sondern auch von sich selbst. Ja, und mit einem Schlag waren all die Tausend Gedanken wieder in ihrem Kopf.

Was, wenn so etwas tatsächlich passieren würde?

Was, wenn sie doch plötzlich Lust auf Blut verspürte und dann jemanden anfiele, womöglich sogar tötete – und was, wenn dieser jemand gar Nat wäre?

Er sollte ihre *wahre* Liebe sein?

Aber um welchen Preis? Es konnte doch nichts mit Liebe zu tun haben, wenn es ihn sein Leben kostete? Was hatte sie diesem armen Kerl da nur eingebrockt! Hätte sie ihn doch bloß nie getroffen. Dann wäre sie noch immer die Ella Meyer, die sie seit siebenundzwanzig Jahren war!

Doch ... auch das konnte wohl niemand mit *hundertprozentiger* Gewissheit sagen!

Nun, vielleicht vermochte ja dieser Jaguar etwas Licht in die ganze Angelegenheit bringen. Ella hatte das Gefühl, das hinter dieser Raubkatze mehr steckte als eben nur ein Raubtier. So wie bei Destiny, nur ... irgendwie doch anders. Es war ... ja, sie wusste selbst nicht so recht, wie sie es beschreiben sollte. Aber in gewisser Weise fühlte Ella sich regelrecht mit diesem Tier verbunden, als ob eine Art Seelenverwandtschaft vorhanden wäre. Doch, vielleicht war es auch nur die dunkle Bedrohung, die der Raubkatze anhaftete und welche Ella zurzeit auch in sich zu sehen glaubte.

Wie auch immer, sie sah dem nächtlichen Treffen mit dem Jaguar mit Freuden entgegen und erhoffte sich, wenn schon sonst nichts, dann zumindest eine weitere Freundin im Reich der Tiere gefunden zu haben!

Da Ella nun wieder etwas Zuversicht gewonnen hatte, fiel es ihr auch leichter, sich zum Aufstehen zu motivieren. Immerhin war es erst Mittag, und den ganzen Tag im Bett zu liegen und die Gedanken kreisen zu lassen machte die Sache auch nicht besser. Mit frischem Elan sprang Ella also aus dem Bett. Als Erstes brachte sie wieder Ordnung in ihr Zimmer. Mutters Bücher lagen schließlich noch überall am Boden verstreut. Danach beseitigte sie das Chaos, welches ihr Liebesabenteuer mit Nat im Wohnzimmer hinterlassen hatte. Der Gedanke *daran* ließ ihr einen prickelnden Schauer über den Rücken laufen. Jammerschade, dass sie nicht wirklich mit ihm zusammenkommen würde. Aber das Risiko, ihn womöglich – im wahrsten Sinne des Wortes – zu Tode zu lieben, konnte sie nicht eingehen!

Nachdem Ella ihrem Ordnungsfimmel nachgekommen war, beschloss sie, in der Küche zu experimentieren. Sie hatte seit ... ja, wann genau hatte sie eigentlich das letzte Mal was gegessen?

Auch wenn ihr davor jeglicher Appetit vergangen war, jetzt, wo sie bewusst darüber nachdachte, verspürte sie ernsthaften Hunger! Also zauberte Ella sich ein opulentes Mahl – soweit dies ihre, mittlerweile mager gewordenen, Vorräte eben zuließen. Und zu ihrer größten Freude *schmeckte* all das leckere Essen auch! Keine Spur von Ekel, Grausen oder gar Unverträglichkeit. Es war wie immer.

Ellas Hoffnung wurde bestärkt: Vielleicht brauchte sie ja tatsächlich kein Blut. Wenn selbst ihre Mutter – sozusagen als Vollblut-Vampirin – die Natur austricksen konnte, dann konnte sie das erst recht! Beflügelt von dieser Idee, experimentierte Ella die nächsten Stunden noch ein wenig weiter. Sie wollte einfach herausfinden, wozu sie denn nun wirklich fähig war.

Ihre Augen konnten im Dunkeln perfekt sehen, doch auch das Licht verursachte keineswegs Schmerzen. Ihre Haut war blass und sommersprossig wie eh und je, und auch die zarten Strahlen der Wintersonne änderten nichts daran. Keine Verbrennungen ungeahnten Ausmaßes, kein plötzliches Regnen von Asche oder Sprühen glühender Funken. Ella ging einen Schritt weiter: Es war noch immer eisig kalt für diese Gegend, doch selbst als sie in Unterwäsche auf der Terrasse stand, fühlte sie sich wohlig warm. Aber auch ihre anderen Sinne waren um ein Vielfaches geschärft. Ella konnte Dinge riechen, die sie nie zuvor wahrgenommen hatte, konnte hören, was auf der anderen Straßenseite gesprochen wurde. Ihre Bewegungen waren schnell und präzise, kombiniert mit der geschmeidigen Wendigkeit einer Katze. Und überraschenderweise fühlten sich ihre untrainierten Muskeln stahlhart an und keineswegs schmerzhaft überdehnt. Es war ein völlig neues Körpergefühl, das sie hier erforschte.

Dennoch, die Faszination über all diese Eigenschaften konnte Ella nicht vollständig über das hinwegtäuschen, was sie in ihrem Innersten fühlte: Dort, verborgen in der Tiefe, lag nach wie vor das Bild von Frankensteins Monster!

So neigte sich auch dieser Tag allmählich seinem Ende zu und wich schlussendlich der Nacht. Dem Zeitpunkt, dem Ella bereits entgegengefiebert hatte. Endlich würde sie diese geheimnisvolle Raubkatze wieder treffen. Insgeheim war sie ein wenig erstaunt, dass der Jaguar ausgerechnet den Laaer Wald vorgeschlagen hatte für ihr geheimes Treffen. Immerhin lag dieser praktisch um die Ecke von ihrer Wohnung, aber vom Zoo aus gesehen am anderen Ende der Stadt. Doch andererseits hatte Ella weitaus wichtigere Probleme, als dass sie sich auch noch darüber den Kopf zerbrechen wollte.

*Später* würde Ella vielleicht einmal darauf zurückblicken und sich denken: Hätte ich damals doch nur … Aber dann würde sich diese Fehlentscheidung nicht mehr rückgängig machen lassen!

Balthasar war angespannt wie selten zuvor. Er fühlte sich machtlos, unnütz, ja regelrecht ausgeliefert. Doch vor allem konnte er das Gefühl nicht loswerden, dass etwas ganz und gar falsch lief! Aber er konnte in seiner Hilflosigkeit absolut nicht sagen, was wie, wann oder wo passieren mochte. Also schob er seine Gefühle beiseite und befolgte pflichtergeben Valentinas Anordnungen.

Diese wollte den Tag in diesem Wald verbringen, um sich vor Ort kundig zu machen. Ja, Valentina hatte dieses Gebiet nicht zufällig ausgewählt. Zum einen gefiel es ihr dort ausgenommen gut, und zum anderen konnte sie von dort aus jederzeit in Ellas Nähe sein. Sollte diese Kleine also Faxen machen, dann würde Valentina augenblicklich eingreifen können. Ein Umstand, der ihr sehr wichtig erschien.

Nicht von minderer Bedeutung war auch die strategische Beschaffenheit des Waldes. Stets erkundete Valentina *alle* Verstecke, Rückzugsmöglichkeiten und Hinterhalte, die ein möglicher Angriffspunkt zu bieten hatte. Und hier fühlte sie sich und ihr Vorhaben von Anfang an gut aufgehoben. Auch wenn sie nicht vorhatte, Ella in dieser Nacht schon zur Strecke zu bringen, so war es doch wichtig, auf alle Eventualitäten vorbereitet zu sein.

Balthasar hingegen hätte lieber die menschliche Mutation selbst beschattet. Im Gegensatz zu Valentina wollte er den *Feind* erkunden. Doch noch stärker als dieser Wille war der Drang, an der Seite seiner – unerfüllten – Liebe zu bleiben. Also erforschten sie das – für ihre Verhältnisse – recht kleine Waldgebiet gemeinsam, transformierten sich danach spaßhalber quer durch die heimische Tierwelt und ließen den Tag mit einer nahrhaften Mahlzeit ausklingen. Mit Einbruch der Dunkelheit verwandelten sich die Vampire schießlich in Vögel und hielten von oben her Ausschau nach Ella. Und dann, es ging schon auf Mitternacht zu, kam sie endlich des Weges.

Während Valentina sich blitzschnell auf eine winzige, von Bäumen schützend umringte Lichtung zurückzog – wo sie Ella als Jaguar erwarten wollte –, war es Balthasars Aufgabe, Lotse zu spielen. Also ließ er sich vom Himmel herabgleiten, nahm menschliche Formen an und schlüpfte in seine Rolle. Er bewegte sich so lautlos und unsichtbar, dass Ella beinahe eine Herzattacke erlitten hätte, als er mit einem Mal vor ihr stand.

Eine dunkle, männliche Gestalt mitten in der Nacht, mitten im Wald: Darauf war Ella nicht vorbereitet. Da sie keine Ahnung hatte, wo genau das Treffen sein sollte, war sie einfach ziel- und planlos drauflosmarschiert, und wie aus dem Nichts stand plötzlich dieser finstere Geselle vor ihr: An die zwei Meter groß, von oben bis unten in Schwarz gehüllt, nur seine Augen leuchteten unnatürlich unter einer Kapuze hervor. Instinktiv schossen ihr Gedanken wie ‚Wer fürchtet sich vorm schwarzen Mann?' durch den Kopf. Doch der Schrecken währte zum Glück nur einige Sekunden.

„Folge mir, ich führe dich zum Jaguar", sprach die Gestalt mit seltsam tonloser Stimme. Als ob es sich um ein Geisterwesen handelte und nicht um jemanden aus Fleisch und Blut. Doch gleichzeitig hatte diese Stimme auch eine magische Anziehungskraft. Oder vielleicht gerade deshalb, das konnte Ella in diesem Moment nicht so genau sagen. Jedenfalls tat sie, wie ihr geheißen wurde, und stapfte hinter dem Mann her.

Es dauerte nicht lange, und sie erreichten die kleine Lichtung, wo der Jaguar wartete. Ein Anblick, der sich Ella ins Gedächtnis brannte. Die ungewöhnliche Helligkeit, die vom nächtlichen Himmel herabschien, wurde vom schneebedeckten Boden reflektiert, und inmitten dieses atmosphärischen Leuchtens lag der schwarze Jaguar. Als ob sich das Tier auf einer Lichtquelle befinden würde, die es von unten her erstrahlen ließ. Ella konnte ihre Augen nicht von der seltsamen Erscheinung abwenden. Doch schließlich brach die Raubkatze denn Bann.

*"Freut mich, dass du gekommen bist"*, sprach die liebreizende Stimme der Jaguardame. *"Balthasar, meinen Begleiter, hast du ja bereits kennengelernt."*

Ella warf der dunklen Gestalt, die nun hinter dem Jaguar stand, einen skeptischen Blick zu.

*"Er arbeitet im Zoo und ist nicht gerade sehr gesprächig, wie du vielleicht schon bemerkt hast"*, erklärte der Jaguar. *"Aber er hat ebenfalls die Gabe, die Tiere zu verstehen. Und er hat eine Schwäche für große Katzen, was mir ab und an zu einem kleinen Ausflug verhilft."*

Wieder huschte die Skepsis über Ellas Gesicht. Doch das Tier wusste ihre Bedenken geschickt zu zerstreuen.

*"Nun, wir wollen doch beide nicht mit dem Gesetz in Konflikt geraten, also belassen wir es bei dieser Information. Was du nicht weißt, kann dich auch nicht in Schwierigkeiten bringen, wenn du verstehst!"*

Von diesem Blickwinkel aus betrachtet, hatte der Jaguar natürlich recht. Also zerbrach Ella sich nicht weiter den Kopf darüber. Konnte ihr ja wirklich egal sein, wie dieser Balthasar die Raubkatze hierhergekarrt haben mochte!

*"Mein Name ist übrigens Tina"*, fuhr das Tier fort. *"Und jetzt erzähl mir doch, was dich belastet und wie ich dir helfen kann!"*

Ella stellte sich ihrerseits vor und tat abermals, wie ihr aufgetragen wurde. Sie konnte es sich nicht so recht erklären, doch sie verspürte den Wunsch, diesem Tier jede noch so eigentümliche Bitte zu erfüllen. So gefährlich ein Jaguar sein mochte, bei diesem hier hatte Ella das Gefühl, dem sanftmütigsten und lieblichsten Geschöpf des Universums gegenüberzustehen.

Also begann sie freimütig zu erzählen. Zwar hielt eine innere Stimme sie davon ab, diesem Tier von ihrer Mutter und den damit verbundenen Umständen zu berichten, doch sie schilderte genug Einzelheiten von Nat, der wahren Liebe und ihrem neuen Vampir-Sein, sodass sich diese Tina ein Bild machen konnte.

Und dieses Bild gefiel Valentina: Ella traf auf Nat, die wahre Liebe begann sich zu entfalten, und nach einer wilden Liebesnacht war sie plötzlich mehr Vampir denn Mensch. Schmerzlich kam die Erinnerung an eine längst vergangene Zeit zutage. Als viele, viele Jahrhunderte früher ihr Bruder seine wahre Liebe getroffen hatte. Ja, auch diese Alina war menschlich gewesen, und ohne es zu wissen, hatte Valerian sie damals konvertiert. Ein *winziger* Tropfen Blut hatte schon ausgereicht. Ach, wie blauäugig sie doch allesamt gewesen waren!

Doch Valerian musste sein Leben lassen, und die Umwandlung konnte nicht *vollzogen* werden.

Auch heute noch schmerzte es Valentina, wenn sie an die Qualen zurückdachte, welche Alina durchmachen musste, als sie der Wahnsinn heimsuchte. Durch die enge geschwisterliche Bindung und die Tatsache, dass auch Alina und Valentina lange befreundet waren, verspürte sie all den Schmerz, den die Arme ertragen musste. Doch Valentina konnte ihren *eigenen* Schmerz schon kaum ertragen. Da blieb einfach kein Platz für die bedauernswerte Alina. Zu sehr war Valentina besessen von den Gefühlen – die der Verlust ihres geliebten Bruders hervorgerufen hatte –, als dass sie ihrer einstigen Freundin und Schwägerin hätte zur Seite stehen können.

Jahrhundertelang hatte sie die Qual des Schmerzes beherrscht und beinahe zerfressen. Doch nun würde das alles ein Ende haben. Hier und jetzt stand ihr die Erfüllung ihrer hasserfüllten Sehnsucht gegenüber, die Offenbarung ihrer wutgesteuerten Träume. Die Genugtuung für die Ungerechtigkeit der Vergangenheit: Ella!

Das lange Warten hatte sich ausgezahlt. Valentina hatte regelrecht zu kämpfen, um ihr Frohlocken nicht durch die Fassade dringen zu lassen. Es war nicht nur einfacher als erwartet, nein, es war auch noch fast zu schön, um wahr zu sein. Denn, was diese kleine Mutantin hier nicht wusste, war die Tatsache, dass Nat selbst ein Vampir war! Tja, dieses kleine Detail hatte er seiner Zukünftigen noch nicht verraten. Ein Fehler, der ihn nun, schneller als erhofft, das Leben kosten würde!

Alles, was Valentina jetzt noch zu tun hatte, war, einen Keil zwischen die Liebenden zu treiben.

Sie musste Ella nur auf ihre Seite bringen, ihr Vertrauen in den Jaguar bestärken und sie von allen anderen Einflüssen fernhalten. Und wenn sie die richtigen Fäden zog, dann würde sie sogar zwei Fliegen mit einer Klappe schlagen können!

Doch, sie durfte sich nicht zu viel Zeit lassen. Diese Ella war eine tickende Bombe, die jederzeit hochgehen konnte – und das durchaus auch in die falsche Richtung. Valentina war keine Amateurin. Sie wusste, dass sie sich auf dünnem Eis bewegte, auf *sehr* dünnem. Doch wusste sie auch, wie man sich auf Eis am sichersten fortbewegte.

In diesem Fall war schnelles, geschicktes Handeln angesagt. Und dann, im richtigen Augenblick, würde sie, Valentina, diese kleine Zeitbombe selbst zünden. Und damit den endgültigen Untergang der Von-Aran-Dynastie einleiten!

# Kapitel 18

Als Ella im Morgengrauen von ihrem Treffen heimkehrte, beherrschte sie ein Gedanke mehr denn je: Sie war ein Monster! Nun, vielleicht war sie es ja *noch* nicht, doch über kurz oder lang würde sie eines werden.

Aus dem Gespräch mit dem Jaguar hatte Ella einen einzigen Schluss gezogen: Sie war *weder* Mensch *noch* Vampir. Alles, was sie war, war eine Laune der Natur. Wie ein schlechter Scherz, über den man weder lachen noch weinen konnte.

Ja, der Jaguar hatte ihr schonungslos klargemacht, was sie selbst bereits befürchtet hatte: Sie war tatsächlich so etwas wie Frankensteins Monster! Nur dass sie ein bedeutend hübscheres Äußeres hatte – was sie aber für ihre Umwelt nur noch gefährlicher machte. Denn wer vermutete schon eine tödliche Bedrohung hinter solch schöner Fassade?

Aber das eigentliche Problem bei Ella war, dass sie einfach die Erste ihrer Art war. Und niemand, wirklich niemand konnte genau sagen, wie sie sich entwickeln würde. Doch der Jaguar schien so seine Erfahrungen mit Vampiren zu haben.

Ellas Hoffnung, womöglich ohne Blut auskommen zu können, zerschlug die Raubkatze sofort. In ihrem Fall wäre dies höchst unwahrscheinlich, sie wäre einfach zu labil dafür. Auch wenn sie die menschlichen Gene weiterhin in sich habe, so würde ihr Körper das einfordern, was er zum Überleben brauchte: Blut und dessen lebensnotwendige Nährstoffe.

Möglicherweise konnte sie eine gute Zeit lang ohne auskommen, doch der Jaguar vermutete, dass die Vampir-Gene ihre menschlichen Nährstoff-Ressourcen auslöschen würden. Bald würde sie auf dem gleichen Stand sein wie die ‚echten' Vampire und sich von Blut ernähren *müssen*, um am Leben zu bleiben.

Ella fragte sich dabei keine Sekunde lang, wo dieser Jaguar sein fundiertes Vampir-Wissen herhatte. Sie war gefangen im Bann des Tieres. Die Worte dieser Tina klangen einfach so aufrichtig und echt. Der Jaguar hatte die Gabe, ihr die Wahrheit brutal ins Gesicht zu schleudern und sie gleichzeitig wie Balsam auf der Seele wirken zu lassen. Genau das, was Ella im Moment brauchte: die unverblümte Ehrlichkeit eines Außenstehenden.

Zudem wusste der Jaguar auch genau um das Monster-Sein Bescheid, passte er als Raubkatze doch selbst hervorragend in diese Kategorie. Nachtaktiv wie die Vampire, jagte er bevorzugterweise in der Dämmerung und lebte – gefürchtet von Mensch wie Tier gleichermaßen – als Einzelgänger. Aber fühlte sich der Jaguar deswegen als Außenseiter oder gar als Monster? Nein, er war sich seines Rufes bewusst und genoss ihn sogar.

Eine Raubkatze war ein stolzes Tier. Doch, nicht sie selbst hatte sich an das obere Ende der Nahrungskette gestellt, die Natur hatte dies getan. Also, wenn ihr Krone und Zepter schon verliehen wurden, warum sollte sie dann nicht auch herrschen? Ein Raubtier blieb nun mal ein Raubtier, da gab es nichts zu beschönigen. Also wozu alle Welt vom Gegenteil überzeugen wollen?

Steh zu dem, was du bist, *das* war die schlichte Devise des Jaguars!

Und, was sprach dagegen, den Eindruck des Bösen zu verstärken, wenn man so seine Ruhe und Unabhängigkeit erhalten konnte? Manchmal war es eben besser, sich nur von Zeit zu Zeit blicken zu lassen, um daran zu *erinnern*, wie gefährlich man sein konnte, als unentwegt damit zu prahlen, um im Mittelpunkt zu stehen.

Aber auf gar keinen Fall sollte man versuchen seine dunkle Seite zu verleugnen. Jeder musste seine Rolle annehmen und das Beste daraus machen. So auch ein ‚Monster'. Ja, viel mehr noch, Tina war der Meinung, dass die Welt ihre ‚Monster' tatsächlich brauchte. Ja, es musste Schwächere und Stärkere geben. Nur durch Gut *und* Böse konnte ein Gleichgewicht geschaffen werden.

Schließlich konnte ja nicht jeder am oberen Ende der Nahrungskette stehen!

Doch geizte Tina auch nicht mit Ratschlägen. Sie vermittelte Ella das Gefühl, genau zu wissen, was gerade in ihr vorging. Alles war neu, ungewohnt, man wusste nicht damit umzugehen, wusste nicht, welchen Ratschlägen man nun glauben sollte und was Humbug war. Und gerade in dieser sensiblen Phase seien nur zwei Dinge von Bedeutung: *eine* Vertrauensperson und absolute *Ruhe!*

Tina war der Ansicht, dass es nicht gut war, von allen möglichen Leuten alle möglichen Weisheiten zu erfahren. Das sorgte lediglich für Verwirrung. Ella sollte sich eine *einzige* Person aussuchen, der sie sich voll und ganz anvertrauen wollte – und damit basta. Alles andere sollte sie vorerst hintanstellen.

Tina riet ihr außerdem, sich wirklich von der Außenwelt zurückzuziehen. Ella sollte erst einmal sich selbst genau kennenlernen, ehe sie sich in der Gesellschaft bewegte. Eine Reizüberflutung durch alte Gewohnheiten würde da wohl eher kontraproduktiv sein. Ja, Tina ging sogar noch einen Schritt weiter: Sie gab Ella den Tipp, sich eventuell eine Zeit lang ins Reich der Tiere zurückzuziehen.

Immerhin konnte sie mit diesen Lebewesen kommunizieren. Und den Tieren war es egal, wer oder was sie war. Sie würden Ella akzeptieren, ohne Bedingungen daran zu knüpfen. Zudem konnte es ihr in Gegenwart von Tieren leichterfallen, zu ihrem ‚inneren Monster' zu stehen als in menschlicher Gesellschaft.

Und dann galt es ja noch, das größte Problem überhaupt zu bewältigen: Nat! Denn, wenn er einmal wusste, was aus Ella geworden war, dann galt es er oder sie. Auch hier hatte Tina kein Blatt vor den Mund genommen. Nur zu deutlich hatte sie Ella klargemacht, wie Nats sensibler Verstand darauf reagieren würde, wie beinahe unmöglich es für *Menschen* war, so etwas zu akzeptieren. Und wie hoch erst die Wahrscheinlichkeit war, dass sie ihn schließlich gar umwandeln würde. Ja, und *das* würde das Ende bedeuten. Denn, zu häufig habe Tina schon beobachtet, wie der Wahnsinn diese Leute zerstört habe. Ja, wie sie gar versucht haben, das, was sie einst liebten, zu töten.

Und *dann* gab es nur noch einen Ausweg: Wenn es so weit kommen würde, dann musste Ella Nat töten, ehe er die gesamte Rasse der Vampire ins Verderben ziehen würde!

Ella hatte lange über Tinas Worte nachgedacht. *Sehr* lange hatte sie sich den Kopf darüber zerbrochen und alles wieder und wieder durchdacht. Doch, wie sie es auch drehte und wendete, es lief immer auf das Gleiche hinaus. Wie ein Echo hallten die Worte ihrer Mutter in ihrem Kopf, jene Worte, die sie in ihrem ‚Tagebuch' verewigt hatte:

„… *der liebenswerte, charmante Romantiker ist nicht mehr … ist ein gewalttätiges, blutrünstiges Monster geworden … ich habe ihn getötet … sollte ich denn zulassen, dass er sein eigen Fleisch und Blut tötet?* "

Wie furchtbar das für ihre Mutter gewesen sein musste. Auch Ellas Vater war diese berühmte ‚wahre Liebe' gewesen, und er wurde zu einem grausameren Monster, als Ella es sich vorstellen wollte. Ereilte sie nun das gleiche Schicksal? Würde sie den Mann, den sie geglaubt hatte lieben zu können, im Endeffekt töten müssen – so wie ihre Mutter keinen anderen Ausweg mehr gesehen hatte?

Diese *Liebe* war wohl mehr Fluch denn Segen, wenn sie so viele Todesopfer forderte! Doch Ella wollte sich dieser Vorstellung nicht beugen. Sie konnte einfach niemanden töten, das war ganz und gar unmöglich.

Doch … was, wenn Nat *ihr* einen Pfahl durchs Herz bohren wollte?

Wie gut kannte sie ihn denn *tatsächlich?*

Was, wenn ihn dasselbe Los ereilte wie ihren Vater, wenn er Recht und Unrecht nicht mehr auseinanderhalten konnte? Wäre sie dann imstande, sein Leben auszulöschen, um ihr eigenes, und womöglich das vieler anderer, zu schützen?

Die ernüchternde Antwort lautete: Ja!

Nein, so weit durfte es einfach nicht kommen! Sie würde Tinas Rat befolgen und sich fürs Erste von der Welt zurückziehen. Und vor allem von Nat. Wenn sie einfach von der Bildfläche verschwinden würde, dann konnte sie ihn auch keiner Gefahr aussetzen. Das war bestimmt auch im Sinne dieser ‚Wahre-Liebe-Kiste'. Wenn es so etwas tatsächlich gab, dann konnte diese doch bestimmt nicht wollen, dass das Ganze tödlich endete.

Gewiss würde es so funktionieren – es *musste* einfach so sein!

Ob es wohl auch ihr Schicksal war, dass sie keine Familie mehr hatte? Niemanden, dem sie abgehen würde? Doch, ein kleiner Stich im Herzen rief Ella schnell wieder ins Bewusstsein, dass es da sehr wohl noch jemanden gab, der sie vermissen würde: Betty und Lilly!

Schmerzlich wurde ihr klar, dass sie auch ihre beiden Freundinnen womöglich nie wiedersehen konnte. Doch, sie konnte unmöglich das Leben anderer aufs Spiel setzen, erst recht nicht das derer, die sie wie Familie liebte!

Wie der Jaguar, so musste wohl auch sie zum Einzelgänger werden. Je weniger Kontakte, desto sicherer war die Menschheit vor ihr!

Und zu guter Letzt traf Ella noch eine folgenschwere Entscheidung. Die Wahl ihrer Vertrauensperson war gefällt: Es sollte Tina, der offene und zugleich sensible Jaguar werden!

Die Raubkatze hatte dies nicht ein einziges Mal in Erwägung gezogen, doch Ella befand es so für das Beste. Sie fühlte sich ja von Anfang an gut aufgehoben in Gegenwart dieses Tieres.

Demnach galt es nur noch eines zu tun: Tina über ihre Entscheidung in Kenntnis zu setzen!

Balthasar und Valentina verbrachten den Tag ganz in der Nähe von Ellas Wohnung. Getarnt als Vögel kreisten sie um den Gebäudekomplex wie die Geier um das Aas. Valentina wollte es auf keinen Fall verpassen, wenn Ella sich aus dem Haus machte. Denn, so wie sie die Sache angelegt hatte, war es nur eine Frage der Zeit, wann die Kleine sich auf den Weg in den Zoo machen würde.

Und es wäre doch wirklich zu dumm, wenn der Jaguar dann nicht dort wäre!

Balthasar hatte zwar vorgeschlagen, gleich im Zoo zu warten, doch Valentina war dies zu unsicher. Natürlich war sie voller Zuversicht, was ihre subtile Manipulationstaktik betraf. Doch wäre es ein Fehler gewesen, sich zu hundert Prozent darauf zu verlassen. Ella war im Moment absolut nicht berechenbar. Selbst der unnachahmliche Charme der Valentina von Aran konnte da mitunter nicht ausreichend sein. Ella befand sich in einer extrem labilen Phase, da war es allemal besser, in ihrer Nähe zu bleiben – um im Notfall noch rechtzeitig selbst Hand anlegen zu können!

Doch in diesem Fall war das gar nicht notwendig.

Wie erwartet fuhr Ella gegen Nachmittag ihren Wagen aus der Garage. Bald zeigte sich, dass Valentinas Plan aufgegangen war, denn als Ziel der Ausfahrt stellte sich der Tiergarten heraus. Und wen sollte Ella dort besuchen wollen, wenn nicht ihre neu gewonnene Raubkatzen-Freundin?

Während Ella also gemütlich in Richtung Jaguar-Gehege unterwegs war, eilten Balthasar und Valentina schnellen Flügelschlags voraus. Unbemerkt von den Besuchern – dank des miesen Wetters waren es ohnehin nicht allzu viele – ließ sich ein Spatz im Gebüsch nieder und wurde alsdann zur Raubkatze. Währenddessen flog Balthasar ein kleines Ablenkungsmanöver vor der nächstliegenden Überwachungskamera – immerhin fehlte diesmal ja der Schutz der Dunkelheit. Aber auch im Anschluss daran behielt er die Vogelgestalt und zog seine Kreise über dem Gehege. Einer musste ja den Überblick bewahren. Und schließlich kam auch Ella des Weges.

Schnurstracks marschierte sie zu dem Jaguar-Gehege. Diesmal wusste sie ja, wo es langging! Ella stellte sich so nah wie nur irgendwie möglich an das Gitter – so weit es halt ging, ohne vom Sicherheitsdienst verscheucht zu werden. Auf den ersten Blick konnte sie keine einzige Raubkatze ausfindig machen. Das Schlechtwetter lockte sie wohl nicht gerade ins Freie. Also beschloss Ella einfach ihr Glück zu probieren, indem sie Tina mental kontaktierte. Und siehe da, schon kam die anmutige Gestalt des Jaguars aus dem Gebüsch hervor. Mit geschmeidiger Eleganz schritt sie das Gitter entlang auf Ella zu.

„*Sieh an, sieh an, welch unerwarteter Besuch!*", erklang die liebliche Stimme des Tieres in Ellas Kopf. „*Nun, meine Liebe, ich nehme an, du bist nicht ohne Grund hierher zurückgekommen?*"

„Das ... siehst du völlig richtig", begann Ella nach kurzem Zögern, „weißt du, ich habe lange über deine Worte nachgedacht und ... *ich finde, du hast recht. Deshalb ... ach, was soll's! Lange Rede, kurzer Sinn: Ich wäre dir sehr dankbar, wenn du meine Vertrauensperson werden würdest!"*

„Oh! *Das überrascht mich nun doch ein wenig. Immerhin kennen wir uns ja kaum! Aber, wenn ich es recht bedenke ... ja, möglicherweise bin ich tatsächlich eine ganz gute Wahl. Nicht dass ich überheblich klingen möchte, aber gerade* weil *wir uns nicht so gut kennen, wirst du von mir gewiss eine objektivere Meinung erfahren als von einem ‚richtigen' Freund."*

„*Dann ist das also ein Ja?"*, hakte Ella vorsichtig nach. Die Raubkatze patrouillierte bereits zum zweiten Mal an ihr vorbei, ohne Halt zu machen oder sie eines Blickes zu würdigen – was natürlich auch gar nicht notwendig war. Diesmal allerdings schritt das Tier weiter, ohne kehrtzumachen. Erst kurz bevor Ella den Jaguar aus den Augen verlor, erklang Tinas liebreizende Stimme noch ein letztes Mal in ihrem Kopf.

„*Aber natürlich, meine Liebe! Es wird mir eine Ehre sein, dir mit meiner Unterstützung zu dienen. Ich werde Balthasar für heute Nacht zu einem weiteren Ausflug überreden. Selbe Zeit, selber Ort. Und Ella, ... lass dies besser unser Geheimnis bleiben!"*

# Kapitel 19

Kaum hatte sich die Dunkelheit über die Stadt gelegt, brach Ella in den Wald auf. Die Jaguardame tauchte erst zwei Stunden vor Mitternacht auf, natürlich in Begleitung dieses eigentümlichen Sensenmann-Typs namens Balthasar. Die Anwesenheit des schweigsamen Mannes war ein wenig unheimlich für Ella. Doch hatte dieses Gefühl sie nicht im Geringsten daran gehindert, sich die ganze Nacht lang mit dem Jaguar zu unterhalten. Bis zur Dämmerung harrte Tina aus und stand Ella Rede und Antwort. Dann beschloss der Jaguar den Heimweg anzutreten – schließlich wollte sie Balthasar nicht in Schwierigkeiten bringen. Also verabredete man sich erneut für die kommende Nacht und verabschiedete sich.

Während Balthasar mit Tina davontrottete, blieb Ella unschlüssig über das, was *sie* nun tun sollte, zurück. Sie wollte nicht in ihre Wohnung, so viel stand fest. Doch was sollte sie sonst zu dieser frühen Stunde mit sich anfangen? Ella stand auf der winzigen Lichtung und sah sich um.

Fast augenblicklich verfiel sie der frühmorgendlichen Stimmung des Waldes. Es war noch mehr dunkel denn hell. Der Boden war nur noch in den bewaldeten Bereichen schneebedeckt, und die Bäume waren mit einer dichten Schicht Raureif überzogen. Ein Bild wie aus einem Märchen. Kurzerhand entschied Ella sich für einen ausgedehnten Morgenspaziergang. Diese idyllische Stille war genau das Richtige, um ein paar Gedanken auf die Reihe zu kriegen. Aber andererseits konnte eben diese Ruhe und Einsamkeit auch für andere Zwecke genutzt werden, wie zum Beispiel, ... das Austesten der neuen Vampir-Eigenschaften?

Oh ja, dieser Gedanke gefiel Ella eindeutig am besten!

Mit dem Enthusiasmus eines Kindes begann sie sogleich ihre neu gewonnenen ‚Upgrades' zu testen. Wie schnell konnte sie laufen? Wie weit springen? Oder wie hoch? Erst als der Tag endgültig die Nacht ablöste, beendete sie ihre Versuchsreihe und ging zu einem angemesseneren Tempo über. Gemütlich schlenderte sie über das komplette Areal, stets bemüht den wenigen, die trotz eisiger Kälte ihren Morgensport absolvierten, nicht zu begegnen. Und sie genoss es.

Bestimmt tausendmal schon war Ella durch den Wald spaziert, doch diesmal war alles anders. Denn dieses Mal waren zum ersten Mal in ihrem Leben all ihre Sinne auf vollen Empfang gestellt. Ella roch Dinge, die sie noch nie zuvor gerochen hatte. Sie hörte Details, die ihrem Gehör bis jetzt verwehrt geblieben waren. Und alles fühlte sich schlicht und einfach so herrlich an: nur Ella und die Natur und sonst *gar* nichts. Ungestört, alleine mit sich selbst!

Und dank ihrer neuesten Vampir-Sinne konnte sie das auch völlig problemlos steuern. Ihr inneres Radar meldete jeden Eindringling sofort und wies ihr auch prompt den besten Weg zum Ausweichen. Ohne dass sie auch nur ein einziges Mal aufsehen oder gar ihre Gedanken unterbrechen musste. Ja, selbst mit ganz und gar geschlossenen Augen fand Ella noch ihren Weg! Außerdem empfand sie – trotz geschätzten minus zehn Grad – keinerlei Kältegefühl. Selbst wenn sie bloß in T-Shirt und Jeans herumlief, war ihr wohlig warm. Dieses ultimativ perfektionierte Körpergefühl gefiel Ella immer besser. Ja, sie musste sich sogar eingestehen, dass sie sich nach der so kurzen Zeit doch tatsächlich schon nicht mehr vorstellen konnte, ohne ihre neuen Fähigkeiten leben zu können.

Ella kam zu dem Schluss, dass diese Tina eindeutig recht hatte: Ein ‚Monster' zu sein hatte durchaus auch seine Vorteile. Im Stillen lächelte sie über sich und ihr verkorkstes Leben. Sie hatte allen Ernstes gerade ein Treffen mit einem Jaguar hinter sich – wie verrückt war das denn?

Noch vor wenigen Wochen hätte Ella jedem, der behauptete mit Tieren kommunizieren zu können, empfohlen einen Psychiater aufzusuchen. Vor einigen Tagen dann hatte sie selbst überlegt diesen Schritt zu tun, als sie erkannt hatte, dass *sie* mit Tieren kommunizieren konnte. Und dann als Draufgabe – als wäre ihr Leben nicht auch so schon kompliziert genug – die Hiobsbotschaft ihre Herkunft betreffend: Nicht nur gab es Vampire wirklich, sie war auch noch die Tochter einer solchen *richtigen* Vampirin und gehörte von nun an selbst zu dieser Spezies!

Na, wenn das kein Grund zur *Freude* war!

Und all das musste Ella erfahren, ohne sich jemandem mitteilen zu können. Ohne ihren seelischen Kummer mit jemandem teilen zu können. Aber wie denn auch? Jeder, dem sie *davon* erzählte, hätte Ella doch sofort und ohne Umweg in eine Anstalt für geistig Abnorme einweisen lassen. Kein halbwegs vernünftiger Mensch hätte ihr diese Geschichte als die Wahrheit abgekauft.

Natürlich war da noch Destiny. Die Rabendame hatte ihre Sache gut gemacht und wäre gewiss auch eine gute Freundin. Vor allem auch, weil sie Ellas geliebte Mutter gekannt hatte. Doch, vielleicht war gerade *deswegen* eine kleine Hemmschwelle zu dem Raben da. In Gegenwart von Destiny fühlte Ella sich irgendwie so ... durchsichtig. Die Rabendame wusste *alles* über sie. Offensichtlich sogar mehr, als Ella selbst über sich wusste. Ein Umstand, der für Ella mehr als nur befremdlich war. Selbstverständlich wusste Ella, dass Destiny es nur gut mit ihr meinte. Und irgendwann würde sie den Raben bestimmt auch wieder besuchen, um zu erfahren, wie ihre Mutter denn nun *wirklich* war.

Aber im Moment war Ella einfach noch nicht so weit.

Der Jaguar hatte wohl schon wieder recht. Ella musste erst einmal *sich selbst* neu kennenlernen. Vor allen anderen musste *Ella* mit ihrem neuen Ich klarkommen, ihre eigene *Gegenwart* bewältigen und eine *Zukunft* für sich erkennen können. Dann erst konnte – durfte – sie sich daranmachen, auch die *Vergangenheit* zu erforschen. Und als ersten Schritt dorthin musste sie sich selbst so akzeptieren, wie sie nun einmal war. Oder besser, *geworden* war.

Ja, es war die unvoreingenommene Meinung dieser Tina, die Ella wieder Mut schöpfen ließ.

Denn im Gegensatz zu Destiny wusste der Jaguar *nichts* über die *alte* Ella. Und das war gut so.

Eben deshalb fühlte sie sich so geborgen in Gegenwart dieser Raubkatze. Natürlich auch, weil dieses Tier eine solch unglaubliche Aura hatte! In Ellas Augen war die Jaguardame das reinste Schmusekätzchen. Man musste sie einfach gernhaben!

Ja, manchmal waren Tiere wirklich die besseren Menschen. Und diese Tina war gewiss die zutraulichste, treuherzigste Seele von allen Tieren dieser Erde! Die Worte der Raubkatze waren tröstend und ermutigend zugleich. Sie zeigte Ella Perspektiven, ohne sie zu bedrängen, gab Ella Ratschläge, ohne sie zu bevormunden. Sie offenbarte Ella einen Weg, mit ihrem neuem Leben fertigzuwerden, ohne ihr etwas aufzwingen zu wollen. Tina war die perfekte Beraterin. Und Ella hatte schlichtweg einen Narren gefressen an dem Tier.

Was Ella zu diesem Zeitpunkt noch nicht wusste: Noch lange, lange nachdem diese Geschichte ein Ende gefunden hat, wird sie sich immer und immer wieder dieselbe Frage stellen: Wie konnte ich damals nur so *naiv* sein!

Valentina konnte ihr Glück kaum fassen. Natürlich wusste sie, dass sie gut war. Ach was, sie war nicht bloß gut, sie war die Königin der Blendung! Schon damals, vor Tausenden von Jahren, konnte ihr niemand etwas abschlagen. Sie besaß diese einzigartige Aura, die jedermann dazu veranlasste, sie in sein Herz zu schließen. Stets hatte sie nichts als pure Unschuld und liebliche Anziehungskraft ausgestrahlt. Und jedes Lebewesen erlag diesem Charme, ganz gleich, ob Mann, Frau, Kind, Tier oder gar Vampir. Wenn sie es darauf anlegte, dann konnte sie die Welt regieren. Doch Valentina nutzte ihre Macht stets zu anderen Zwecken. *Ihre* Ziele wurden von persönlichen Motiven geleitet. So wie hier, mit Ella.

Und doch, dass gerade diese Angelegenheit so einfach werden würde, hätte Valentina nicht in ihren kühnsten Träumen zu hoffen gewagt. Im Gegenteil, sie hatte eher befürchtet, dass Ella bockiger wäre. Immerhin hatte die Kleine eine ganz schön ungebändigte Ader in sich, welche selbst Valentina noch erstaunen konnte. Aber durch die unerwartete Wende, welche die neue

Vampir-Identität mit sich brachte, war es nicht weiter schwierig, die kleine Wilde zu zähmen. Ja, Klein Ella fraß ihr regelrecht aus den Händen. Und ohne es zu ahnen, war sie bereits dabei, die von Arans ins Verderben zu stürzen!

Es war doch wirklich ein großartiges Gefühl mit anzusehen, wie sich die Dinge beinahe von selbst erledigten. Aber eben nur beinahe.

Zur Absicherung des Plans mussten noch einige andere Komponenten koordiniert werden.

Es mussten Vorkehrungen getroffen werden, sodass auch alle Beteiligten zur richtigen Zeit am richtigen Ort waren. Nur so konnte gewährleistet werden, dass der Showdown auch nach Valentinas Drehbuch ablaufen würde!

---

Auch nach Tagesanbruch lief Ella noch stundenlang im Wald herum. Sie fühlte sich so wohl wie lange nicht mehr und wollte einfach nicht zurück nach Hause. Die Umgebung hier war so befreiend und beruhigend. Am liebsten wäre Ella gleich bis zur Nacht hiergeblieben.

Doch andererseits sehnte sie sich auch nach einer Dusche und frischem Gewand. Vielleicht konnte es auch nicht schaden, ein wenig zu schlafen und einen Happen zu essen – auch wenn Ella weder müde noch hungrig war!

Aber sie fürchtete die möglichen Nebenwirkungen, vor allem wenn sie aufs Essen verzichtete. Zu groß war die Angst, sich ungewollt nach frischem Blut zu verzehren. Und das Kopfkino, das dieser Gedanke heraufbeschwor, war alles andere als unterhaltsam!

Also stapfte Ella widerwillig nach Hause.

Dort angekommen, führte sie der erste Weg in die Küche, um sich ein Sandwich zu zaubern. Danach kam ein entspannendes Bad, währenddessen sie ihr Sandwich verputzte. Im Anschluss marschierte Ella geradewegs in ihr Zimmer und legte sich hin.

Augenblicklich fiel sie in einen festen und erholsamen Schlaf. Doch schon ein paar Stunden später war Schluss mit Ruhe und Erholung. Ein dumpfes Vibrieren riss Ella aus dem Schlaf …

Nat konnte nicht anders, er *musste* Ella einfach anrufen. Natürlich war das gegen seinen ursprünglichen Entschluss, sich erst wieder zu melden, wenn er eine Lösung parat hatte. Davon war er leider noch meilenweit entfernt.

Wenn Ella wirklich der Schlüssel zu Valentina sein sollte, so konnte Nat sich nach wie vor nicht erklären, auf welche Art und Weise das vonstattengehen konnte. *Dass* es möglich war, stand so gut wie fest für ihn. Aber *wie*, verdammt noch mal!

Wie konnte ein einfacher Mensch, der bloß eine mentale Fähigkeit besaß, eine jahrtausendealte Vampirin zur Strecke bringen – ohne dabei sein eigenes Leben zu gefährden oder gar zu verlieren?

Nat hatte so viel darüber nachgedacht, dass er beinahe glaubte, so etwas wie Kopfschmerzen zu verspüren – was natürlich Unsinn war! Dennoch, nach ganzen zwei Tagen Kopfzerbrechen brauchte er eine kleine Pause. Etwas Zerstreuung. Also griff er zum Telefon und wählte – ganz automatisch – Ellas Nummer. Doch sie ging nicht ran, weder beim ersten, noch beim zweiten Versuch. Und auch nicht beim zwanzigsten! Und mit jedem neuen Versuch, Ella zu erreichen, begann das Alarmglöckchen in Nats Kopf lauter zu klingeln.

Nun, ganz so dramatisch war es auch wieder nicht. Nat wusste ja genau, dass Ella nichts zugestoßen sein konnte. *Das* hätte er dann ja wohl sofort und auf der Stelle bemerkt!

Außerdem war er die ganze Zeit über in seinem Hotel, also ganz in ihrer Nähe. Und er konnte sie – bis auf ein paar Ausnahmen – immer in der näheren Umgebung der Wohnung orten. Sie war seine wahre Liebe, solche Dinge waren einfach völlig normal in einer Vampir-Beziehung. Oder wie auch immer man das, was sie beide hatten, auch bezeichnen mochte. Jedenfalls wusste Nat ganz genau, dass Ella wohlauf war.

Dennoch überkam ihn ein eigenartiges Gefühl, dasselbe, das er schon vor einigen Tagen verspürt hatte. Damals hatte er die Befürchtung, Ella würde ihn für eine Gefahr halten, wenn sie zu früh von seiner Herkunft erfahren würde! Nun, diesem Problem konnte er ausweichen, aber das Gefühl war geblieben. Nat fühlte ganz deutlich eine Bedrohung, doch wusste er nichts damit anzufangen.

Welche Art von Gefahr drohte?

Aus welcher Richtung kam die Gefahr?

Betraf es Ella?

Oder Nat selbst?

Oder waren sie alle nur indirekt daran beteiligt?

Tausende Fragen, und Nat hatte keine einzige Antwort. Instinktiv scannte er die Umgebung – weit und breit kein Vampir außer ihm selbst. Und doch reichte diese Bestätigung nicht hundertprozentig aus, um seine Alarmglöckchen verstummen zu lassen. Valentina und Balthasar konnten in Tier-Tarnung durch die Nachbarschaft streifen, *ohne* dass Nat es auch nur ahnen würde! Auch *das* war ihm nur zu bewusst. Andererseits, was sollten die zwei gerade hier in Wien zu suchen haben? Wie um alles in der Welt sollten sie wissen, dass ein von Aran in der Stadt weilte?

Nats Befürchtungen konnten sich einzig und allein auf Indizien stützen. Das einzige Beweismittel war sein Gefühl! Und vielleicht noch die Tatsache, dass Ella nicht nur seine unzähligen Anrufe ignorierte, sondern auch seine Bemühungen, sie mental zu erreichen!

… Schlaftrunken überprüfte Ella ihr Handy – und war mit einem Schlag hellwach! Ungläubig starrte sie auf die Liste der Anrufe in Abwesenheit. Natürlich hatte Ella ihr Handy die letzten Tage völlig vernachlässigt. Es war auch klar, dass sich ihre Umwelt nicht einfach so mir nichts dir nichts mit ihrem Abtauchen abfinden würde. Und erst recht war es zu erwarten, dass Nat nicht so einfach von dannen ziehen würde.

Warum denn auch? Nur weil sie ihn nach einer heißen Nummer aus der Wohnung geschmissen hatte? Einen Mann wie Nat konnte so etwas gewiss nicht abhalten!

Verdammt aber auch!

Warum musste sie ausgerechnet am *Ende* ihres alten Lebens diesem Traummann begegnen? Aber andererseits, war nicht gerade die Begegnung mit *ihm* – ihrer angeblichen wahren Liebe – erst der Auslöser für das Ende dieses alten Lebens?

Völlig egal, *jetzt* kam eine gemeinsame Zukunft sowieso nicht mehr infrage! Nur wenn Nat nicht wusste, was aus Ella geworden war, konnte sein Leben verschont werden. Und dazu musste sie sich einfach von ihm fernhalten.

Auch Tina war dieser Ansicht gewesen. Nur zu deutlich stellte Ella sich vor, was Tina in Worte gefasst hatte: wie Nat aus erster Hand von der Existenz der Vampire erfahren würde, wenn Ella ihn – in ihrer Unerfahrenheit – versehentlich biss!

Und *wem* würde er dann wohl glauben: Ella der Vampirin, die er gerade mal ein paar Wochen kannte, oder den jahrhundertealten Mythen und Sagen?

Die Chancen lagen 95 zu 5, dass Nat versuchen würde Ella den berühmt berüchtigten Pfahl durchs Herz zu treiben. Aus ‚glücklich bis an ihr Lebensende' würde dann wohl eher ‚rette sich, wer kann' werden! Immer und immer wieder tauchte das Bild von einem ‚bewaffneten' Nat vor Ellas geistigem Auge auf. Wie er langsam auf sie zukam und sie aufspießen wollte. Ihr Leben gegen das seine – das hatte Tina nur allzu deutlich betont. Im Falle einer Attacke würde *sein* Tod die einzige Rettung sein. Dessen war sich mittlerweile auch Ella bewusst.

Doch, *so weit* würde sie es auf gar keinen Fall kommen lassen. Nie und nimmer würde es für Ella einen Anlass geben, Nat töten zu müssen!

# Kapitel 20

Der Entschluss war gefasst: Ella musste raus aus der Wohnung. Solange Nat in der Nähe war, konnte sie nicht mehr in ihre eigenen vier Wände zurück. Zu hoch war das Risiko, dass er einfach vor der Tür stehen würde – und was dann?

Eine Zeit lang konnte es ja vielleicht gut gehen, aber irgendwann würde das Unausweichliche passieren – doch *daran* wollte Ella gar nicht erst denken!

Zwar konnte – oder wohl eher wollte – sie nicht glauben, dass Nat *tatsächlich* dazu imstande wäre, sie aufspießen zu wollen, aber so gut kannte sie ihn dann halt auch wieder nicht, um sich dessen absolut sicher zu sein! Abzuwarten, wie sich die Sache entwickeln würde, war auch keine Option. Denn Ella wollte um jeden Preis vermeiden, zwischen töten oder getötet werden entscheiden zu müssen.

Nein! Nein! Nein!

Einmal mehr betonte sie diese Tatsache für sich selbst. Sie würde unter gar keinen Umständen Nats Leben in Gefahr bringen!

Noch während sie nachdachte, packte Ella – relativ wahllos – einige Sachen in einen Rucksack, kleidete sich frisch ein und suchte ihre Geldreserven zusammen. Im Anschluss daran richtete sie noch einige Sandwiches und packte diese, gemeinsam mit einer Flasche Limo, ebenfalls in den Rucksack. Stiefel und Jacke angezogen, ihre schwere Last auf den Rücken geschnallt, startete Ella auf die Türe zu.

Was Ella nicht wusste, war, dass im selben Moment, wo sie ihren Schlüssel aus dem Schloss zog, auf der anderen Seite einer in selbiges hineingesteckt wurde. Auch war sie viel zu sehr mit sich und ihren eigenen Gedanken beschäftigt, um etwaige Veränderungen *überhaupt* zu bemerken. Oder gar mitzubekommen, dass *jemand* versuchte eine mentale Verbindung zu ihr herzustellen! Dementsprechend verwundert war sie dann auch, als sich die Türe plötzlich wie von Zauberhand ohne ihr Zutun öffnete! Doch die Verwunderung wandelte sich augenblicklich in Schock.

Vor ihr, mit einem *Schlüssel* zu *ihrer* Wohnung in der Hand, stand ... Balthasar?

Nun, die komplett schwarz gewandete Person erinnerte zumindest auf den ersten Blick an Tinas Wärter. Auf den zweiten Blick aber erkannte Ella, wer wirklich hinter dieser seltsamen Maskerade steckte: Es war Herbert, Lillys Geschäftspartner! Bepackt mit unzähligen Kartons stand er in diesem lächerlichen schwarzen Kapuzenumhang in der Türe und starrte verdattert auf Ella.

„Verdammt noch mal, Herbie, was soll diese dämliche Verkleidung?", blaffte Ella ihr ebenso überraschtes Gegenüber an. „Glaub mir, als Sensenmann taugst *du* gewiss nicht!"

„Ha, aber erschrocken bist du dennoch, gib's ruhig zu!", entgegnete Herbert ungewohnt schlagfertig.

„Stimmt!", bestätigte Ella. „Aber auch nur, weil ich dachte, du seist Balthasar!" Mit diesen Worten versuchte sie sich über die zahlreichen Kartons einen Weg zu den Stufen zu bahnen.

„Balthasar? Sollte ich diesen Typen kennen?", zwitscherte Herbert, während er seinerseits versuchte die Kartons in die Wohnung zu zerren.

„Glaub mir, Schnuckelchen, *der* Typ ist eine Nummer zu groß für dich!" Ella war schon über die Stufen verschwunden, als sie doch noch einmal die Nase um die Ecke steckte.

„Sag mal, Herbert, würde es dir etwas ausmachen, eine Zeit lang auf die Wohnung zu schauen? Ich meine, wo du ja sowieso hier arbeitest und auch schon mal den Schlüssel hast?", flötete Ella so süß und unschuldig, wie sie nur konnte.

„Ja, schon, aber weshalb ...?"

„Danke, ich wusste, dass ich auf dich zählen kann!", unterbrach sie hastig. „Keine Sorge wegen der Rechnungen, das geht alles über mein Konto. Für dich wird keinerlei finanzielle Verpflichtung entstehen, sei einfach nur ab und zu da. Wenn dir deine Ein-Zimmer-Bude auf den Kopf fällt, kannst du gerne auch hier wohnen, du weißt ja, wo das Gästezimmer ist!"

„Natürlich, aber Ella, wo willst du denn hin?"

Doch Ella war schon längst über die Stufen entschwunden.

*Wie seltsam*, dachte Herbert, während er die restlichen Kartons hereinholte und in das Arbeitszimmer hievte. Heute war wohl der Tag der ungewöhnlichen Ereignisse. Zuerst sprach ihn – gerade eben, auf der Straße vor der Wohnung – dieser Adonis an, legte ihm diesen Umhang um die Schultern und meinte, er solle sich doch einfach inspirieren lassen! Und jetzt wollte Ella, dass er Wohnungssitter spielte. So ganz mir nichts, dir nichts, von einer Sekunde auf die andere. Wirklich sehr eigenartig!

Aber andererseits auch wieder typisch für Ella: Bei ihr konnte man nie sagen, was als Nächstes kommen mochte. Außerdem vermutete Herbert, dass sie einfach nur eine Zeit lang ihre Freundinnen besuchen würde. Und abgesehen davon, *wollte* Herbert eigentlich gar nicht so genau wissen, was Ella tat. Denn – auch wenn sie nichts getan hatte, was sein Gefühl erklären konnte – so wurde ihm diese Frau doch immer unheimlicher!

---

Insgeheim war Ella nun doch froh auf Herbert getroffen zu sein. Immerhin hatte sie dadurch ein Problem weniger.

Aber, wo sollte sie hin?

Was sollte sie nun eigentlich tun?

Wirklich überdacht hatte sie ihre ‚Flucht' ja nicht gerade!

Fürs Erste musste es reichen, in den Wald zu gehen und auf den Jaguar zu warten. Es war noch ziemlich früh am Abend, doch die Dunkelheit hatte sich bereits über die Stadt gelegt. Offiziell war das Erholungsgebiet bereits gesperrt, und Ella hatte somit das ganze Areal für sich alleine.

Während Ella sich auf den Weg machte, überdachte sie ihre Optionen. Vielleicht konnte sie sich ja in dem winterlichen Wald einen Unterschlupf suchen. Nachts war keine Menschenseele dort, und am Tag konnte sie ja weiß Gott was machen, um nicht aufzufallen! Oder vielleicht sollte sie gar mit Tina in den Zoo gehen? Aber was sollte sie dort machen? Da waren erst recht wieder zu viele Menschen.

Als Ella endlich die Lichtung erreichte, ließ sie sich, mit dem Rücken an einen Baum gelehnt, auf den kalten Boden sinken. Um sich die Zeit zu vertreiben, begann sie den Inhalt ihres Rucksacks zu überprüfen. Außer Geld, allen möglichen Ausweisen, Essen und Trinken hatte sie noch ihre Lieblingskamera samt einigen Filmrollen, Zahnputzzeug, eine Garnitur frische Wäsche, vier Bücher und ihren iPod mitgenommen – welchen sie nebenbei bemerkt schon seit Längerem erfolglos gesucht hatte. Trotzdem war die Erkenntnis eher ernüchternd: Mit *diesem* ‚Überlebenspaket' würde sie keine Woche durchkommen! Nein, *nachgedacht* hatte sie wirklich nicht beim Einpacken!

Na, wie dem auch sei, heute Nacht würde sie dieses Problem in aller Ruhe mit Tina besprechen – der Jaguar hatte bestimmt einen Rat für Ella!

---

Nach stundenlanger, erfolgloser Kontaktaufnahme mit Ella lief Nat nun doch schon auf Alarmstufe zwei. Es erschien ihm schon *sehr* ungewöhnlich, dass sie wirklich einen kompletten Tag lang *all* seine Anrufe ignorierte und nicht ein *einziges* Mal auf seine mentalen Versuche reagierte!

Irgendetwas war hier nicht in Ordnung – aber was?

Und dann – der Tag neigte sich bereits seinem Ende zu – verspürte Nat plötzlich, für den Bruchteil einer Sekunde, die Anwesenheit eines anderen Vampirs. Der Augenblick währte so extrem kurz, dass Nat beinahe glaubte, sich alles nur eingebildet zu haben. Doch es war ihm egal. Sein Befinden war auf der Alarmskala eben um eine Stufe nach oben gerutscht!

Einbildung oder nicht, er musste herausfinden, was hier gespielt wurde – ehe es womöglich zu spät war! Wenn Ella nicht zu ihm kommen wollte, dann musste er eben zu ihr kommen – wieder einmal! Also machte Nat sich auf den Weg zu ihrer Wohnung.

Schon als er die Straße überquerte, erkannte er, dass Ella nicht zu Hause war. Dennoch, sie war nicht allzu weit entfernt. Wie dem auch sei, Nat beschloss trotz allem sein Glück in der Wohnung zu versuchen – denn *irgendwer* war dort. Und vielleicht konnte Nat ja in Ellas persönlichen Sachen einen Hinweis auf ihr Verhalten finden! In ihren Habseligkeiten zu wühlen war zwar gewiss nicht die fairste Art der Wahrheitsforschung, doch der Zweck heiligte die Mittel allemal!

Noch während Nat – höflich wie er nun einmal war – an der Türe läutete, beschlich ihn das Gefühl, ein Déjà-vu zu erleben: Wer immer da in Ellas Wohnung war, Nat kannte diesen Geruch! Als dann die Türe vorsichtig geöffnet wurde, wusste Nat auch, woher!

„Aber hallo! Dass *wir* beide uns noch einmal wiedersehen, hätte ich mir ganz bestimmt nicht träumen lassen!", flötete ein äußerst erfreuter Herbert.

„Geht mir genauso." Nat wusste nicht, ob er nun lachen oder doch lieber weglaufen sollte. Aber zum Glück stellte dieser Typ kein echtes Hindernis für ihn dar. Schließlich war Nat ja noch immer Vampir und somit von vornherein dem Menschen überlegen. Alles, was er zu tun hatte, war ein klein wenig ‚Zauber' in seine Stimme zu legen, und schon schmolz Herbert in seinen Händen wie Wachs in der Sonne. Völlig *selbstverständlich* war es für Herbert, Nat den Weg nach oben zu weisen, wo sich die privaten Zimmer der Frauen befanden. Und *natürlich* hielt er davor noch unaufgefordert inne, um Nat auf Ellas Fotolabor aufmerksam zu machen. Und *gewiss* würde er, Herbert, Nat auf gar keinen Fall stören. Er solle sich doch in aller Ruhe umsehen, während er, Herbert, einfach im Büro weiterarbeiten würde, das verstehe sich doch von selbst!

Geduldig hörte Nat sich die überschwänglichen Ausführungen von diesem Herbert an und wartete dann, bis er wieder in dem Büro verschwunden war.

Schritt eins war geschafft: Es war Nat gelungen, die Festung zu erstürmen!

Zufrieden begann er mit seiner Erkundungstour. Als Erstes warf er einen Blick ins Fotolabor und gleichzeitige Arbeitszimmer von Ella. Nun, damit konnte er zugegebenermaßen nicht viel anfangen. Weder mit der Ausrüstung der Fotografin noch mit den Tausenden und Abertausenden Negativen, die überall feinsäuberlich sortiert und geschichtet waren, konnte er sich anfreunden. Und schon gar nicht erfreuten ihn all die entflammbaren Chemikalien, die im Labor verwahrt wurden.

Dieser Raum war der regelrechte Albtraum jedes vernünftigen Vampirs!

Möglicherweise entging ihm hier ein wichtiger Hinweis, doch Nat nahm *dieses* Risiko in Kauf. Die Nadel im Heuhaufen zu suchen war doch nur Zeitverschwendung! Also machte er sich auf den Weg ins obere Stockwerk. Auch ohne Herberts Beschreibung war es nicht schwierig, Ellas Zimmer zu finden – ihre Handschrift war unverkennbar.

Nat blieb an der Schwelle stehen und verschaffte sich einen ersten Eindruck. Geräumig, hell, mit einem kleinen Balkon ausgestattet, hatte es sonst nur die nötigste Einrichtung – die aber in enormen Dimensionen. Ein riesiger Wandschrank, aus Nussholz, stand auf einer Seite, an einer anderen Wand befand sich ein übergroßes Metallbett mit passenden Nachtkonsolen. Die Wände selbst waren in zwei verschiedenen Grüntönen gestrichen. Das dunklere Moosgrün bildete den Hintergrund des Bettes, und der restliche Raum war in zartem Lindgrün gehalten.

Vor einem Fenster befand sich noch eine – untypisch kleine – Couch, und auf einem schlichten Regal – auch hier wieder Nussholz – stand ein ziemlich großer Flachbildfernseher. Darunter füllten unzählige Bücher die Regalreihen. Zwischen der kargen Einrichtung standen etliche Pflanzen, die in sattestem Grün strahlten – scheinbar hatte Ella auch einen grünen Daumen.

Doch, was Nats Aufmerksamkeit am meisten erregte, waren die unzähligen Fotos, welche in allen möglichen Größen auf den Kasten geklebt waren, hübsch gerahmt an den Wänden hingen oder sonst wo auf einem freien Plätzchen standen.

Ja, das war Ella, die Fotografin, wie sie leibte und lebte!

Vorsichtig setzte er einen Fuß nach dem anderen in das Zimmer und sah sich dabei um. Er konnte sich nicht entscheiden, mit welchem der vielen Fotos er beginnen sollte, also löste er das Problem systematisch: von links nach rechts, bis er wieder am Anfang angelangt war. Die meisten Bilder zeigten Ella selbst in allen möglichen Altersstufen – leicht zu erkennen an ihrem roten Haarschopf. Auf vielen davon war sie mit den unterschiedlichsten Tieren abgelichtet – teils sogar sehr exotischen Exemplaren. Nat musste kein Profi sein, um zu erkennen, dass der Fotograf jener Bilder ein Genie war – oder zumindest verrückt genug, um ein Kleinkind direkt neben einen Löwen zu setzen!

Sein Erstaunen wuchs von einem Foto zum nächsten. Teilweise zweifelte er sogar an der Echtheit der Bilder, so unmöglich erschienen ihm die Szenarien. Doch *wirkten* die Fotos so absolut real, dass sie gar nicht gestellt sein konnten. Hatte Ella womöglich gar als Kind schon die Gabe, mit Tieren zu kommunizieren? Und hatte sie diese Fähigkeit im Laufe des Erwachsenwerdens einfach nur vergessen oder verdrängt? Doch welche vernünftige Mutter hätte da mitgemacht? Es sei denn, sie war selbst die Fotografin und konnte womöglich auch selbst mit Tieren kommunizieren?

Nun, aus vampirischer Sicht eine durchwegs logische Erklärung – aber eben nicht aus menschlicher. Das ergab definitiv keinen Sinn. Woher sollte denn auch Ellas Mutter eine solche Gabe gehabt haben? Und Ella selbst erhielt die ihre doch auch erst durch dieses Unfallerlebnis in der Pubertät.

Nein, dies war eindeutig eine Sackgasse!

Und trotzdem hatte Nat das unerklärliche Gefühl, auf der richtigen Spur zu sein!

Kopfschüttelnd setzte er seine Erkundung fort. Mit einem Mal wechselten die Motive. Die folgenden Bilder schienen nun von Ella selbst angefertigt worden zu sein. Hauptsächlich zeigten sie eindrucksvolle Landschaften, alte Schlösser, Burgen und Ähnliches. Nat ließ seinen Blick über die Fotos schweifen, als zwei besonders schön gerahmte Exemplare seine Aufmerksamkeit auf sich zogen.

Das eine zeigte Ella mit einem kleinen Mädchen. Das heißt, *so* stimmte das nicht ganz. Das kleine Mädchen war Ella, und die

Frau – die der erwachsenen Ella aufs Haar glich – musste demnach ihre Mutter sein. Nat betrachtete die Fotografie einen Augenblick länger als die anderen. Wieder hatte er das eigenartige Gefühl eines Déjà-vu-Erlebnisses. Doch konnte er es sich nicht erklären.

Er versuchte sich abzulenken, indem er die zweite, sehr hübsch gerahmte Fotografie begutachtete. Sie zeigte ein altes Herrenhaus inmitten eines dichten Waldes. Wie all die anderen, so war auch diese Aufnahme von unübertroffener Qualität. Sie vermochte ihren Betrachter regelrecht in eine mystische Stimmung zu versetzen. Nat lächelte versonnen vor sich hin. Auf den ersten Blick sah diese Villa wie sein Anwesen in den Karpaten aus. Doch auf den zweiten Blick ... erstarb sein Lächeln: Das *war* sein Anwesen!

Mit allem hatte er gerechnet, aber nicht damit, dass Ella scheinbar schon einmal direkt vor seiner Haustür gestanden hatte!

Fassungslos ging er weiter. Wie konnte es ihr nur gelingen, *sein* Anwesen auf Film zu bannen?

Adrians Illusionskraft hatte schlichtweg keinerlei Auswirkung auf sie – einfach unglaublich! Im Vorbeigehen betrachtete Nat auch noch all die anderen Bilder. Er kam zu dem Schluss, dass Ella wohl nicht nur ein echtes Naturtalent sein musste, sondern auch eine wahre Künstlerin. Jedes einzelne Foto schien seine ganz persönliche Geschichte erzählen zu wollen. Es war ein echter Genuss, all diese Bilder anzusehen. Und dann – beinahe hätte Nat dieses eine Foto übersehen – fiel sein Blick auf eine geradezu unscheinbare Schwarz-Weiß-Fotografie.

Diese Aufnahme zeigte zwei Frauen, in einem altertümlichen Kleid, die Haare auf passende Weise auffrisiert. Obwohl man die beiden durchaus für Schwestern halten konnte, so handelte es sich doch um Ella und ihre Mutter. So viel verrieten die Worte, welche am unteren Bildrand geschrieben standen: Elvira May mit ihrer Tochter, Fasching 1997.

Doch Nats Gedanken waren längst woanders.

Wie in Schock starrte er auf die Schwarz-Weiß-Abbildung der Frau, die Ellas Mutter war. Wieder war es da, dieses Gefühl, ein Déjà-vu zu erleben. Nur *diesmal* wusste Nat ganz genau, wo dieses Gefühl seinen Ursprung hatte!

# Kapitel 21

Minutenlang starrte Nat das Foto an. Immer wieder liefen die Bilder der Vision durch seinen Kopf. Nun, es Vision zu nennen war in diesem Fall dann doch etwas übertrieben. Da es sich um einen Teil aus Nats *eigener* Vergangenheit handelte, war die Bezeichnung *Erinnerung* wohl treffender.

Der Inhalt allerdings blieb der gleiche: Nat sah sich in einer weit zurückliegenden Vergangenheit. Er hatte einem damaligen Schriftstellerkollegen einen Besuch abgestattet. Der Ort des Geschehens war Irland, genauer gesagt dessen Hauptstadt Dublin. Doch waren das Wie und Warum im Prinzip nebensächlich. Denn was *heute* wichtig erschien, war *damals* eigentlich nur ein Randereignis gewesen. Dennoch konnte Nat es vor seinem geistigen Auge sehen, als wäre es erst gestern gewesen.

Sein Kollege und er spazierten durch die Stadt, als es plötzlich zu einem Zwischenfall kam. Nat hatte damals nicht mitbekommen, was genau geschehen war, denn sein Interesse wurde von etwas ganz anderem angezogen. In dem Moment, wo *sie* die Bildfläche des Geschehens betreten hatte, war sie Nat aufgefallen. Nein, *so* stimmte das nicht ganz.

Diese Frau war schon eine Zeit lang vor Nat und seinem Kollegen hergegangen. Wahrscheinlich hätte Nat ihr keinerlei Beachtung geschenkt, wäre sie nicht plötzlich über die Straße gelaufen, mitten in den Tumult, der sich auf einmal ereignete. Er hätte sie nicht einmal ‚den Seinen' zuordnen können – hätte sie sich nicht *aktiv* in das Geschehen eingemischt.

Eine schier undurchdringbare Aura begleitete diese ominöse Frau! Instinktiv wusste Nat, dass sie ein Geheimnis zu bewahren hatte. Eines, das mitunter noch wichtiger war als die Existenz der Vampire selbst. In dem winzigen Augenblick, in dem sich ihre Blicke begegneten, konnte er sehen, dass sie nicht nur auch ihn als Vampir identifiziert hatte. Sie hatte auch erkannt, dass er sie quasi durchschaut hatte.

Doch konnte Nat noch viel mehr sehen: Angst und Panik sprachen aus ihrem Blick. Diese Frau fürchtete den Verrat weit mehr als den Tod. Was auch immer sie quälte, Nat spürte instinktiv, dass sie keinerlei Gefahr für diese Welt darstellte. Viel mehr noch, er hatte das unbestimmte Gefühl, dass *dieser* Frau noch eine bedeutsame Zukunft bevorstand. Also war Nat ihrer unausgesprochenen Bitte um Nichtbeachtung nachgekommen – und hatte nie wieder auch nur einen einzigen Gedanken an sie verschwendet.

Bis eben jetzt!

Wie gelähmt starrte er auf die Schwarz-Weiß-Fotografie vor sich. Viele Jahrzehnte waren seit jener seltsamen Begegnung vergangen, dennoch wusste Nat nun – da er *dieses* Foto ansah – mit absoluter Bestimmtheit, wer jene Frau von damals gewesen war: Niemand Geringerer als Ellas Mutter war ihm im Dublin des zu Ende gehenden 19. Jahrhunderts über den Weg gelaufen!

Es waren die Haare gewesen, die ihn in die Irre geführt hatten. Die Frau von damals hatte nicht die rote Lockenmähne, die Ella oder ihre Mutter auf späteren Fotos so hervorstechen ließ. Jene Frau trug eine brünette Hochsteckfrisur. Und erst durch die Schwarz-Weiß-Aufnahme wurde Nat die frappante Ähnlichkeit bewusst. Selbst Kleidung und Haltung erinnerten Nat an jene Frau, damals in Irland. Es war eindeutig ein und dieselbe Person, daran gab es nun nicht mehr den geringsten Zweifel.

Doch was Nat *wirklich* beunruhigte, war die Erkenntnis aus alledem: Denn, wenn Ellas Mutter eine Vampirin war, so konnte das im Prinzip nur eines bedeuten: Ella hatte diese Gene ebenso in sich!

Und das bedeutete …

Völlig irritiert ließ er sich auf den Boden sinken. Wie verdammt noch mal konnte so etwas denn überhaupt möglich sein? Das widersprach jeglicher Vernunft! Noch nie zuvor hatte es so etwas gegeben! Wer zum Henker war denn dann der Vater – etwa gar ein Mensch?

Just in diesem Moment wurde Nat durch ein aufdringliches Geräusch aus seinen Gedanken gerissen. Widerwillig hob er den

Kopf und bemerkte einen Raben, der unaufhörlich mit seinem Schnabel an die Fensterscheibe schlug.

Was sollte denn das nun wieder werden?

Um einen irren Vogel konnte er sich jetzt wirklich nicht kümmern. Doch sogleich besann sich Nat seiner Meinung. Konnte Ella nicht mit Tieren sprechen? Was, wenn sie diesen Raben da kannte?

Ja, womöglich wollte das Tier gar zu Ella – oder hatte sogar Informationen über sie! Nur nutzte Nat dies herzlich wenig, da *er* definitiv *nicht* mit Tieren reden konnte!

Doch der Rabe ließ nicht locker.

Mit beständiger Beharrlichkeit pochte er unaufhörlich gegen das Fensterglas. Als hinge sein Leben davon ab, in diesen Raum zu gelangen! Schließlich siegte die Neugier über die Logik. Nat ging zum Balkon und ließ den Raben ins Zimmer.

Völlig aufgeregt flatterte das Tier durch den Raum. Wie aufgescheucht flog es umher, von einer Ecke in die nächste, wie ein Gummiball, der nicht an Tempo verlieren konnte. Abrupt schien es seine Meinung zu ändern. Der Rabe steuerte nun direkt auf den Wandschrank zu und klopfte sodann mit allen, ihm zur Verfügung stehenden, Mitteln dagegen.

Nat konnte sich keinen Reim darauf machen. Doch konnte er sich dem Eindruck nicht länger erwehren, dass dieses Tier ganz genau wusste, was es wollte. Also öffnete er den Schrank. Augenblicklich stürmte der Rabe in das Innere, und dann geschah etwas wirklich Seltsames: Dieses Tier setzte sich auf eines der riesigen alten Bücher, welche in dem Kasten verborgen lagen, und versuchte dem Anschein nach eine Seite aufzuschlagen!

Als wolle er Nat auffordern darin zu lesen, deutete der Rabe immer wieder mit seinem Schnabel auf das Buch und die nun tatsächlich offen liegende Seite. Tja, was konnte es schon schaden, einmal einen Blick hineinzuwerfen. Immerhin wirkten diese Bücher ziemlich antik. Und dass Nat eine Schwäche für solche Bücher hatte, war ja wohl nichts Neues! Also holte er das Ungetüm aus dem Schrank und begann zu lesen.

Nach wenigen Zeilen schon stockte ihm der Atem.

Nat konnte nicht glauben, was seine Augen ihm da offenbarten. Ungläubig blickte er zu dem Raben. Doch das Tier saß nun seelenruhig auf Ellas Bett und flatterte nur zweimal mit den Flügeln – ganz so als wollte es Nat sagen: Na los, lies doch weiter!

Ohne zu zögern, kam er dieser vermeintlichen Aufforderung nach.

Er holte alle Bücher mit solch antikem Einband aus dem Schrank und setzte sich vor dem Raben auf den Boden. In absolutem Rekordtempo las Nat alle sechs Bücher – die, wie sich herausgestellt hatte, die Tagebücher einer gewissen Elena Martinez waren. Einer Vampirin, welche nicht nur eine einzigartige Allergie hatte, sondern welcher auch noch vom Schicksal übel mitgespielt wurde. Doch gerade jene Erfahrungen gaben ihr die Kraft, ein Wunder zu vollbringen. Sie allein konnte schaffen, was kein anderer Vampir zuvor auch nur gewagt hatte zu denken: die *vollkommene* Anpassung an die Spezies Mensch!

Nat war nun restlos geschockt.

Diese eine Frau hatte es fertiggebracht, die viele Jahrtausende alten Erkenntnisse der Spezies Vampir infrage zu stellen, nein, sogar über den Haufen zu werfen!

Doch hatte diese Vampirin nicht nur *ein* Wunder vollbracht, nein, gleich *zwei* davon gingen auf ihr Konto. Denn sie lebte nicht nur jahrhundertelang als Mensch, sie gebar auch noch ein Kind – das erste, das jemals durch nicht artengleiche Individuen gezeugt wurde *und* am Leben blieb! In diesem Kind zeigte sich eindeutig die wahre Macht der Liebe!

Elena Martinez alias Elvira May alias Ellas Mutter war eine wahre Heldin – und sie war sich zu ihren Lebzeiten nicht einmal bewusst, welch evolutionäre Erkenntnisse sich aus ihren wagemutigen Taten ableiten ließen! Die Geschichte dieser Frau konnte den Vampiren der Zukunft womöglich gar das Leben retten! Dies war nicht nur ein Meilenstein in der Entwicklung, nein, diese Dokumente waren ein regelrechter Quantensprung für die Blutsauger.

Nat geriet beinahe ins Schwärmen.

Dass Ella anders war als andere Menschen, war ihm immer schon bewusst gewesen. Doch nie hätte er sich träumen lassen, dass sie tatsächlich das achte Weltwunder war!

Aber, was bedeutete das alles für Ella? Wie mochte *sie* sich fühlen?

Wie schlimm konnte es sein, wenn man eines Tages feststellen musste, dass das Leben – wie man es bisher kannte – einfach nicht mehr existierte?

Dies war bestimmt nicht das Märchen der Raupe, die sich zum Schmetterling puppte – und glücklich und zufrieden davonflatterte. Dies glich wohl eher der Maus, die sich von heute auf morgen mit dem Bewusstsein einer Katze zurechtfinden musste!

Jetzt wurde Nat so einiges klar.

Und schlagartig wusste er, was er zu tun hatte.

Nur er, Ellas wahre Liebe, konnte sie davor bewahren, eine Dummheit zu begehen. Also musste er schleunigst herausfinden, wo sie war! Auch der Rabe – Nat vermutete, dass es sich um diese Destiny aus dem Tagebuch handelte – schien seiner Meinung zu sein. Als sich Nat erhob, flatterte auch das Tier in die Höhe, flog auf ihn zu und hielt direkt vor seinem Gesicht inne. Ganz als wolle es Nat umarmen, strich das Tier mit den Flügeln über seine Wangen und flog sodann aus dem Zimmer.

Die Verblüffung stand Nat ins Gesicht geschrieben.

Doch schnell erlangte er seine Fassung wieder, schloss die Balkontür hinter dem Raben und machte sich auf den Weg ins untere Geschoss.

Hätte Nat nur eine Sekunde länger an der Balkontür verharrt, so hätte er vielleicht noch Destinys klägliche Hilfeschreie hören können, als sie in den Hinterhalt zweier streunender Katzen geriet!

Doch Nat war bereits im unteren Flur angelangt und auf der Suche nach Herbert. Die Höflichkeit gebot es nun einmal, sich bei ihm zu verabschieden und auch zu bedanken. Immerhin hatte er diesen armen Menschen schamlos ausgenutzt. Im selben Moment steckte Herbert auch schon seinen Kopf aus einer der Türen – Lillys Büro, wie Nat richtig folgerte.

Nat hätte ihn beinahe nicht wiedererkannt, trug er doch tatsächlich einen Helm. Genauer gesagt einen Helm, der zu einer Ritterrüstung gehörte!

Als Herbert den Helm abnahm und freudestrahlend in den Flur kam, musste Nat feststellen, dass auch dessen restliche Erscheinung mehr einem Kreuzritter glich als einem Mann des 21. Jahrhunderts – auf Hochglanz poliertes Originalschwert inklusive! Nat war sich durchaus bewusst, dass er Herbert schlichtweg dämlich anstarrte. Doch bei *diesem* Anblick konnte er einfach nicht anders!

Herbert hingegen schien seine Kleidung keineswegs seltsam zu finden. „Na, was meinst du? Steht mir doch gar nicht so schlecht, oder?" Dabei drehte er sich gekonnt hin und her, um Nat auch alle Seiten seiner Gewandung vorzuführen.

„Ist für meinen Geschmack dann doch etwas zu altmodisch", versuchte Nat die Sache höflich zu umschreiben.

„Aber genau das soll es doch auch sein!" Herbert schüttelte verständnislos den Kopf und posierte nun ganz in Rittermanier mit dem Schwert in Händen vor Nat. „Ist ja schließlich auch nur ein Kostüm, du Dummerchen!"

„Ach so, natürlich!" Darauf hätte Nat auch alleine kommen können. Schließlich kannte er die menschliche Vorliebe fürs Verkleiden ja auch von seinen *Fans!*

„Ja, stell dir vor, dieses komplette Kostüm hier hat mir heute Nachmittag eine – ich kann kaum glauben, dass *ich* das sage, aber diese Frau war *wirklich* attraktiv –, na, wie dem auch sei, sie hat mir dieses Kostüm hier in die Arme gedrückt und mich gebeten eine Party zu diesem Motto zu gestalten! Ist das nicht wunderbar! Ich liebe den Fasching …!"

„Ja, wie auch immer", unterbrach Nat, der nicht mehr Zeit als notwendig verschwenden wollte. „Eigentlich wollte ich nur Bescheid geben, dass ich hier nun fertig bin. Also dann, herzlichen Dank für das Entgegenkommen deinerseits, und vielleicht begegnen wir uns ja wieder … ich meine, nachdem wir schließlich beide Ella kennen!" Gerade noch rechtzeitig war Nat eingefallen, dass Herbert seine Worte möglicherweise falsch auslegen konnte, wenn er keinen Nachsatz anfügen würde. Ohne ihm noch mehr Aufmerksamkeit zu schenken, startete Nat sodann auf die Türe zu – was Herbert allerdings nicht davon abhielt weiterzuplaudern.

„Ja, ja, keine Panik, mein Süßer. Ich hab schon verstanden, dass du wegen *Ella* hier warst und nicht wegen *mir*! Aber gerade deswegen wollte ich dich fragen, ob du vielleicht eine Ahnung hast, wie lange sie denn gedenkt fortzubleiben?"

Nat hatte bereits den Türgriff in der Hand und hörte auch kaum mehr richtig hin. Ohne *wirklich* verstanden zu haben, was Herbert gesprochen hatte, antwortete er völlig automatisch: „Tut mir leid, aber ich hab's im Moment doch ziemlich eilig!"

Herbert sprach daraufhin noch etwas, doch Nat war schon im Stufenhaus und dabei, die Türe hinter sich ins Schloss fallen zu lassen. In letzter Sekunde leitete sein inneres Alarmsystem Herberts allerletzte Worte an sein Bewusstsein weiter. Wie vom Donner gerührt riss Nat die Tür wieder auf und sprang zurück in die Wohnung. „Was bitteschön hast du gerade gesagt?", schrie er den erschrockenen Herbert beinahe schon an.

„Ach du meine Güte! Wenn ich gewusst hätte, dass du so eifersüchtig bist, hätte ich doch nie und nimmer gefragt!", versuchte Herbert sich zu verteidigen. „Woher sollte ich denn wissen, dass da was *läuft* zwischen dir und E…"

„Himmel, Arsch und Zwirn, hör auf zu quatschen!", brüllte Nat nun tatsächlich. „Okay, mein *Süßer,* jetzt hör *du* mal *mir* zu!" Seine Stimme klang bedrohlich wie nie zuvor, und Herbert – der sich keiner Schuld bewusst war – wurde immer kleiner vor der unvermuteten Gefahr, die sich hier plötzlich vor ihm aufbaute. Doch Nat kümmerte sich im Moment reichlich wenig um die Gefühle dieses Menschen. „Du wiederholst jetzt deine *letzte* Frage noch einmal, Wort für Wort, und das *sofort!*", knurrte er den zitternden Herbert an.

„Ich … ich … ich habe …" Der Blick, den Herberts Herumstottern erntete, machte nur allzu deutlich, dass Nats Geduldsfaden gerade am Reißen war. „Ich habe dich gefragt, ob du vielleicht eine Ahnung hast, wer dieser Balthasar ist, den Ella da trifft!", spuckte Herbert die Worte nun förmlich aus.

Einen Atemzug lang starrte Nat die verunsicherte Gestalt vor sich an, als wolle er Herbert jeden Moment verschlingen. Dann riss er – ohne ein einziges Wort der Erklärung – das massive Schwert aus dessen Händen und stürmte aus der Wohnung!

# Kapitel 22

Nat war außer sich. Beinahe wäre er mit gezogenem Schwert auf die Straße gerannt, doch er konnte sich gerade noch bremsen. Schwer atmend stand er in einer dunklen Nische und versuchte seine Beherrschung wiederzuerlangen. Wenn er jetzt wie der schwarze Ritter durch die Gegend preschte, würde das nur unliebsames Aufsehen erregen. Doch war es gar nicht so leicht, sich in den Griff zu bekommen. Denn seine Wut richtete sich einzig und allein gegen sich selbst.

Wie konnte er nur so blind sein?

Balthasar!

Und wo *der* war, war Valentina nicht weit – und *das* verhieß nichts Gutes!

Er hätte es doch ahnen müssen!

Selbst, dass er durch die wahre Liebe gewissermaßen abgelenkt war, konnte Nat im Moment nicht als Entschuldigung gelten lassen! Denn gerade *deshalb* hätte er besonders aufpassen müssen.

Gerade *deswegen* hätte er vorausdenkend handeln und auf das Schlimmste vorbereitet sein müssen. Auf eben genau das hier!

Verflixt noch mal!

Es war doch zu erwarten gewesen, dass diese Schlange sich auf *ihn* stürzen würde. Er war doch immer schon das leichteste Ziel. Keine praktische Erfahrung im Kampf, stets alleine, ohne die schützende Hilfe seiner Brüder. Gerade deshalb hatte er sich immer in Sicherheit gewähnt. Doch eigentlich war er eben genau darum in Wahrheit die perfekte Zielscheibe! Hätte Valentina von Anfang an ihn zum Ziel auserkoren, wären sie jetzt wohl alle schon tot.

Aber scheinbar war auch diese Ausgeburt des Bösen nicht vollkommen!

Doch nutzte das im Moment nicht besonders viel. Denn *jetzt* hatte sie alles, was sie brauchte, um Nat fertigzumachen: Ella!

Er brauchte nur eins und eins zusammenzuzählen, um zu wissen, was hier gespielt wurde: Diese hinterhältige Kreatur hatte sich die

Situation einfach zunutze gemacht! Wahrscheinlich hatte sie Ella genauso eingelullt wie noch vor wenigen Wochen Lilly. Bestimmt hatte sie ihr die gute Freundin vorgegaukelt, um sie für sich zu gewinnen. Und wenn das in den Büchern tatsächlich der Wahrheit entsprach, dann hatte sie leichtes Spiel mit Ella gehabt. Nat konnte sich nur allzu gut vorstellen, wie Valentina diese empfindliche Phase in Ellas Leben für ihre Zwecke missbraucht hatte.

Wie konnte er nur so ... dumm sein?

Nat ließ das Schwert im Inneren seines Mantels verschwinden und begab sich auf die Straße. Beherrschung hin oder her, er durfte nicht noch mehr kostbare Zeit verlieren!

Ella träumte und amüsierte sich dabei köstlich: Sie lag in einem Wald und schlief. Etwas kitzelte sie im Gesicht. Sie blinzelte nur mit einem halben Auge und erkannte Schnurrhaare. Riesige Schnurrhaare, denen ein ebenso riesiger Katzenkopf folgte. Ella kicherte. Jetzt leckte ihr diese Riesenkatze auch noch mit ihrer rauen Zunge über die Wange. Sie versuchte ihren eigenen Kopf dem der Katze zu entziehen, indem sie sich auf die andere Seite drehte. Doch die Katze blieb beharrlich. Sie stupste Ella nun in den Rücken, solange bis sie sich wieder umdrehte. Scheinbar wollte diese Katze etwas, also versuchte Ella es mit streicheln. Sie fasste den Kopf der Riesenkatze mit beiden Händen und begann diese hinter den Ohren zu kraulen ...

*„Ella! Ella! Zeit aufzuwachen, meine Liebe!"*

Widerwillig schlug Ella die Augen auf ... und fand sich Aug' in Aug' mit Tina wieder, ihre Hände fest hinter den Ohren des Jaguars vergraben. Tja, so viel zu dem Thema Traum. Blitzartig zog sie ihre Hände von der Raubkatze zurück.

„Tut mir leid, ich dachte, ich träume und du ... ist ja auch egal!"

Ella war zwar wach, aber noch etwas durcheinander. Sie sah auf ihre Armbanduhr. Tina war heute ziemlich früh dran. Hinten im Gehölz bewegte sich etwas, doch Ella konnte nur eine dunkle Gestalt ausmachen. Balthasar, wie sie vermutete.

Langsam raffte sie sich auf und streckte sich durch. Sie war tatsächlich eingeschlafen, und ihr Körper fühlte sich nun ein wenig steif an, von der unbequemen Unterlage. Erst jetzt bemerkte Ella, dass Tina nicht mehr da war.

Das heißt, sie war schon da, aber sie patrouillierte über die gefrorene Wiese. Höchst alarmiert und absolut lautlos zog der Jaguar seine Kreise über die Lichtung, in deren Mitte sich nun Ella befand.

Mit einem Mal kam sie sich vor wie das Jungtier, welches durch seine Mutter vor drohender Gefahr beschützt wurde. Langsam aber doch überkam Ella ein mulmiges Gefühl.

„Tina? Stimmt etwas nicht? Bekommen wir Gesellschaft?"

„Ich fürchte, du hast recht mit deiner Vermutung!"

Der Jaguar antwortete, ohne innezuhalten oder Ella auch nur eines Blickes zu würdigen. Lediglich an der Tonlage des Tieres konnte sie ableiten, wie ernst die Sache sein mochte.

„Was ist los, Tina? Du machst mir schön langsam ein bisschen Angst!"

„Die solltest du auch haben, wenn das, was ich gehört habe, tatsächlich der Wahrheit entspricht!"

„Tina, wovon in Teufels Namen redest du?"

„Ella, meine Liebe, du solltest besser auf das Schlimmste vorbereitet sein."

„Nun spuck schon endlich aus, was los ist!" Ella war noch nie besonders geduldig gewesen, aber das kryptische Verhalten des Jaguars verstärkte diese Eigenschaft noch.

„Ella, das, wovor wir uns am meisten gefürchtet haben, ist eingetroffen: Dein Nat hat die Wahrheit über dich herausgefunden!"

Einmal tief inhaliert, und Nat wusste, welche Richtung er einschlagen musste. Ellas Duft zufolge befand sie sich ganz in der Nähe. In seinen Dimensionen betrachtet jedenfalls. Doch Nat konnte nicht so schnell vorankommen, wie er wollte. Es war noch nicht besonders spät und sein Weg führte durch bewohntes Gebiet. Also musste er sein Tempo anpassen.

Wieder und wieder keimte die Wut in ihm auf.

Wie konnte er sich nur so täuschen lassen?

Er hätte es doch wirklich kommen sehen müssen!

Hatte er tatsächlich angenommen, Valentina würde die Brüder nicht weiterbeobachten? Natürlich hatte er das nicht!

Sie war immer einen Schritt voraus – warum sollte sie es gerade hier nicht sein? Natürlich hatte sie die Chance erkannt, die Ella ihr – ungewollt – geboten hatte!

Aber *er* hätte doch damit rechnen müssen!

Tief in seinem Inneren wusste Nat, dass er das im Prinzip auch getan hatte. Allerdings hatte er seine untrüglichen Gefühle nicht deuten können, oder zumindest nicht richtig! Er wusste die ganze Zeit über, dass *etwas* in der Luft lag. Nur *was,* das war ihm absolut nicht klar gewesen.

Aber warum?

Weshalb?

Wieso?

Selbst wenn es manchmal länger dauerte, Nat fand *immer* eine Antwort. War es nicht sein Gehirn, das ihm das Gesuchte lieferte, so war es eine seiner Visionen. Aber *irgendwie* gelangte Nat *immer* ans Ziel.

Also warum um alles in der Welt wollten ihn seine Instinkte hier nicht unterstützen?

Oder ... konnte es gar sein, dass er noch immer nicht das *gesamte* Bild vor sich hatte?

War es etwa gar Fügung, die für Nats Blindheit verantwortlich war?

Aber welchen Grund sollte das denn haben? Wie sollte er Ella denn retten, wenn das Schicksal die wichtigsten Details vor ihm zurückhielt?

Das langsame Gehen wirkte sich nicht gerade förderlich auf Nats Geduld aus. Doch bald schon konnte er die Menschen in deren Häusern und Autos hinter sich lassen. Allem Anschein nach befand sich Ella in dem Erholungsgebiet, welches sich nun direkt vor ihm erstreckte. Nicht mehr lange, und er würde Valentina und Balthasar gegenüberstehen. Er, der einzige von Aran, der mit Kämpfen nichts am Hut hatte.

Instinktiv verstärkte Nat den Griff um das Schwert. Was er *damit* eigentlich ausrichten wollte, war ihm selbst nicht so ganz klar. Alleine hatte er gegen die beiden anderen Vampire sowieso keine Chance, da würde ihm *diese* Waffe auch nicht mehr weiterhelfen.

Aber egal!

Er hatte das Schwert nun einmal an sich gerissen. Und wenn es zu sonst nichts gut war, dann genügte es immerhin zur Stärkung seines Selbstvertrauens!

Also holte er es aus seinem Mantel heraus und machte sich mit gezogenem Schwert daran, Ella aufzuspüren.

*„Das kann nicht wahr sein!"*, rief Ella panisch. *„Das kann un-möglich wahr sein!"*

*„Ich fürchte doch!"*, sprach der Jaguar gelassen und einfühlsam zugleich, ohne seine Runden zu unterbrechen. *„Wir haben es selbst erst auf dem Weg hierher erfahren – von einem Raben, der dich angeblich kennt!"*

*„Destiny!"* Ella fiel aus allen Wolken. *„Du meinst doch nicht Destiny?"*

*„Oh, den Namen kenne ich leider nicht, doch das Tier war ganz aufgeregt und auf der Suche nach dir."*

*„Aber wie ... also wo ... oh mein Gott!"* Ella war so durcheinander, dass sie keinen klaren Gedanken mehr fassen konnte.

*„Ella, dieser Rabe hat uns anvertraut, dass Nat in deine Wohnung eingebrochen ist und dort irgendwelche Beweise für dein Vampir-Sein gefunden hat ..."*

*„Die Bücher!"*, warf Ella völlig perplex dazwischen. *„Er hat die Bücher gesehen!"*

„... und dann ist er wohl ausgerastet. *Ella, wenn der Rabe recht hat, dann ist dein Leben in Gefahr! Denn Nat hat nicht nur herausgefunden, was mit dir los ist, er ist auf dem Weg hierher – und er ist bewaffnet!*"

Ella blieb weder Zeit, über diese Worte nachzudenken, geschweige denn sie zu hinterfragen.

Kaum hatte Tina den Satz vollendet, vernahm Ella ein Geräusch, aus dem Gehölz hinter ihr kommend.

Angstvoll hielt sie die Luft an, und auch der Jaguar hielt in seiner Bewegung inne. Wie gelähmt starrte Ella in Richtung der Raubkatze und lauschte dem Geräusch, welches immer näher kam. Dass es diesmal nicht Balthasar war, wusste sie – denn der zeichnete sich klar hinter Tina ab! Als Ella sich schließlich dazu aufraffen konnte, sich umzudrehen, erstarrte sie in Schock.

Vor ihr stand der Sensenmann, nur dass er keine Sense, sondern ein Schwert durch die Luft schwang. Und es war auch nicht der Tod, sondern Nat – obwohl ... in diesem Fall, bedeutete das wohl ein und dasselbe!

---

Nat wusste nicht, was ihn erwarten würde, also pirschte er sich vorsichtig an den Feind heran. Das Schwert vor sich, jederzeit bereit es einzusetzen, um seine Liebste zu retten. Doch mit dem, was er nun erblickte, hatte er nicht gerechnet.

Die Lichtung, auf die er gestoßen war, wurde vom Schein der Sterne erhellt. Etwa zwei Meter vor ihm stand Ella – mit Panik in den Augen. In gleichem Abstand hinter ihr befand sich ein Jaguar – ganz die Ruhe selbst, aber allzeit bereit, um anzugreifen. Noch weiter im Hintergrund befand sich eine weitere Person, die Nat völlig unbekannt erschien. Doch er konnte denjenigen eindeutig als Vampir identifizieren. Folglich musste es sich um Balthasar handeln – und der Jaguar war dann wohl Valentina.

Doch was Nat tatsächlich schockierte, war die pure Angst in Ellas Augen. Sie sah ihn an, als fürchtete sie um ihr Leben. Doch nicht der Jaguar hinter ihr jagte ihr Angst ein, oder der Vampir noch weiter hinten. Es war einzig und allein Nat, dem ihre Furcht galt! Und in dieser Sekunde fiel es ihm wie Schuppen von den Augen!

Ella wusste nicht, dass auch *er* ein Vampir war!

Und dank Valentina sah sie *ihn* nun als Gefahr, die *ihr* Leben bedrohte! Nat – der vermeintliche Mensch – hatte Ellas Geheimnis durchschaut und war nun gekommen, um sie zu eliminieren. Was für einen perfiden Plan die gute Valentina da doch ausgeheckt hatte. Ella sollte glauben, Nat töten zu müssen, um ihr eigenes Leben schützen zu können. Und die liebe Cousine würde in aller Ruhe dabei zusehen, ohne sich die Finger – oder die Krallen – schmutzig zu machen!

Das war's. Kurz und schmerzlos. Das Ende der Von-Aran-Ära war eingeleitet.

Nat resignierte vor dem Schicksal. Die Schlacht war geschlagen, der Sieg war Valentinas!

Es gab nichts, was er noch hätte tun können!

Nichts, was nicht auch Ellas Leben gefährdete. Und *das* konnte er unter gar keinen Umständen riskieren!

Valentinas Netz war einfach zu dicht gesponnen. Was auch immer Nat sagen oder tun mochte, Ella würde es ihm nicht abkaufen. Sie würde einzig und allein auf ihre vermeintliche Mentorin vertrauen: Valentina! Dafür hatte diese bestimmt gesorgt.

Nun denn, wenn dies also bedeutete, dass *sein* Leben hier und jetzt zu Ende gehen sollte, dann hatte Nat dem nichts mehr entgegenzusetzen. Kurz und bündig schickte er eine letzte mentale Botschaft an seine Brüder. *„Unus pro omnibus, omnes pro uno – es tut mir leid, ich habe versagt."*

Dann hob Nat mit der Kraft der Verzweiflung das Schwert über sich …

… Völlig paralysiert starrte Ella auf Nat. Oder vielmehr das glänzende Metall in seinen Händen. Er war tatsächlich gekommen, um sie zu töten. Das Schwert in seinen Händen ließ keine Zweifel mehr aufkommen.

Panik überkam sie.

Doch war es nicht die Angst um ihr Leben, sondern das pure Grauen davor, was sie nun zu tun hatte. Immer und immer wieder hatte Tina sie davor gewarnt. Nie und nimmer hatte Ella erwartet, dass es tatsächlich dazu kommen würde. Und doch war es nun geschehen.

„*Vertrau auf deine Instinkte!*", waren Tinas Worte gewesen. Aber Ella sah sich außerstande, den entscheidenden Schritt zu tun. Sie konnte doch nicht wahrhaftig ein Menschenleben einfach so auslöschen. Erst recht nicht das von Nat. Selbst im Angesicht des Todes brachte Ella es nicht übers Herz. Sie konnte ihn einfach nicht töten.

Und dann tat er das, was sie nicht im Entferntesten für möglich gehalten hätte: Er hob das Schwert zum Angriff …

… Im Bewusstsein, das einzig Richtige zu tun, schloss Nat die Augen.

„*Ich liebe dich!*"

Dies war sein letzter resignierter Versuch, seine Gefährtin mental zu erreichen. Ihr zum ersten und letzten Mal zu sagen, von Angesicht zu Angesicht zu sagen, was er für sie empfand. Es war zu Ende, noch ehe es begonnen hatte. Denn ihr die Entscheidung abzunehmen war das Einzige, was er noch für Ella tun konnte.

Danach drehte Nat das Schwert um und richtete dessen Spitze auf sich selbst …

… Der Schock stand Ella ins Gesicht geschrieben. Zu allem Überfluss vernahm sie nun auch noch eine Stimme in ihrem Kopf.

„*Worauf wartest du?*", sprach die vertraute Stimme mit unerwartet süßlicher Schärfe, welche Ella einen eisigen Schauer über den Rücken jagte und ihre Nackenhaare dazu brachte, sich aufzurichten.

„*Du weißt, was du tun musst*", flüsterte die Stimme mit bedrohlichem Unterton. „*Also tu es!*"

Die Zeit schien stillzustehen. Ella starrte wie in Trance auf Nat. Und plötzlich erkannte sie, was er tatsächlich vorhatte.

*„Komm schon, du hast keine andere Wahl!"*, drängte die Stimme weiter. Doch Ella konnte unmöglich tun, was von ihr verlangt wurde.

*„Na los, du Schlampe! Jetzt bring den Scheißkerl endlich um!"*

„NEIIIIIIN!", schrie Ella mit allem, was ihre Lungen hergaben …

… Der markerschütternde Schrei ließ Nat innehalten. Was war geschehen? War er etwa zu langsam gewesen? Hatte Tina seinen Plan durchkreuzt? Voller Angst um Ellas Befinden öffnete Nat seine Augen … und war irritiert von dem Szenenwechsel.

Ella war verschwunden. Auch Balthasar war nicht mehr in seinem Hinterhalt!

Doch auf der Lichtung befand sich nun plötzlich ein zweiter Jaguar …

… Valentina kochte innerlich! Ihre letzten Worte waren nicht für Ella bestimmt! Sie sollten von *niemandem* gehört werden! Doch das kleine Luder hatte sie gehört. Das Gefühl des nahenden Triumphs hatte Valentina tatsächlich übermannt. Die Ungeduld hatte sie dazu getrieben, einen dummen Fehler zu begehen. Einen Fehler, den sie nun ausbaden musste.

Verdammt und zugenäht!

Schäumend vor Wut starrte Valentina auf ihr Gegenüber …

… Ohne nachzudenken, schwang Nat sein Schwert herum und zielte auf den Jaguar. Doch hielt ihn eine fremde Hand mit sanftem Nachdruck zurück. Fast schon verärgert, neigte er seinen Kopf, um den Störenfried zu identifizieren. Doch hatte er nicht damit gerechnet, Balthasar in die Augen zu sehen.

„Die Schlacht war gewonnen, aber den Krieg werden wir verlieren!", sprach dieser so leise, dass selbst Nat Schwierigkeiten hatte, ihn zu verstehen. „Es reicht, wenn einer von uns sein Leben für die Liebe gibt!" Mit diesen Worten entledigte er Nat ohne großen Aufwand des Schwertes und stellte sich regelrecht schützend vor diesen.

Nat hingegen war nun vollends durcheinander. Denn, wenn Balthasar hier in menschlicher Gestalt vor ihm stand, wer war dann der zweite Jaguar? ...

... Valentina schalt sich ob ihrer eigenen Einfältigkeit selbst. Aber wie hätte sie denn auch ahnen können, dass in diesem verdammten kleinen Luder noch weit mehr steckte als bloß ein kleiner, unerfahrener Vampir. Oh, diese verfluchten von Arans und ihre scheinheilige Moral. Von wegen sie konvertierten keine Menschen! Die kleine Ella war doch wohl Beweis genug für die Verwerflichkeit der von-aranschen Einstellung zum Thema Ethik. Nie und nimmer konnte die Kleine durch bloßes Zutun der wahren Liebe zu dem werden, was sie nun war. Doch noch war nicht aller Tage Abend ...

... Schmerz, Angst und Wut war alles, was Ella noch wahrnehmen konnte.

Tina, oder wer immer diese Ausgeburt der Hölle *tatsächlich* war, hatte sie schamlos hintergangen. Ausgenützt und absichtlich in die Irre geführt hatte sie Ella. Hatte sich ihr Vertrauen erschlichen. Hatte sich wohl wissend ihre Verwundbarkeit und Unsicherheit zu eigen gemacht.

Die Wahrheit war für Ella wie ein Faustschlag mitten ins Gesicht.

Tina hatte dies von Anfang an geplant. Hatte Ella nach Strich und Faden belogen und betrogen. Hatte sie in ihr Netz aus Intrigen eingesponnen, einzig und allein zu ihrem eignen, perversen Vergnügen. Doch hatte dieses teuflische Wesen wohl nicht damit gerechnet, sich urplötzlich einem ebenbürtigen Gegner gegenüberzusehen.

Leider war der Überraschungseffekt nicht nur auf Ellas Seite. Denn, um ehrlich zu sein, war sie selbst wohl am meisten irritiert von der unerwarteten Wandlung der Dinge. Doch um *darüber* nachzudenken, war jetzt definitiv nicht der richtige Zeitpunkt.

Beinahe wäre es Tina gelungen, Ella zum ultimativen Fehler ihres Lebens zu bewegen. Doch dann hatte sie nicht nur einen Fehler begangen, sondern gleich zwei! Nicht nur hatte sie letztendlich doch noch ihren *wahren* Charakter gezeigt, nein, wie sich nun herausstellte, war es Tinas größter Fehler gewesen, Ella zu unterschätzen …

… Valentina umkreiste Ella wie die Katze die Maus. Wenn diese kleine Mutation hier ernsthaft glaubte, sie, Valentina, mit ihren eigenen Waffen schlagen zu können, dann hatte sie sich aber gewaltig getäuscht! Immer enger zog Valentina die Kreise um ihr Opfer. Bedrohliches Fauchen untermalte die feindliche Aggressivität. Gefletschte Reißzähne ließen keine Zweifel an ihren Absichten.
Doch der Jaguar ihr gegenüber schien absolut unbeeindruckt …

… Ella dachte nicht im Traum daran, sich einschüchtern zu lassen. Ganz im Gegenteil!
Das Schicksal verpasste ihr eine Gestalt, die Tina ebenbürtig war, also würde sie diese verdammt noch mal auch einsetzen. Und genau das tat sie. Ganz so, als wäre es das natürlichste aller Dinge. Als steckte sie schon ihr ganzes Leben lang im Körper einer Raubkatze.
Herausfordernd erwiderte Ella das Fauchen und begann sich entgegen der Kreise ihrer Angreiferin zu bewegen …

… Valentina kostete dies nicht einmal ein Lachen. Wenn das alles war, was das kleine Miezekätzchen zu bieten hatte, dann war sie so gut wie tot. Das Überraschungsmoment voll auf ihrer Seite, nutzte Valentina den Vorteil jahrhundertelanger Erfahrung und setzte zum todbringenden Sprung an …

… die abrupte Attacke erwischte Ella eiskalt. In ihrem Eifer hatte sie sich wohl doch ein wenig zu zuversichtlich gefühlt. Denn sich wie eine Raubkatze zu bewegen oder zu fauchen war eine Sache. Wie ein Jaguar zu kämpfen dagegen eine ganz andere. Mal gerade eben noch schaffte Ella es, sich abwehrend aufzurichten. Wild fauchend versuchte sie ihre Angreiferin weiter abzuwehren, da wurde sie auch schon brutal zur Seite gestoßen. Unvermeidlich landete Ella am Rücken, alle viere von sich gestreckt und ihre verwundbarste Seite nun frei nach oben gekehrt …

… Blind vor Hass stürzte Valentina sich auf ihr Gegenüber. Ein letztes Knurren kam aus den Tiefen ihrer Kehle, ehe sie ihr mächtiges Gebiss in warmes Fleisch sinken ließ. Wie Balsam auf der Seele fühlte sich die rote Flüssigkeit an, die nun aus dem Hals ihres Opfers hervorquoll. Wie berauscht presste Valentina ihre Zähne weiter in die fleischigen Tiefen. Es fühlte sich so … so … so unglaublich … *falsch* an!

Geschockt riss Valentina die Augen auf. Doch da war es bereits zu spät, um sich ihres fatalen Fehlers bewusst zu werden. Denn es war nicht wie erwartet Ellas Kehle, in die sie sich verbissen hatte!

Balthasar sah mit glasigem Blick zu Valentina auf. Er hatte es als Einziger kommen sehen. Er allein hatte die Macht, über den Ausgang der Dinge zu entscheiden. Denn nur er hatte sich vor langer, langer Zeit geschworen, Valentina nicht durch die Hand des Feindes sterben zulassen.

Oh, wie hatte er gehofft, diesen Schritt nie gehen zu müssen. Doch nun gab es kein Zurück mehr. Die Zeit war gekommen.

Seine Zeit.

Es war einzig und allein an Balthasar, die sich selbst auferlegte Pflicht zu erfüllen. So tat er, was er tun musste: Er nahm Ellas Platz ein.

Sein Leben als Opfer für die Liebe.

Die Liebe, die ihm selbst nie zuteilwurde.

Er sah in Valentinas vor Schock geweitete Augen und fühlte sich dennoch … glücklich.

„*Verzeih mir, Geliebte!*"

Balthasar wollte noch so viel mehr sagen. Wollte sein Handeln erklären. Wollte Valentina noch ein letztes Mal berühren. Sie ein *einziges* Mal küssen. Doch seine Kräfte schwanden rapide.

Völlig übermannt von lange verleugneten Gefühlen, wandelte Valentina sich in menschliche Gestalt zurück. Ihre Augen füllten sich mit Tränen. Ihr starrer Blick fixierte sich auf die pulsierende Wunde an Balthasars Hals.

Was hatte sie nur angerichtet?

Verzweifelt klammerte sie sich an seinen immer schwächer werdenden Körper. Valentina wollte nicht zulassen, dass Balthasar in ihren Armen starb. Sie *konnte* es einfach nicht! Er war ihr ein und alles. Niemand sonst war ihr geblieben auf dieser Welt. Sie würde nicht zulassen, dass er sich opferte. Sie würde ihn so lange mit ihrem eigenen Blut versorgen, bis sein Körper wieder in der Lage war, diese grässliche Wunde zu heilen.

Doch, warum fühlte sie sich mit einem Mal selbst so schwach und kraftlos?

Warum wurde es plötzlich so eng in ihrer Brust?

Weshalb fiel ihr das Atmen auf einmal so schwer?

Instinktiv legte Valentina eine Hand über die seltsam schmerzende Stelle. Und mit einem Schlag wurde ihr die wahre Bedeutung von Balthasars letzten Worten bewusst. Er hatte sie um Verzeihung gebeten, doch wollte er keinesfalls seine Opferrolle entschuldigen.

Gefasst umgriff Valentina den Griff des Schwertes, welches sich zur Gänze durch ihr, nun immer langsamer schlagendes, Herz bohrte. Dann senkte sie ihren Blick auf Balthasar und schenkte ihm dadurch die seinerseits erhoffte Bestätigung.

Er hatte getan, was nur er zu tun imstande war: Balthasar hatte Valentina einen würdevollen Tod geschenkt.

Sein Blick wurde trübe und eine einzelne Träne floss über seine Wange. „Ich liebe dich", hauchte Balthasar mit dem letzten ihm verbleibenden Atemzug. Nun war er bereit zu sterben. Denn er wusste, dass er das Richtige getan hatte.

Valentina wollte schreien, doch versagte ihr die Stimme.

Aber nicht der Schmerz des Sterbens war es, der sie quälte, sondern die Trauer um die verlorene Liebe. Denn erst im Angesicht des Todes erkannte sie die Wahrheit in all ihren dramatischen Ausmaßen! Sie hatte ihr Leben dem Hass und der Rache verschrieben – und dabei nie erkannt, wie nahe doch Tag für Tag das Glück sie begleitet hatte.

Entschieden zog Valentina das Schwert aus ihrem Körper und ließ ihrem Blut freien Lauf. Einen Atemzug später sank sie kraftlos auf Balthasar. Zärtlich strich sie über das regungslose Gesicht.

Küsste die leblosen Lippen, zum ersten und zugleich letzten Mal. Schmiegte sich an den erschlafften Körper.

Ein *aller*letzter Gedanke huschte durch ihren Kopf, ließ sie ein *aller*letztes Mal seufzen. Zauberte ihr ein *aller*letztes, seltsam zufriedenes Lächeln ins Gesicht: *Was die Liebe im Leben nicht verbinden konnte, sie nun im Tode auf ewig vereint!*

# Kapitel 23

Der Nachthimmel über Wien war wieder einmal sternenklar. Der Schock über das Geschehene hatte sich gesetzt, Tatsachen wurden als solche anerkannt. Die Vergangenheit galt als gebannt, die Zukunft stellte wieder eine Herausforderung dar. Und die Gegenwart konnte endlich friedvoll genossen werden. Es war irgendwann zwischen Mitternacht und Morgengrauen. Doch spielte eigentlich weder Uhrzeit noch Datum weiter eine Rolle. Denn, *Zeit* war bedeutungslos geworden, jetzt, wo die Ewigkeit zur Verfügung stand!

Nat und Ella glitten lautlos über die steinerne Mauer des Friedhofs. Sie waren hierhergekommen, um Abschied zu nehmen. Zum einen von Ellas Mutter, der Frau, die das Schicksal auserkoren hatte, ein Wunder in die Welt zu setzen. Denn der Weg, den Ella nun zu beschreiten hatte, würde sie endgültig aus ihrer Heimat fortführen. Allerdings war mittlerweile auch nicht mehr wichtig, wo Ella sich letztendlich aufhielt, hatte sie doch die Botschaft ihrer Mutter verstanden. Schlussendlich nämlich konnte nichts und niemand ihre Mutter wieder lebendig machen. Aber in ihrem Herzen würde sie stets präsent sein, ganz egal wo auf der Welt Ella sich befand.

Zum anderen galt es, der Rabendame Destiny die letzte Ehre zu erweisen.

Nach jenen tragischen Ereignissen – welche jetzt schon einige Tage zurücklagen – musste Ella noch einen weiteren Schicksalsschlag hinnehmen. Als sie in ihre Wohnung zurückgekehrt war, fand sie die tödlich verletzte Rabendame im Garten unterhalb. Selbst im Angesicht des Todes wollte Destiny Ella noch zu Hilfe eilen, doch ihre Verletzungen waren zu schwerwiegend. Bis zuletzt hatte der tapfere kleine Vogel gegen den Tod angekämpft, um seiner Freundin von den schändlichen Taten dieser beiden falschen Katzen zu berichten. Denn sie, Destiny, hatte sehr wohl durchschaut, was diese ‚Tiere' bezweckten. Doch da war sie bereits in deren todbringenden Krallen gefangen.

Destinys Tod war wahrlich ein schwerer Schlag für Ella, denn sie fühlte sich verantwortlich dafür. Wäre sie selbst nicht so naiv in die Falle des Jaguars getappt und hätte sich stattdessen mehr an die Rabendame gehalten, dann könnte diese womöglich noch am Leben sein! Siebenundzwanzig Jahre hatte dieser Rabe treu zu Ella gehalten, obwohl sie nicht einmal von seiner Existenz gewusst hatte. Loyal und ohne je an Ella zu zweifeln, folgte die Rabendame ihrem Versprechen. Während Ella es in nur wenigen Tagen geschafft hatte, deren Leben achtlos zu opfern. Und trotz alledem hatte Destiny sie als ihre *Freundin* angesehen.

Wie gerne hätte Ella ihren Fehler wiedergutgemacht. Doch dafür war es nun zu spät. Das Einzige – das Mindeste – was sie noch für ihre Vogel-Freundin tun konnte, war, diese angemessen zu beerdigen. Und so fand Destiny nun ihre letzte Ruhestätte neben der Person, die ihr einst das Leben rettete: Ellas Mutter!

Nachdem sie ihr trauriges Vorhaben in die Tat umgesetzt hatten, machten Nat und Ella sich in aller Ruhe auf den Heimweg. Die Nacht war noch jung, und der Friede hatte sich wieder über die Welt der Vampire gelegt. Der Krieg war zu Ende, keiner mehr, der sie verfolgte, der Feind war vernichtet, und selbst die prophezeite Vereinigung hatte stattgefunden!

Doch für Nat und Ella war die ganze Angelegenheit noch lange nicht abgeschlossen. So schlenderten sie also Arm in Arm durch die von Sternen erleuchtete Dunkelheit, gedanklich ganz versunken in die Vorkommnisse jener schicksalhaften Nacht! Es war schwer zu sagen, wer von den beiden sich mehr Kopfzerbrechen über jene Ereignisse machte.

War es Nat, weil er feststellen musste, dass seine vermeintlich menschliche Gefährtin doch eigentlich alles andere als eben ein Mensch war?

Weil er nicht nur die wahre Liebe gefunden hatte, sondern sich ihm dadurch auch ein möglicher Weg in die Zukunft offenbarte? Ein Weg, der seiner Rasse vielleicht gar das Überleben sichern konnte?

Weil Ella, *seine* Gefährtin, tatsächlich der Schlüssel zur Lösung eines jahrhundertelang andauernden Krieges war?

Oder einfach nur, weil die Dinge geschehen waren, ohne dass er darauf Einfluss nehmen konnte? Weil es das Schicksal schon vor langer Zeit *genauso* gewollt hatte?

Krieg – Vernichtung – Verfolgung – Vereinigung!

Konnte es *tatsächlich* sein, dass sie alle einfach nur zu Marionetten eben jener Prophezeiung geworden waren? War es wirklich das Schicksal, das hier über viele Jahrhunderte hinweg Regie geführt hatte?

Allem Anschein nach lautete die Antwort: JA!

Tja, nicht immer war es des Menschen – oder Vampirs – Schicksal, in den Lauf der Dinge einzugreifen. Manchmal war es besser, die Dinge einfach nur geschehen zu lassen – damit kommen *konnte*, was kommen *sollte!*

Tief in seinem Inneren war Nat ja immer schon von dieser Theorie überzeugt gewesen. Doch hatte er sich bis dato auch immer auf seine Visionen verlassen können. Mit dem absoluten Wissen um Vergangenes war es natürlich leicht, sich in der Gegenwart in Geduld zu üben. Was aber noch schwieriger war, als ohne die Hilfe der Vergangenheit agieren zu müssen, war Nats eigene Beteiligung an den Geschehnissen. Nicht länger handelte es sich um das Problem seiner Rasse, das Problem seiner Familie, welches seine Brüder, die *Kämpfer*, schon erledigen würden. Plötzlich war es *sein* Problem ganz alleine. Er persönlich war in die Ereignisse involviert wie nie zuvor in seinem langen Leben. Wie sollte er da nur ruhig Blut bewahren, um den Dingen ihren Lauf zu lassen!

Glücklicherweise hatte das Schicksal nicht lange gefragt, sondern einfach ungehindert seinen Weg fortgesetzt. Es war eine durchaus interessante Erfahrung für Nat, aus der er schloss, dass die eigene Bestimmung unbeugsam war. Aber Anlass zur Sorge gab dies keineswegs. Alles erfüllte eben einen bestimmten Zweck, und nichts geschah ohne Grund. Und ganz gleich, wie unmöglich einem das eigene Schicksal erschien, man musste schlicht darauf *vertrauen*. Denn die Vorsehung wusste nur allzu genau, was sie tat!

Nun, in diesem Punkt waren Nat und Ella bereits übereingekommen. Auch Ella hatte mittlerweile erkannt, dass es keinen

Sinn hatte, gegen die Bestimmung anzukämpfen. Wenngleich *sie* ein wenig mehr mit sich und ihrer neuen Lebensweise haderte.

Vielleicht war es also doch Ella, die sich mehr den Kopf darüber zerbrach, was in den letzten Tagen denn nun eigentlich geschehen war?

Immerhin war *sie* diejenige, deren komplettes Leben auf den Kopf gestellt wurde. *Sie* war von heute auf morgen vom Mensch zum Vampir geworden! Als ob das nicht schon genug gewesen wäre, hatte sie auch noch das besondere Talent ihrer Mutter geerbt: die Gabe der Transformation!

Destiny hatte ihr dieses allerletzte Geheimnis noch in ihren letzten Atemzügen anvertraut – da wusste Ella natürlich schon längst, wozu sie imstande war! Doch Ellas Mutter wollte auf keinen Fall, dass ihre Tochter von dieser Gabe erfuhr, bevor sie sich nicht als Vampir akzeptiert hatte. Also hatte sie auch keine Aufzeichnungen darüber geführt oder sonstige Hinweise darauf zugelassen. Nicht zuletzt in der Hoffnung, Ella habe dieses Talent erst gar nicht geerbt!

Wer hätte damals auch ahnen sollen, dass dieser – wennschon gut gemeinte – Plan so misslingen sollte!

Obwohl, wenn man es genau betrachtete, war es sogar mehr als gut, dass Ella nichts von ihrer Gabe wusste. Denn, nur dieser Überraschung war es zuzuschreiben, dass Valentina und Balthasar nun im Reich der Toten verweilten! Dass auch ausgerechnet *ihr, Ella,* solch ein Schicksal bestimmt war – das alleine lieferte in den letzten Tagen genug Stoff für Diskussionen. Denn, interessanterweise war Ella weniger erstaunt über die Tatsache, *dass* es Vampire gab, als eher darüber, dass *sie* selbst nun eine *von ihnen* war!

Aber immerhin hatte sie jetzt Nat an ihrer Seite, der ihr auf liebevollste Weise dabei half, ihre Bestimmung zu verstehen! Beinahe noch faszinierender war es ja, dass Nat – der ruhige, einfühlsame, philosophierende Diplomat – tatsächlich ein Gespür hatte für das wilde und unberechenbare Ich, das Ella verkörperte. Noch nie zuvor hatte sie sich von jemandem so verstanden gefühlt wie von ihm. Ja, und noch nie zuvor hatte sie sich so *geliebt* gefühlt!

Auch *das* war eine Überraschung für Ella, die immer der Meinung war, jeden Mann dieser Welt mit ihrem – so speziellen – Naturell bloß in den Wahnsinn zu treiben. Doch Nat war eben in jeder Hinsicht anders. Ja, dieser Mann wäre sogar bereit gewesen sein eigenes Leben für sie zu opfern!

Auch wenn es Ella schwerfiel, die alt eingesessenen Gewohnheiten und Lebensweisheiten loszulassen, so schaffte sie es doch von Tag zu Tag mehr, sich ihrem neuen Lebensgefühl hinzugeben – und vor allem der Liebe zu Nat! Durch all diese Ereignisse fand auch Ella heraus, dass *Vertrauen* unabkömmlich war, solange sie auf das Richtige vertraute: ihre *Instinkte* und die Kraft der *Liebe!* Von nun an würde sie zuerst auf ihr Innerstes hören, ehe sie sich noch einmal von schönen Worten täuschen ließ. Tausend und abertausendmal hatte sie sich in den letzten Tagen gefragt, wie ausgerechnet sie – die Skeptikerin schlechthin – sich so blenden lassen konnte. Sie hatte immer instinktiv – und natürlich auch impulsiv – gehandelt, doch diesmal war sie wie ein naives Kind in die heimtückische Falle getappt.

Natürlich hatte Nat ihr erklärt, welche besonderen Talente Valentina besessen hatte. Und selbstverständlich war Ella bewusst, dass sie viel zu unerfahren war, als dass sie diese charmante Waffe hätte durchschauen oder sich gar dagegen hätte wehren können. Dennoch war Ella frustriert, dass sie es dem Bösen gar so einfach gemacht hatte. Doch Nat konnte sie schlussendlich überzeugen, dass eben auch dies zum Plan des Schicksals gehört haben musste!

Nat – Nathaniel – allein der Klang seines Namens brachte Ella ins Schwärmen!

Ja, auch sie musste sich zum Schluss eingestehen, dass die wahre Liebe nicht nur existierte, sondern auch eine Macht besaß, der sich niemand entziehen konnte. Doch, wer würde das auch schon wollen?

Bei all dem Trubel um sich selbst hätte Ella aber beinahe vergessen, was ihr bis vor wenigen Wochen noch am wichtigsten war: ihre beiden Freundinnen.

Nat war ein Vampir, folglich waren es auch seine Brüder. Das war Ella klar, schließlich war sie ja nicht dumm. Doch welche Bedeutung hatte dies für ihre Freundinnen? Auch zu diesem Thema hatte Ella Tausende Fragen – und Nat beantwortete bereitwillig jede einzelne davon. In diesem Zusammenhang konnte Ella auch gleich Nats besonderes Talent kennenlernen. Denn er hatte eine Vision über Adrian und Lilly – und das volle Ausmaß ihrer beider Begegnung!

Nat wäre beinahe erstickt vor lauter Lachen, als er Ella davon erzählte. Und auch sie reagierte mit einem Lachkrampf darauf! Keiner der zwei musste lange überlegen, um übereinzukommen, dass *sie* beide – trotz all der tragischen Ereignisse – noch mit Milde vom Schicksal bedacht wurden. Lilly und Adrian, vereint durch die wahre Liebe – das hingegen würde bestimmt noch spannend werden!

Was Betty und Dario betraf, so lag die Sache völlig anders.

*Die* beiden kamen Ella von Anfang an wie das Traumpaar schlechthin vor. Auch ohne zu wissen, was es mit der wahren Liebe und deren Ursprung auf sich hatte, bei diesen beiden hatte Ella immer den Eindruck, sie waren füreinander bestimmt. Dass es tatsächlich so war, bestätigte ihre Theorie eigentlich nur. Doch viel wichtiger für Ella war eine Nebensächlichkeit, die es ihr leichter machte, sich mit ihrem neuen Leben zurechtzufinden. Denn durch die Verbindung ihrer Freundinnen mit den Von-Aran-Brüdern hatte auch diesen beiden das Schicksal einen neuen Weg zugedacht. Ella würde ihre Zukunft als Vampir nicht ohne ihre Familie verbringen müssen, denn auch die Freundinnen waren zu Blutsaugern geworden – wenngleich diese aktiv konvertiert wurden. Wieder einmal ein Beweis für die Macht der wahren Liebe, wie Nat nebenbei bemerkte.

Ellas Gedanken konzentrierten sich dagegen mehr auf das *Blutsaugen* an sich. Dieses Thema machte ihr am meisten zu schaffen. Als Nat ihr ausführlich von Bettys Wandlung berichtet und dann auch noch seine Vision bezüglich Lilly kundgetan hatte, kam daraus eines ganz deutlich hervor: Beide Freundinnen waren *gezwungen* sich von *Blut* zu ernähren!

Und *das* war ein absoluter Albtraum für Ella!

Als Vampir erwartete sie zwar, von Blut leben zu müssen, doch verspürte sie keinerlei Verlangen danach! Einerseits beruhigte sie diese Tatsache ungemein. Andererseits konnte sie nicht umhin, sich zu fragen, ob vielleicht doch etwas schiefgelaufen sein konnte mit ihren Genen. Doch hier bewies sich wieder einmal Nats philosophisches Genie. Denn, auch er hatte sich bereits so seine Gedanken darüber gemacht, und, er glaubte die Lösung gefunden zu haben! Seine – ziemlich wissenschaftliche, aber dennoch logische – Schlussfolgerung der Dinge verblüffte Ella dann allerdings doch noch ein weiteres Mal.

Als Tochter eines Menschen und einer Vampirin hatte Ella ihr Überleben einzig und allein der Macht der wahren Liebe zu verdanken. Wie auch immer es möglich gewesen war, aber die menschlichen und die vampirischen Gene hatten einen Weg gefunden, im selben Körper zu existieren, ohne sich gegenseitig zu behindern oder gar zu eliminieren. Etwas, das selbst bei den Konvertierten nie auf Dauer geklappt hatte. Ein Gen hatte sich stets als dominanter erwiesen, und in allen Fällen war dies das des Vampirs. Ella jedoch hatte beide Gene *von Geburt* an in sich – und genau *das* schien den Unterschied auszumachen.

Zudem ermöglichte ihr diese Tatsache die, für Vampire so extrem gefährliche, Kindheit als Mensch zu bestreiten. Dieser Trick der Natur hatte ihr nicht nur all die Qualen und Risiken einer vampirischen Kindheit erspart, nein, sie *lebte* diese Jahre auch tatsächlich als Mensch. Sie konnte nicht nur problemlos Essen und Trinken aufnehmen, sondern es auch noch im vollen Bewusstsein ihrer Sinne genießen. Konnte riechen, in die Sonne gehen … konnte eben alles tun, was Menschen zu Menschen machte – und dadurch von den Vampiren unterschied!

Bis zu jenem Tag, als die Begegnung mit der wahren Liebe ihre Hormone in Aufruhr brachte – und diese die in der Tiefe schlummernden Vampir-Gene an die Oberfläche beförderten!

Als ob sich ein Schalter umgelegt hätte, erfuhr Ella von da an all die Vorteile, die das Vampir-Sein mit sich brachte – doch, *ohne* dabei ihre menschlichen Fähigkeiten einzubüßen! Und genau *das* war das eigentliche Wunder. Die Gene von Vampir und Mensch funktionierten in Ellas Körper parallel zueinander. Sie war tatsächlich dazu in der Lage, all die vampirischen Schwächen durch ihre menschliche Seite auszugleichen – wie auch umgekehrt!

Für Ella stellte sich demnach nicht die Frage: Blut *oder* Pizza. Sie konnte *wählen!* Sie konnte wahrhaftig *selbst* entscheiden, wovon sie sich ernähren wollte – was sie beinahe zu so etwas wie dem Prototyp einer neuen Spezies machte. In jedem Fall aber war *ihre* Existenz zukunftsweisend für die Vampire.

Denn, wenn dank der Macht der Liebe in Zukunft Vampir-Kinder geboren werden konnten, welche die lebensbedrohliche Zeit der Anpassung umgehen konnten, indem sie ihre Kindheit menschlich lebten, dann war das Überleben der Vampire gesichert! Und als Draufgabe würde es den zukünftigen Vampiren dann auch noch selbst überlassen sein, ob sie nach der Begegnung mit der wahren Liebe ihren Ahnen gleich leben wollten – oder doch lieber den Menschen gleich!

Dass gerade *Ella so* wichtig sein sollte, hätte sie selbst zuletzt erwartet. Ein wenig unheimlich war es ihr schon, als Rettung einer ganzen Rasse gesehen zu werden. Aber mit Nat an ihrer Seite konnte sie auch diesen Weg beschreiten, dessen war sich Ella mittlerweile absolut sicher.

Nat seinerseits konnte es kaum erwarten, diese Erkenntnisse an seine Brüder weiterzuleiten. Nun, vielleicht sollte er ihnen *davor* noch erklären, wie und wo und wann sich die Sache mit Balthasar und Valentina erledigt hatte! Denn diese *Kleinigkeit* war noch nicht bis zu Adrian und Dario vorgedrungen! Er hatte seine Brüder lediglich über seinen ‚versehentlichen Abschied' aufgeklärt. Allerdings nur mit den äußerst knappen Worten: ‚Sorry, falscher Alarm!'

Aber Nat konnte sich einfach nicht dazu durchringen, die Gesamtheit der Ereignisse auf mentalem Wege weiterzugeben. Es war ihm ein *inneres Bedürfnis*, seine Brüder von Angesicht zu Angesicht über den – unerwarteten – Ausgang dieses Krieges in Kenntnis zu setzen. Nun, vielleicht wollte er auch nur seinen *inneren Seelenfrieden* herstellen – indem er insbesondere Adrian damit zeigen konnte, dass auch er – der *unnütze Schreiberling* – dem Namen von Aran gerecht wurde! Mochte schon sein, dass Nats Beweggründe in Wahrheit kindischer Natur waren. Dass er sich mehr von Schadenfreude leiten ließ als von Vernunft. Aber er hatte ja auch nicht um sein Schicksal gebeten!

*Er* konnte ja schließlich nichts dafür, dass *ihm* die ‚Lösung aller Probleme' als Gefährtin bestimmt war – und nicht Dario oder Adrian, oder sonst wem!

Mittlerweile waren die beiden wieder in Ellas Wohnung angekommen. Die letzten Tage hatten sie jedoch in Nats Hotel verbracht. In erster Linie, um Herberts sogenannten Auftrag real bleiben zu lassen. Er sollte nicht mehr als nötig in die Angelegenheit mit hineingezogen werden.

Ella hatte ihm allerdings einen Brief zukommen lassen, in dem sie ihm erklärte, dass sie – wie er wahrscheinlich ohnehin schon vermutet hatte – eine Weile zu ihren Freundinnen gefahren war. Um alles Weitere, was mit Herbert zu tun hatte, sollte sich dann gefälligst Lilly kümmern. Immerhin war er *ihr* Geschäftspartner!

Ella hatte auch so schon genug zu tun mit der Aufarbeitung *ihrer* Vergangenheit. Es dauerte wohl noch weit länger als diese letzten paar Tage, bis *alle* Ereignisse *restlos* verarbeitet waren. Viel zu viel war in viel zu kurzer Zeit geschehen. Doch, wie schon erwähnt, spielte Zeit von nun an keine Rolle mehr. Nat und Ella blieb die Ewigkeit, um sich ihres Schicksals vollends bewusst zu werden.

Was nun die junge Nacht betraf, so galt es, noch einiges zu erledigen. Denn die beiden hatten noch einen weiten Weg vor sich, wollten sie doch den bereits überfälligen Besuch in Schottland antreten. Nat konnte es nicht länger mit seinem Gewissen vereinbaren, seine Brüder in Ungewissheit schweben zu lassen. Und Ella hatte schlichtweg Sehnsucht nach ihren Freundinnen. Dennoch hatte sie ein mulmiges Gefühl wegen der bevorstehenden Familienzusammenführung. Oder besser gesagt wegen ihres besonderen *Talents* – denn *das* hatte Ella keineswegs im Griff.

Natürlich hatte Nat ihr klargemacht, dass eine Gabe immer an die Gefühle gekoppelt war. Wenn sie sich also zu sehr in ein Gefühl verrannte, dann wechselte sie die Gestalt. Wie Nat in leidenschaftlicher Zweisamkeit am eigenen Körper erfahren durfte, als die Ekstase Ella im wahrsten Sinne des Wortes in eine Raubkatze verwandelte!

Eine Erfahrung, die beiden einen Schreck eingejagt hatte. Somit war es nur verständlich, dass Ella – die ohnehin noch nie sonderlich berechenbar war – sich diesbezüglich Sorgen machte. Doch Nat wusste Ellas Bedenken mit amüsanter Sachlichkeit zu zerstreuen: *Er* würde schon die Beherrschung *seiner* Gefühle gewährleisten können, sodass *sie* erst gar nicht die Kontrolle über *ihre* Gefühle verlieren mochte. Nun, wenn das mal so einfach war, wie es klang!

Außerdem schwärmte er ihr von der Abgeschiedenheit des Schlosses vor, sodass Ella sich nun nicht nur auf Betty und Lilly freute, sondern auch auf einen riesigen Wald, in dem sie sich unbeobachtet der Erforschung ihrer Gabe widmen konnte! So trafen die zwei also in der Stille der Nacht die letzten Vorbereitungen, um sich bei Tagesanbruch den getönten Scheiben von Nats Volvo anzuvertrauen und einen weiteren, wichtigen Schritt in die gemeinsame Zukunft zu tun. Oder um es mit Ellas Worten auszudrücken: *„Schottland, mach dich bereit: Die Vampire kommen!"*

# Kapitel 24

Selbst mit der Aussicht auf die Ewigkeit lief die Zeit dahin, wie Sand durch die Finger rinnt. So waren auch seit jenem Tag des Wiedersehens bereits wieder einige Wochen vergangen. Der Frühling war ins Land gezogen und leitete nicht nur für die Natur eine neue Phase des Lebens ein. Nein, auch die von Arans und in der Folge die gesamte Rasse der Vampire befand sich vor einem Neuanfang.

Nat stand vor einem der Fenster des Salons und ließ seinen Blick über die Rasenlandschaft zum See schweifen. Loch Ness bei Nacht war noch immer einer der bezauberndsten Anblicke überhaupt. Erst recht zu dieser Jahreszeit, wo Schloss Primrose seinem Namen gerecht wurde und der Rasen vor dem Schloss mit Abertausenden von Primeln übersät war. Ja, nun, wo er es so betrachtete, musste Nat sich eingestehen, dass er die schottische Idylle doch auch ein klein wenig vermisst hatte. Oder war es vielleicht doch eher die Familie gewesen?

Er löste seinen Blick vom See und wandte sich um. Entspannt lehnte er sich mit dem Rücken gegen die Wand und ließ seinen Blick über das Geschehen vor ihm schweifen. Ein zufriedenes Lächeln umspielte seine Mundwinkel.

Über die letzten Wochen hinweg hatte es sich so eingebürgert, dass sich zu abendlicher Stunde die gesamte Familie zusammenfand. Man verbrachte einige gemeinsame Stunden im Salon oder in der Bibliothek, diskutierte die Erlebnisse der letzten Zeit, studierte die mitgebrachten Aufzeichnungen aus den Tagebüchern von Ellas Mutter und genoss das eine oder andere Gläschen – wovon auch immer –, ehe jeder wieder seiner Wege ging. Einfach ein gemütliches Beisammensein in familiärer Runde, zu dem aber auch immer wieder Gäste eingeladen wurden. Gabriel gehörte ohnehin schon fast zur Familie, doch galt es auch die restliche Rasse Stück für Stück über die Neuigkeiten in Kenntnis zu setzen. So gesehen herrschte doch ein reges Kommen und Gehen auf Schloss Primrose.

Der heutige Abend jedoch war von idyllischer Ruhe begleitet. Nur die engste Familie und Gabriel hatten sich zusammengefunden. Für Nat der ideale Moment, sich wieder einmal seinen ganz persönlichen Studien zu widmen. Denn natürlich waren die letzten Wochen auch auf Schloss Primrose nicht ereignislos vergangen. Wenngleich sich die Geschehnisse hierorts weit weniger dramatisch gestaltet hatten als im fernen Wien.

Nat ließ seinen Blick durch die Runde schweifen und blieb schließlich an Adrian hängen.

Erwartungsgemäß war dessen Überraschung groß gewesen, als anstelle des angeforderten Nat plötzlich Dario und Betty in Schottland aufgetaucht waren. Nun, genau genommen war Adrian vielmehr *erbost* über die Dreistigkeit, die ihm hier geboten wurde. Hatte er doch aus einem ganz bestimmten Grund *Nat* in die Highlands beordert!

Glücklicherweise konnte Betty ihren Schwager schnell davon überzeugen, dass *auch sie* einen ganz *bestimmten* Grund gehabt hatte, nach Primrose zu kommen. Und schon war Überraschung Nummer zwei perfekt! Der gute Adrian hatte mit viel gerechnet, aber gewiss nicht *damit!*

Nachdem er die Neuigkeiten von Bettys Umwandlung zur Vampirin aufgenommen hatte, wandelte sich auch sein Ärger schnell in Erleichterung. Vor allem der Teil, *wodurch* Betty konvertiert wurde, beruhigte Adrians schlechtes Gewissen enorm. Denn dadurch ging eindeutig hervor, dass nicht *er* für Lillys Zustand verantwortlich war, sondern die Macht der Liebe.

*Das* war wie Balsam auf seiner Seele!

Außerdem leuchtete selbst Adrian unter diesen Umständen ein, dass Betty – nun, da die Freundinnen sozusagen im selben Boot saßen – die beste Hilfe war, die Lilly je hatte zuteilwerden können. Zwei Fliegen mit einer Klappe – wie praktisch das Leben doch manchmal sein konnte!

Nat grinste still in sich hinein und ließ seinen Blick weiterschweifen.

Lilly war da schon anderer Meinung gewesen. Sie war von dem unerwarteten Besuch weniger erfreut, als man annehmen mochte. Sie hatte schlichtweg Angst, ihrer Freundin etwas anzutun. Ja, sie blockte dadurch sogar jeglichen Kontakt ab und verschanzte sich regelrecht vor Betty und auch dem Rest der Truppe.

Welch Ironie des Schicksals!

Denn hätte Lilly nicht alles und jeden so auf Distanz gehalten, hätte sie weit früher erfahren, dass es Betty wie ihr ergangen war – wodurch sie sich einigen Kummer hätte ersparen können! So aber hatte es ganze vier Tage gedauert, bis Adrian sie gefunden hatte, Betty endlich in ihren Geist vorgedrungen war und Gabriel sie schließlich mit seiner engelhaften Aura übertölpelt hatte.

Wenn Lilly wollte, konnte sie ganz schön bockig sein!

Danach hatte es gut noch einmal so lange gedauert, bis Lilly endlich verinnerlicht hatte, dass sie mit ihrem ‚Problem' nicht alleine war auf dieser Welt. Als sie dann noch Bettys Theorie über Ella und Nat erfuhr, konnte sie auch tatsächlich schon wieder von ganzem Herzen darüber lachen!

Bald waren also nicht nur Lillys Lebensgeister wieder geweckt, sondern auch ihre Motivation für die Zukunft. Jetzt, da sie ihre Freundinnen quasi wieder zurückhatte, konnte Lilly sich auch ein Leben bis in alle Ewigkeit vorstellen. Ein Leben, das auch Adrian und die Welt der Vampire beinhaltete, was – im rechten Licht betrachtet – ja wirklich nicht das schlechteste aller Lose war.

Wenn es ihr Schicksal war, Blut zu trinken und diesen – leider viel zu gut aussehenden – Neandertaler-Macho zu lieben, dann konnte sie es ohnehin nicht ändern, *aber* sie konnte das Beste daraus machen. Denn das Einzige, wogegen Adrian noch weniger ausrichten konnte als gegen die Macht der Liebe, waren die Waffen *seiner* Frau.

Ja, in *diesem* Licht betrachtet, mochte das neue Leben vielleicht auch für Lilly noch ganz lebenswert werden! Allein die Vorstellung davon erheiterte Nat. Doch seine Gedanken wanderten bereits weiter zu der Person, die neben Lilly stand.

Betty, nach Nats Ansicht die unglaublichste der drei Freundinnen – also, abgesehen von seiner Ella natürlich. Doch Betty war in der Tat eine – rein wissenschaftlich betrachtet – faszinierende Person. Denn binnen weniger Tage hatte sie geschafft, was nicht nur Adrian schon nicht mehr zu hoffen gewagt hatte: Lilly war wieder ganz die Alte *und* hatte ihr neues Vampir-Leben endlich angenommen! Und allein Bettys ‚unverwüstlichem Optimismus' und ihrer ‚steten Zuversicht' war es zu verdanken, dass Lilly von nun an so frei und unbekümmert ihr neues Leben genießen konnte. Tja, die Weiterentwicklung ihrer mentalen Fähigkeit war in der Tat eine, mehr als nur positive, Überraschung!

Wenngleich Adrians Freude über Lillys ‚Genesung' schon nach wenigen Tagen verebbt war. Denn durch den ganzen Trubel um ihre Konvertierung hatte er doch glatt vergessen, wie *nervig* seine ach so geliebte Gefährtin eigentlich sein konnte! Noch dazu, wo sie nun zusätzlich die tatkräftige Unterstützung ihrer Freundin hatte. *Eine* Frau war schon anstrengend genug. Aber gleich *zwei* davon im Schloss zu haben, das überforderte Adrian dann doch ein klein wenig.

Dies war auch der Hauptgrund, weshalb Adrian Gabriel noch nicht fortschicken wollte. Man konnte schließlich nie wissen, ob Angelis' engelhafte Aura nicht doch noch mal vonnöten sein würde! Und somit tat das ‚Engelchen', was es immer tat: Gabriel befolgte Adrians Befehle. Und nach seiner langjährigen Erfahrung mit den Von-Aran-Brüdern, allen voran natürlich Adrian, kannte Gabriel selbstverständlich die wahre Bedeutung seiner Aufgabe. Denn wenn ein Befehl lautete ‚*Wenn Dario und ich jagen sind, bist DU für die Sicherheit der Frauen verantwortlich*', so hieß das in freier Übersetzung nichts anderes wie ‚*Halt uns die zwei Schnattergänse wenigstens für ein paar Stunden vom Hals*'.

Doch Gabriel hatte kein Problem damit. Eigentlich war er sogar froh darüber, seine Zeit mit den Mädels verbringen zu *müssen*. Hautnah mitzuerleben, wie Menschen ihre ersten Schritte als Vampire machten – das übte eine nicht übersehbare Faszination auf ihn aus. Noch nie zuvor durfte er solch einem Geschehen beiwohnen, und es erstaunte ihn von Tag zu Tag mehr, wie Lilly und Betty ihr neues Leben meisterten. Doch was Gabriel am allermeisten erstaunte, war, welche Macht die Liebe tatsächlich hatte, wenn sie all dies ermöglichen konnte!

Und mit dieser Meinung war er gewiss nicht alleine. Allen voran stellte Nat sich vermutlich am häufigsten die Frage, wie mächtig die Liebe wohl tatsächlich war. Sein Blick glitt zum Kamin, an dessen Seite Ella und Dario standen und sich angeregt unterhielten. Dario, der Empath, hatte nicht zuletzt dazu beigetragen, das Geschehene für alle leichter verdaulich zu machen. Doch, noch war Nat nicht an diesem Punkt der Geschichte. Sein Blick wanderte zurück zu Betty.

Nachdem sich die erste Aufregung über die Konvertierung von Betty und Lilly einigermaßen gelegt hatte, konzentrierte sich das Hauptaugenmerk aller Beteiligten natürlich auf die – fast schon sehnsüchtig – erwartete Ankunft von Nat und Ella.
Bettys Theorie über die beiden schied jedoch die Geister. Während Lilly ihr sofort Glauben schenkte, waren Adrian und Gabriel nicht restlos überzeugt davon, dass auch Nat und Ella füreinander bestimmt sein mussten. Die Meinungen gingen auseinander, es wurde wild spekuliert, und die schier unmöglichsten Thesen wurden geboren. Doch keiner der fünf hätte auch nur einen Cent auf die *tatsächliche* Wahrheit gesetzt!
In all der Zeit, die Dario und Betty mittlerweile wieder in den Highlands waren, versuchte Nat seinen sogenannten Auftrag in Wien auszuführen. Und weder er noch Ella hatten sich in dieser Zeit bei irgendjemandem gemeldet. Was zum einen für Bettys Theorie sprach, zum anderen aber auch gegen ihre These ausgelegt werden konnte.
Doch so leicht war Betty nicht zu verunsichern, dafür kannte sie ihre Freundin einfach viel zu gut. Im Gegensatz zu Lilly war Ella eine wahre Überlebenskünstlerin. Warum sollte es gerade diesmal anders sein? Außerdem sprach Bettys Optimismus eine eindeutige Sprache: Sie *konnte* sich gar nicht geirrt haben!
Doch dann, völlig unerwartet, kam die Nachricht, welche alle Anwesenden auf Schloss Primrose in pures Entsetzen versetzte: Nat sandte eine unmissverständliche Botschaft. Etwas war ganz und gar schiefgelaufen. Die Brüder konnten eindeutig die Endgültigkeit in ihres jüngsten Bruders Worten erkennen. Adrians erster

Impuls war es, Angelis augenblicklich nach Wien teleportieren zu lassen, um nach dem Rechten zu sehen. Doch dann kam, ebenso unerwartet wie zuvor, die Entwarnung: *Sorry, falscher Alarm!*

Nat wusste nur zu gut, dass er für diesen Kommentar noch lange würde büßen müssen. Denn Adrian war mehr als nur aufgebracht darüber, dass die Befürchtung über den Tod seines Bruders mit einer ‚derart banalen Wortwahl entschuldigt' wurde! Und dann war Nat auch noch so sagenhaft ‚ignorant', als dass er seine Brüder nicht einmal über die Ereignisse im fernen Wien aufklären wollte. Nicht über den mentalen Weg zumindest – was Adrian erneut erzürnte. Für ihn grenzte es schon an ‚Respektlosigkeit', dass der kleine Bruder sich derart ‚zierte'.

Eine Annahme, die sich nach Nats und Ellas Ankunft dann doch schnell zerstreute!

Aber vorerst saßen die fünf wie auf Nadeln im Schloss und warteten auf irgendeine Art positiver Kunde aus Wien. Schließlich war es Dario, der die gute Nachricht überbrachte: Nat hatte mental seine Abreise aus Wien bestätigt. Er und Ella waren unversehrt und auf dem Weg nach Schottland.

Die Erleichterung darüber konnte nicht einmal Adrian abstreiten. Und doch ärgerte ihn Nats Zurückhaltung maßlos. Denn auch Dario hatte der Kleine nicht mehr verraten wollen.

Nur dass, im Gegensatz zu allen anderen, Dario die Empathie auf seiner Seite hatte. Diese seine Gabe ließ ihn die positiven, von Liebe nur so triefenden Empfindungen seines Bruders wahrnehmen. Somit konnte er zumindest erahnen, dass sich Bettys Theorie tatsächlich bewahrheitet haben mochte! Doch konnte Dario auch noch etwas anderes aus Nats Emotionen herauslesen, etwas, das er allerdings nicht beim Namen nennen konnte. Dario wusste nur eines mit Sicherheit: Es musste etwas ganz und gar Unfassbares geschehen sein, wenn Nat sich auch ihm gegenüber so seltsam versperrte. Und so fieberte Dario der Ankunft seines Bruders wohl in jeder Hinsicht mit Spannung entgegen.

Aber auch Adrian konnte es nicht mehr erwarten, seinen kleinen Bruder in die Finger zu bekommen. Denn er wollte definitiv einige Antworten.

Ganz abgesehen von dem, was sich in Wien abgespielt haben mochte, gab es nämlich auch noch einige andere Punkte auf Adrians Liste. Immerhin konnte es nicht geduldet werden, dass man sich *seiner* Bitte widersetzte, um den ‚vagen Vermutungen einer *Frau*‘ Folge zu leisten. Erst recht nicht, wenn sie sich mehr oder weniger im Ausnahmezustand befanden. Denn was, wenn ‚Sorry, falscher Alarm‘ eben keine falsche Annahme gewesen wäre? Was, wenn der kampfunerfahrene Nat denn nun tatsächlich in eine Falle der Rebellen getappt wäre?

Hätte Adrian gewusst, wie nahe er mit dieser seiner Vermutung tatsächlich an der Wahrheit gelegen hatte – er hätte es wohl nicht geglaubt!

Doch auch Betty musste sich eingestehen, dass Adrian *so gesehen* mit seinen Argumenten natürlich recht hatte. Betty hatte in all ihrer Euphorie eben nicht bedacht, dass die Brüder von Aran ja auch noch gegen diese Rebellen kämpften. Natürlich hatte sie Nat nicht als Zielscheibe losschicken wollen. Und an eine mögliche Gefährdung für Ella hatte sie erst recht nicht gedacht!

Doch wieder einmal sprach Bettys untrüglicher Optimismus eine klare Sprache. Sie *wusste* einfach, dass Nat und Ella ihre Sache gut gemacht hatten. Was auch immer ‚ihre Sache‘ gewesen sein mochte!

Und schließlich teilte auch Lilly diese Meinung.

Wenngleich sie keinerlei Fähigkeiten besaß, die dies unterstützten. Obwohl, … in letzter Zeit hatte sie ihre ‚traumhaften Visionen‘ nicht nur mit Adrian, sondern auch mit Betty geteilt. Die Freundin war sofort Feuer und Flamme und gebar die Meinung, dies könnte vielleicht Lillys Weiterentwicklung ihrer mentalen Fähigkeit sein. Möglicherweise konnte sie über ihre Träume eine besondere mentale Verbindung aufbauen. Nun, wie auch immer, in jedem Falle hatten die zwei wieder etwas zum Üben. Doch zum Thema Ella half diese Erkenntnis nicht weiter. Denn zu ihr konnte Lilly keine Traum-Verbindung aufbauen.

Aber auch Lilly kannte ihre Freundin gut genug, um eines zu wissen: Ella verfügte über ein unverwüstliches Naturell. Was auch immer ihr widerfahren mochte, sie würde es meistern. Als sie zur Bestätigung ihrer Annahme die Geschichte, wie Ella damals in den Karpaten den schwarzen Panther mit Steinen beworfen hatte, zum Besten gab, erreichte Lilly jedoch nur eines: Sie bescherte Adrian einen Lachkrampf.

Einzig Betty hatte verstanden, worauf sie hinausgewollt hatte: Ella war eine Überlebenskünstlerin, und kein noch so großes Hindernis konnte *daran* etwas ändern. Außerdem waren sich die Freundinnen einig, dass Nat im Falle eines echten Notfalls gewiss Verstärkung angefordert hätte. Eine Meinung, der sich auch Dario und Gabriel anschließen konnten.

Einzig Adrian hatte da so seine Zweifel. Und wieder einmal war er der Wahrheit instinktiv näher gekommen als vermutet.

Aber, egal aus welchem Grunde nun, die *eine* Frage, die sich *alle* stellten, lautete schlicht und einfach: Was war denn jetzt *tatsächlich* passiert im fernen Wien?

Wieder wanderte Nats Blick zurück zum Kamin, streifte seinen Bruder Dario und blieb schließlich an Ella hängen.

Seine Ella.

Das größte Phänomen von allen.

Es hatte wohl mehrere Tage gedauert, bis Nats Neuigkeiten vollends in das Bewusstsein der anderen durchgesickert waren. Obwohl Ella bei ihrem Eintreffen auf Primrose gleich unabsichtlich, aber nicht minder eindrucksvoll gezeigt hatte, was Sache war.

Nat schmunzelte vor sich hin. Für diesen Teil brauchte er zur Abwechslung mal nicht auf eine seiner retrograden Visionen zurückzugreifen. Diese Stelle der Geschichte konnte er aus seiner eigenen Erinnerung abrufen. Und er sah es vor sich, als wäre es erst gestern geschehen.

Je näher Nat und Ella der britischen Insel kamen, desto aufgeregter wurde sie. Nat hatte alle Mühe, sein Versprechen einzuhalten, von wegen, er konnte dafür sorgen, dass Ella nicht die Beherrschung ihrer Gefühle verlieren würde. Doch als sie sich dann kurz vor Loch Ness befanden, hatte er es zum Glück geschafft, ihre größten Ängste und Sorgen zu zerschlagen. Denn im Prinzip hatte Ella nur Panik davor, sich vor ihren Freundinnen in ein wildes Tier zu verwandeln und diese dann womöglich auch noch zu verletzen. Vampir hin oder her, Ella fürchtete schlicht, ihren Freundinnen Leid zuzufügen. Sie war ja schon als Mensch ziemlich unberechenbar, nicht auszudenken, was sie erst im ungebändigten Körper einer Raubkatze anzurichten vermochte!

Doch Nat konnte sie davon überzeugen, dass dies nie und nimmer geschehen würde. Eine besondere Gabe war für einen Vampir ein Geschenk. Und dieses würde sich nicht gegen einen selbst richten. Würde also niemals zum Schaden an einer geliebten Person missbräuchlich verwendet werden können. Zwar hatte Ella trotz dieser Argumentation noch immer Bedenken, da Tina ihre Gabe ja auch ins Negative gekehrt hatte. Aber Nat versicherte ihr, dass Valentina nicht ihr Talent umgekehrt hatte, sondern ihre eigenen Empfindungen. Sie richtete ihre Gabe nicht auf Personen, an denen ihr etwas lag. Nein, Valentina hasste alles und jeden – und insbesondere die Brüder von Aran. Zumal sie es ihnen verübelte, am Leben geblieben zu sein, während ihr Bruder seines hatte einbüßen müssen.

Als Nat und Ella dann endlich Schloss Primrose erreichten, war Ella zwar noch immer aufgeregt, doch war der Grund dafür einfach nur die Freude auf das bevorstehende Wiedersehen. Aber dann kam wieder einmal alles anders als erwartet.

Die beiden hatten die Schwelle in die Eingangshalle noch nicht einmal richtig überschritten, da begann auch schon das große Durcheinander. Während Betty und Lilly ihre Freundin stürmisch begrüßten, zelebrierten die Herren von Aran eher vornehme Zurückhaltung. Schließlich galt es als nicht sonderlich ‚maskulin', sich aus lauter Freude um den Hals zu fallen. Doch kaum war die erste überschwängliche Begrüßungsphase vorbei, verfielen Dario, Adrian, Betty und Lilly in ein und dasselbe Verhaltensmuster: Sie bombardierten Nat und Ella mit ihren Fragen. Zum Teil über mentale Ebene, zum Teil in gesprochenen Worten. Aber in jedem Fall alle gemeinsam.

Das große Chaos ließ nicht lange auf sich warten, und es gab nur einen, der sich darüber sogar noch amüsieren konnte: Gabriel! Wie so oft hatte er die Rolle des stillen Beobachters inne, und es war ihm wirklich schleierhaft, wie sechs erwachsene Personen sich so unglaublich kindisch benehmen konnten. Doch andererseits hatte dieses Durcheinander auch einen gewissen Unterhaltungswert. Genau genommen hatte das Bild, das sich Gabriel bot, wahrliche Theater-Qualitäten! Also teleportierte er sich auf die Stufen, um das Geschehen sozusagen ‚erste Reihe, fußfrei' miterleben zu können. Doch nie hätte Gabriel geglaubt, was sich sodann unter seinem amüsierten Blick zutrug.

Denn, während Nat versuchte, die wie Geschosse abgefeuerten Fragen zu beantworten oder abzuwenden, schien jemand anderes zunehmend unter dem ganzen Wirrwarr zu leiden. Gabriel selbst konnte dies bloß dank seiner Aura merken. Oder besser gesagt, weil er plötzlich das Gefühl hatte, jemand benötigte dringend die Hilfe besagter Aura. Ansonsten gab es keinerlei Anzeichen. Doch ehe Gabriel auch nur im Ansatz erkennen konnte, von wem der unbewusste Hilferuf ausging, war es auch schon zu spät. Denn ohne jegliche Vorwarnung fuhr Ella plötzlich aus der Haut. Und das im wahrsten Sinne des Wortes. Von einer Sekunde zur nächsten explodierte sie in ... ein riesiges Knäuel Fell!

Abrupt riss jegliche Art der Kommunikation ab. Es wurde still auf Schloss Primrose, so still wie noch nie zuvor. Und alle starrten mit offenem Mund auf die Raubkatze in ihrer Mitte.

Tja, die Überraschung hatte gesessen. Keiner der Anwesenden wusste mit der Situation umzugehen. Selbst Gabriel war platt vor Erstaunen. Einzig und allein Nat trabte auf die Großkatze zu und kraulte sie liebevoll hinter den Ohren.

Ja, nun, Wochen später, konnte er darüber lachen. Doch damals wäre auch Nats Herz beinahe stehen geblieben. Aber nicht aus Angst vor der Raubkatze, sondern weil er die Scham und Erniedrigung in Ellas großen Katzenaugen sehen konnte. Denn letztlich war genau das geschehen, wovor sie sich gefürchtet hatte. Zwar hatte sie niemandem wehgetan, doch wollte sie auch nicht einfach so mit der Tür ins Haus fallen, was ihr neues Ich betraf. Ella war der Vorfall noch tagelang peinlich, und sie traute sich kaum, den anderen unter die Augen zu treten.

Doch war dies auch nicht nötig, die anderen kamen ohnehin zu ihr – sofern sie Nat dazu bewegen konnten, von der Seite seiner Gefährtin zu weichen!

Was nun die *andere* noch offene Frage betraf, brauchte es infolge Ellas unfreiwilliger Darstellung ihrer Gabe nicht mehr viel Erklärung. Adrian und Dario konnten sich schnell zusammenreimen, wie Valentina versucht hatte, ihre Opfer gegeneinander auszuspielen. Obwohl die Brüder doch sehr überrascht waren, dass Valentina und Balthasar den Freitod gewählt hatten. Aber dank Nats retrograden Visionen ließ sich auch dieses Rätsel klären. Und mit dem Wissen, dass selbst diese beiden durch die Macht der Liebe verbunden waren, blieb auch ihr selbst gewählter Tod keine große Überraschung mehr.

Tja, wo die Liebe hinfällt …

… das war wohl das *eigentliche* Phänomen!

Aber alles, was jetzt einzig und allein noch zählte, war, dass die Gefahr gebannt war und die Vampire wieder zuversichtlich in die Zukunft blicken konnten. Auch wenn der Weg, den ihre Rasse nun zu gehen hatte, wohl ein gänzlich unbeschrittener war.

# Kapitel 25

Ja, wie würde er wohl aussehen, der Weg in die Zukunft der Vampire?

Nun, da sich das Leben auf Schloss Primrose wieder in einigermaßen normalen Bahnen bewegte, war es vor allem diese eine Frage, die sich mir wiederholt aufdrängte.

Ja, werte Leser, Sie haben schon richtig gelesen: Wir sind wieder zurück am Anfang meiner Geschichte. Und doch bewegen wir uns dem Ende entgegen – dem *Anfang* vom Ende!

Nun, während meine Brüder und deren Gefährtinnen zumeist damit beschäftigt waren, ihre eigene, gemeinsame Zukunft zu diskutieren, so interessierte mich gewohnheitsmäßig die Gesamtheit der Entwicklung. Ich wagte mich in meinen Gedanken also einen Schritt weiter. Wollte das ganze Bild sehen und verstehen. Wie würden sich die Ereignisse der letzten Wochen und Monate auf unsere gesamte Rasse auswirken? Wie würden sie aussehen, die Blutsauger von morgen? Was sollte uns die erfolgreiche Konvertierung im Namen der Liebe zukünftig bedeuten? Und inwiefern änderte Ellas Hybrid-Stellung etwas an unserer Zukunft? Würde es für unsere Kinder tatsächlich möglich sein, selbst ihren Weg zu bestimmen? Konnten die Blutsauger von übermorgen allen Ernstes ‚menschliche Vampire' sein? Würde es uns wirklich gelingen, uns von einem jahrtausendalten Vermächtnis zu befreien?

Tja, die Antworten darauf würde uns eben diese Zukunft bringen. Auch ich konnte, vorerst, nicht weiter sehen, als der Spielraum meiner Spekulationskraft zuließ. Alles, was ich tun konnte, war, die Angehörigen meiner Rasse mit den mir zur Verfügung stehenden Informationen zu füttern. Was sie daraus machten, wie und ob sich ihr Dasein dadurch veränderte, konnte einzig und alleine jeder Vampir für sich entscheiden. Jeder musste seinen persönlichen Weg in die Zukunft finden – ein Rezept gab es dafür nicht!

Was nun aber meine eigene Familie betraf, so muss ich gestehen, lag die Sache doch ein ganz klein wenig anders. Denn, gerade an Abenden wie jenem, wo sich die ganze Familie zusammenfand und nichts und niemand unsere harmonische Idylle zu stören vermochte, wurde mir nur allzu bildlich vor Augen geführt, wie diese unsere Zukunft aussehen mochte.

Ja, es war wirklich erstaunlich, was die Liebe so alles bewirken konnte. Und all dies miterleben zu dürfen war für mich das größte Geschenk überhaupt. Zu sehen, wie Dario und Betty ihr Glück genossen. Wie Adrian und Lilly sich liebevoll zusammenrauften – ja, das war schon etwas *ganz Besonderes*. Nicht zu vergessen das eigene Glück, das ich mit Ella genießen durfte. Was war es doch für ein unbeschreibliches Gefühl, jeden Tag aufs Neue die glühende Liebe dieser einfach unglaublichen Frau erfahren zu dürfen. Bloß dazustehen und all das zu beobachten war schon ein Hochgenuss. Doch, wie schon gesagt, ich spann meine Gedanken ein Stückchen weiter.

Nun, die Vergangenheit bot mir mittlerweile keine Rätsel mehr. Alles, was es zu wissen gab, was für meine Familie und meine Rasse von Bedeutung war, wusste ich. Ja, meine retrograden Visionen waren in letzter Zeit so aktiv wie nie, was selbst mich ein wenig erstaunte. Natürlich stellte sich mir die Frage, ob es wohl auch dafür einen speziellen Anlass gab.

Tja, die Antwort darauf sollte ich an jenem besagten Abend erhalten – in Form einer Vision!

Man sollte vielleicht annehmen, dass auch *ich* mittlerweile erkannt hatte, wie falsch es war anzunehmen, dass es keine weiteren Überraschungen mehr geben konnte. Doch dem war nicht so! Ja, ich muss gestehen, dass ich in tausend Jahren nicht erwartet hätte zu sehen, was sich mir an besagtem Abend offenbarte. Denn es war nichts Geringeres als die *Zukunft!*

Es dauerte wohl einige Sekunden, bis ich den ersten Schock verdaut hatte. Doch gab es tatsächlich keinen Zweifel daran, dass es sich um ein zukünftiges Geschehen handelte. Zu eindeutig war die Szene, die sich mir zeigte. Und sie stammte gewiss nicht aus der Vergangenheit.

Zu meiner Schande muss ich gestehen, dass ich über diese unerwartete Erweiterung meiner Gabe sogar so verdattert war, dass ich den *Inhalt* meiner Vision beinahe verdrängt hätte. Glücklicherweise lief diese wie eine Endlosschleife vor meinem geistigen Auge ab. So dauerte es nur ein paar Sekunden länger, bis ich endlich begriffen hatte, was *genau* ich da nun gesehen hatte.

Meine erste spontane Reaktion darauf konnte ich leider auch nicht verhindern. Denn als mir endlich ein Licht aufging, brach ich in schallendes Gelächter aus. Man kann sich vorstellen, wie dies auf all die anderen im Raum wirkte. Seltsame Blicke waren noch das Harmloseste, was ich durch mein nicht nachvollziehbares Verhalten erntete. Dummerweise konnte ich mich kaum einkriegen, was meine Familie dann natürlich dazu ansportte, den Grund meines Amüsements herauszufinden.

Doch, den konnte ich auf keinen Fall preisgeben. Nun, verstehen Sie mich nicht falsch. Ich wollte meiner Familie keineswegs vorenthalten, was mich so köstlich amüsierte. Doch, wie schon gesagt, *diese* Vision zeigte mir die Zukunft. Und genau hier lag der Hund begraben. Denn es war doch etwas gänzlich anderes, eine retrograde Vision zu haben, an der man ja ohnehin nichts mehr ändern konnte, oder eben ein Ereignis zu sehen, das erst passieren würde. Ein Ereignis, das eintreffen *konnte*, unter der Voraussetzung, dass man seinen vorgegebenen Weg nicht durchkreuzte. Wenn ich meine Erkenntnisse aus der Vision aber mit meiner Familie teilte, würde ich dann nicht eben genau das tun? Würde ich dann nicht dem Schicksal ins Werk pfuschen? Im schlimmsten Fall sogar verhindern, dass sich die Zukunft so entwickelte, wie es vorherbestimmt war?

Nun, meine Vision enthielt keinerlei beunruhigende Inhalte. Also warum sollte ich ihre Erfüllung unnötig in Gefahr bringen? In Anbetracht dieser Aspekte werden Sie sicher verstehen, dass ich meine Familie nicht einweihen konnte. Meine Familie hingegen sah dies natürlich anders.

Selbstverständlich bombardierten sie mich weiter mit ihren Fragen und versuchten mit allen möglichen Tricks die Wahrheit aus mir herauszuholen. Leider war ich dann doch unvorsichtig genug, mich zu einem weiteren ‚unangebrachten Verhalten' verleiten zu lassen. Ja, was soll ich sagen, ich kann meine schelmische Ader halt auch nicht immer unterdrücken!

Was also tat ich in meiner Euphorie? Während Betty und Adrian mich ins ‚Kreuzverhör' nahmen, konnte ich nicht anders, als Lilly und Gabriel ein bedeutungsvolles Augenzwinkern zukommen zu lassen – denn, es waren diese beiden, die die Hauptrollen in meiner Vision spielten.

Leider hatte ich im Rausch meiner überschwänglichen Schadenfreude nicht bedacht, dass meinem fürsorglichen großen Bruder nichts entging. Erst recht nicht, wenn es mit seiner Gefährtin zu tun hatte. Und schon überhaupt nicht dann, wenn es mit *seiner Gefährtin* und Angelis zu tun hatte. Und natürlich brachte es Adrian zur Weißglut, dass ich, seiner kleiner Bruder, ihm nicht sofort Rede und Antwort stand zu besagtem Thema.

Aber ich dachte nicht im Traum daran. Doch, so ‚sanftmütig' wie mein Brüderchen nun einmal war, blieb mir nichts anderes übrig, als die Wogen zu glätten. Schließlich stand Adrian schon kurz davor, dem armen Gabriel an die Gurgel zu springen. Also gab ich zumindest einen Teil meines Geheimnisses preis und teilte der Familie mit, dass ich nun wohl auch in die Zukunft blicken konnte. Damit mussten sie sich dann allerdings abfinden. Ob sie wollten oder nicht.

Erstaunlicherweise war dem auch so. Man freute sich mit mir und respektierte augenblicklich, dass ich keine näheren Auskünfte geben konnte oder wollte. Schließlich wollte keiner der Anwesenden den Lauf der Dinge unabsichtlich verändern. Die Zukunft war nun einmal ein heikles Thema. Und so lange sie noch nicht geschrieben war, wollte sich eben keiner die Finger verbrennen. Nun, so dachten zumindest Dario, Betty, Ella, Lilly und Gabriel über die Sache.

Adrian war wie immer anderer Meinung.

Natürlich wäre mein Bruder nicht er selbst, hätte er nicht dennoch versucht mir die Wahrheit zu entlocken. ‚Ganz im Vertrauen' wollte er in Erfahrung bringen, was die Zukunft denn so Erheiterndes bereithielt. Doch stieß er bei mir auf taube Ohren.

Nie und nimmer wollte ich ihm dieses Geheimnis offenbaren. Was Adrian dann erneut auf die Palme brachte. Er äußerte die Anschuldigung, dass ich ihm absichtlich *essenzielle* Informationen zu *seiner* Zukunft vorenthielt. Nun, das konnte ich nicht einmal abstreiten. Wenngleich ich ihm versicherte, dass er es schon noch früh genug ganz von selbst herausfinden würde. Zumal meine Informationen ja auch in keinster Weise lebensbedrohlichen Inhalts waren, würde er es schon noch unbeschadet erleben.

Doch Adrian ließ und ließ nicht locker. Noch lange, nachdem alle anderen sich wieder in ihre Gespräche vertieft hatten, bohrte er Löcher in mich. Es nervte ihn sichtlich, dass er nicht eingeweiht wurde. Denn gerade ihm sollte ich, seiner Meinung nach, auf jeden Fall zu einhundert Prozent meine Visionen mitteilen. Und das nicht etwa, weil sie so offensichtlich mit seiner Gefährtin in Zusammenhang standen, sondern weil er ja immer noch das Familienoberhaupt war. Adrian ging sogar so weit, mir an den Kopf zu schmeißen, dass es meine verdammte Pflicht meiner Rasse gegenüber sei, ihn über die Zukunft in Kenntnis zu setzen.

Tja, was sollte ich dem noch entgegensetzen?

Es hatte keinen Sinn, Adrian meine Sicht der Dinge zu erklären. Denn er sah ohnehin nur das, was er sehen wollte. Also zeigte ich mich nachsichtig. Na ja, zumindest so weit, als dass mein Bruder mich nicht länger in den mentalen Schwitzkasten nahm.

Und so trug es sich zu, dass Adrian, ganz im Vertrauen, versteht sich, davon erfuhr, in nicht allzu ferner Zukunft Vater zu werden!

Nun, mein Bruder nahm diese Neuigkeit erstaunlich gefasst auf. Zwar fiel Adrian keineswegs aus allen Wolken vor lauter Freude, doch hätte dies auch gar nicht seinem Naturell entsprochen. Ja, unser Großer war und blieb nun einmal so, wie er war. Adrian hatte eben seine ganz spezielle Art und Weise, die Dinge zu sehen – und auch zu verstehen. Wenn es also sein Schicksal war, dass *er*, als ältester Sohn der Familie, nun auch noch den gewünschten *Stammhalter* liefern konnte, dann sollte es ihm recht sein! Ja, Adrian machte sich wirklich seine Gedanken zu dem Thema. Gewiss, es würde noch einige Zeit dauern, bis er dem

*Sohnemann* beibringen konnte, was ein *echter von Aran* war, aber immerhin hatte der *Junge* ja auch noch eine *Mutter!* Obwohl, ... der Gedanke von Lilly als Mutter bereitete ihm dann doch einige Sorgen. Also nicht, dass sie keine gute Mutter sein würde, ... aber mit ihrer *Schlaghand?* Was würde *der arme Junge* denn nur lernen von einer Frau, die eine Vorliebe dafür hatte, seinen Vater zu ohrfeigen? Oh ja, für Adrian stand augenblicklich fest, dass er die Erziehung *seines Sohnes* mit Argusaugen überwachen würde. Schließlich sollte aus dem Kleinen ja mal das nächste *Familienoberhaupt* werden – und nicht *Mamas verweichlichter Liebling!*

Ja, ich gebe es zu, ich verfolgte die Gedanken meines Bruders mit absoluter Spannung. Was er sich da so alles zusammenreimte, war schon erstaunlich. Und doch war genau das wiederum der Grund, warum das Wissen um die Zukunft mit solcher Vorsicht behandelt werden musste.

Ja, was nutzte es uns denn, zu wissen, was morgen passierte? Nun, da Adrian glaubte, die Zukunft zu kennen, verplante er fast schon das ganze Leben seines Sprosses. Doch was nutzte ihm dieses Wissen tatsächlich? Ich kann es Ihnen sagen: Rein gar nichts!

Aber dies herauszufinden, überließ ich Adrian. Er würde schon noch früh genug erkennen, dass es besser war, unvoreingenommen in die Zukunft zu gehen. Obgleich, ... einem Wink mit dem Zaunpfahl konnte ich dann doch nicht widerstehen!

Denn, völlig abrupt unterbrach Adrian seine ‚mein Sohn dies ... mein Sohn das'-Philosophie und starrte mich eisigen Blickes an. Erst war ich ein wenig irritiert von der plötzlichen Wende und wusste nicht, was er von mir wollte. Doch seine ebenso eisigen Worte ließen meine Unwissenheit schnell dahinschwinden.

*„Was hat ANGELIS damit zu tun, dass ICH Vater werde?"*

Nun, das war eine durchaus berechtigte Frage. Doch um Antwort darauf zu erhalten, musste Adrian sich beim besten Willen gedulden, bis die Zukunft, so wie ich sie gesehen hatte, auch tatsächlich eingetroffen war. Lediglich einen allerletzten, kryptischen Hinweis gestattete ich mir, ihm zu geben. Wohlwissentlich, dass mein werter Bruder dank seiner beständigen Selbstüberschätzung rein gar nichts damit anzufangen wusste!

*„Nimm dir die Zeit, die Dinge so geschehen zu lassen, wie sie sollen –, und mach dir vor allem keine unnötigen Gedanken mehr um die Zukunft deines Kindes. Denn SIE liegt bereits in den würdigen Händen eines ENGELS!"*

*Ende*

# Die Autorin

C. S. Rinke wurde 1974 in Wien geboren und lebt dort auch heute noch. Die Diplomkrankenschwester war schon immer eine begeisterte Leserin. Vor einigen Jahren wurde daraus die Idee, selbst mit dem Schreiben zu beginnen. „Erzählungen eines Vampirs – Zukunftsvisionen" ist der dritte und letzte Band ihrer Vampir-Reihe.

**novum** VERLAG FÜR NEUAUTOREN

# Der Verlag

*„Wer aufhört besser zu werden, hat aufgehört gut zu sein!*

Basierend auf diesem Motto ist es dem novum Verlag ein Anliegen neue Manuskripte aufzuspüren, zu veröffentlichen und deren Autoren langfristig zu fördern. Mittlerweile gilt der 1997 gegründete und mehrfach prämierte Verlag als Spezialist für Neuautoren in Deutschland, Österreich und der Schweiz.

**Für jedes neue Manuskript wird innerhalb weniger Wochen eine kostenfreie, unverbindliche Lektorats-Prüfung erstellt.**

Weitere Informationen zum Verlag und seinen Büchern finden Sie im Internet unter:

www.novumverlag.com

C. S. Rinke

# Erzählungen eines Vampirs
... wie alles begann

ISBN 978-3-99038-129-8
244 Seiten

Betty, Lilly und Ella verbindet eine unzertrennliche Freundschaft und der gleiche Lieblingsautor: Nicolas Arantes, Herausgeber unzähliger Vampirromane. Als sie zu einem Vampir-Dinner mit dem Autor nach Rumänien eingeladen werden, treffen sie auf die Brüder von Aran, die zu den einflussreichsten Vampirdynastien zählen.

**novum** VERLAG FÜR NEUAUTOREN

C. S. Rinke

# Erzählungen eines Vampirs
## Die Macht der Liebe

ISBN 978-3-99038-635-4
240 Seiten

Eine Schwangerschaft und eine unwissende Freundin scheint die Hochzeit zwischen dem Vampir Dario und der menschlichen Betty zu gefährden. Als sich dann auch noch Rebellen in die Hochzeitsfeier einschleusen, nimmt das Desaster seinen Lauf.